读过

李师东 著

时代文艺出版社
SHIDAI WENYI CHUBANSHE

图书在版编目（CIP）数据

读过 / 李师东著. -- 长春：时代文艺出版社，
2023.5
ISBN 978-7-5387-7083-4

Ⅰ.①读… Ⅱ.①李… Ⅲ.①中国文学－当代文学－
文学评论－文集 Ⅳ.①I206.7-53

中国版本图书馆CIP数据核字(2022)第190921号

读过
DUGUO

李师东　著

出　品　人：吴　刚
责任编辑：刘　兮
助理编辑：陈　阳
封面题字：景喜猷
装帧设计：青空工作室
排版制作：陈　阳

出版发行：时代文艺出版社
地　　址：长春市福祉大路5788号　龙腾国际大厦A座15层　（130118）
电　　话：0431-81629751（总编办）　　0431-81629758（发行部）
官方微博：weibo.com/tlapress
开　　本：880mm×1230mm　1/32
字　　数：219千字
印　　张：10.625
印　　刷：吉林省吉广国际广告股份有限公司
版　　次：2023年5月第1版
印　　次：2023年5月第1次印刷
定　　价：69.00元

序 / 与时代同行的人岂止"读过"

一次聚谈，师东说想集纳一些自己过去的文章出本书，取名《读过》。在场朋友称善，说这个书名好。我想，和他此前出版的文学评论集和随笔集不同，"读过"或许有一种总结心路的味道，意在呈现一个评论家和编辑家的文化经历和立场。

"读过"二字，洒脱轻快，看起来很不经意，作者的职业精神和内心世界，却可能藏伏其间。"读过"，是作者人生和事业的真实来路，也是充满暖意的欣慰归途，当中的文化含量，不难掂出。

古今谈文，讲究知人论世。师东小我几岁，但属同代人。我们都是在 20 世纪 80 年代那个大轰大鸣、大悲大患的文化氛围中成长起来的。比如，书中说到，《美的历程》是对我们那一代大学生在文化和审美上的"精准扶贫"，非常到位地点出了我们相同的文化经历。80 年代，我们曾相从甚密，一起在评论领域挥洒文学的梦想和热情。后来我因工作转行他域，他则念兹在兹。恍若隔世的社会巨变，一波又一波的文化浪潮，没有动摇他将近40年的坚持，他甚至连单位都没有换过：由中国青年出版社所属的《青年文学》编辑而至主编，由中青总社的副总编辑而至总经理。单凭押上一生做一件事，这人和事显然就有了不俗的文化含量。

当编辑的，做事看起来简单，好像就是约作者、出作品、编稿子、写评论。但像师东这样的编辑，麻烦在于，他是文学圈内人，也是一个重要文化平台的守望者，要与作家对话，为读者代言，为作品谋出路，为市场操心，还需有扣紧时代脉动和文化前进方向的判断力、使命感、价值观和责任心，这样的多重考验，怎一个"难"字了得。不用心，不敏锐，不表达，无见识，少情怀，缺分寸，恐怕是坚持不下来的。

当文学告别曾有的喧嚣，当阅读成为有些奢侈的消费，注定需要一批颇为认真的人坚持下来，或躬身创作，或俯身细拣，推出好作品，发现好作者，为匆匆前行而风生水起的时代，增添文化脚劲和审美韵味。该书的作者，便属于坚持下来的人之一。坚持下来，也就成了与时代同行、显文化自信、促文学发展的评论家、编辑家、出版家，而且很出色。

《读过》记录了师东的坚持，还刻下了他坚持的特点。

书中各篇的笔触，或伸向某一位作家，如谈论莫言早期中短篇小说的"生命感觉方式"，迟子建早期中短篇小说的"漂泊与守望"；或伸向某一群作家，如"60年代出生作家群""新新女性作家"；或伸向某一部作品，如刘醒龙的《凤凰琴》、梁晓声的《人世间》；或伸向某一种文学现象，如"泛英雄""新写实""底层写作"……作为名编辑，确然要有一股"张开八仙桌，招待十六方"那种热气扑面的劲头。

《青年文学》和中国青年出版社是很不错的平台，发表和出版了不少著名作家崭露头角时的成名作和影响广远的精品力作。师东很像是一位瞭望者、发现者，站在这个平台上，紧张地睁大眼睛，随时捕捉那些有希望的创作星火。于是，收入《读过》的文章，不少与这个平台发表和出版的作品有关。"过了手"，留下了心血，呈现出来的评论文字，也就不是"等因奉此"般置身事外的应付所能比的。

瞭望者自会有发现希望的执着和欣喜。

1980年代中后期，一大批有丰富人生经历、处于社会转型风口浪尖的作家正值创作的爆发期，他们带着深厚的过往积累和热切的愿景期盼，驰骋文坛。这时候，一批更年轻的作者跃跃欲试，希望登堂入室。同样年轻的师东敏锐地发现，他结识的正在成名的作家，都比他年长，和他大致同龄的20多岁的作者，在哪里？细心捡拾，他于1987年发表了《属于自己年纪的文学梦想——1960年代出生作者小说创作述评》，一一点评了迟子建、余华、陈染、孙惠芬等一批20多岁作家的作品，一个具有时代感的文化群体由此被他拎了出来："60年代出生作家群"。此后是一路鼓吹，写了好几篇文章。直到 1994 年初，《青年文学》专门召开了"60 年代出生作家群"研讨会，还连续四年在刊物上开办"60 年代出生作家作品联展"栏目，推出 55 位"60 后"作家。这一创新举措，拉动起年轻作家的声势，带给文坛新的生气，他们中的多数人，后来果然成为支撑文坛的名家。

所谓发现，当然不是写几笔"点将录"那么简单，要义在揭示作家作品的特点。关于"60 年代出生作家群"，师东的观点是：上一茬作家的创作，大多带有思考各自话题的习惯和寻求新的变化的愿望，而这一茬年轻作家则注重感受和把握现实中不断涌现的新的生活内容，并拥有相近生活态度和自在文学气质。为此，"他们与时代的变化和进展保持了同步相向的趋势，他们把正在经历的生活表现得更直接，正在发生的心理传达得更贴近"。配得上时代的瞭望者，应该有这样的视野：贴近时代、贴近生活、贴近作家。

正是这种习惯性视野，使师东在多年后，又有了新的发现和欣喜。他是梁晓声荣获"茅盾文学奖"的《人世间》的责任编辑，率先提出这部作品属于"百姓生活的时代书写"，是"50 年中国百姓生活史"，作家是"时代的书记员"，作品典型体现了梁晓声此前提倡的"好人文化"，等等。如今，同名电视剧引起非同一般的社会反响，不管有没有读过小说原著，观众喜爱它的理由非常简单，就是作品的"时代感"，人们同情共鸣于将近半个世纪里出现的上山下乡、三线建设、推荐上大学、知青返城、恢复高考、出国潮、下海热、走穴、国企改革、工人下岗、自谋职业、棚户区改造、反腐倡廉……这不仅是一部百姓真实的生活史，也是时代艰难的前进史，社会轰鸣的变迁史。正像师东说的那样："一部作品，如果能把时光留住，它也一定经得起时光的打磨。"留住时光，就是发现和呈现时代的本质，揭示与时代同行的真谛。

说到《人世间》，我还有一种想法，就是怎样看称职的编辑和作品的关系。《读过》里记述了师东和梁晓声的一次对话。当梁晓声说到，用"良师益友、助产士"来比喻，"好像都不大恰当"，师东说："(《人世间》)这是你的孩子，我是他叔叔。我喜欢这个孩子。看着他长大，一些时候我可能比你还上心。他天资足，有培养前途。"我从对话里感受到的是，称职的编辑，岂止"读过"，实际是在用心"养育"。"作品生在作者，养在编辑"，这是师东结合丰富出版实践得出的新颖总结。用心"养育"作品的编辑，是直率的，是能够和作家心灵相通地深度对话、深入交换不同意见的。比如，该书中收录的对邓一光《人，或所有的士兵》的意见，还有关于《人世间》修改过程中向梁晓声的建言，等等。

正是这样，《读过》用文学的眼光，来聚焦时代，打量文化，留住了本书作者的坚实足印。

至今，师东依然没有离开产生文学梦想的岗位，集纳这部集子，他不是在远离情感来源的地方，回首疏理自己和文学的千丝万缕，相反，他还在路上，并且不忘为什么出发。他仿佛是在做一件编织的工作，看看自己做编辑、搞评论这么多年，到底做了什么，这些沉淀心血的文字，能不能留住享受过、经历过、参与过的情意醇浓的文化时光，能不能把自己的情怀，编织成一个具有内在逻辑且能聊以自信和自慰的文化空间。

看来，他做到了。

师东嘱我为《读过》写篇文字，我很犹豫，一直未动笔，因为离开生长文学梦想的"故乡"实在久矣。直到读了书稿，唤醒相似的文化体验——书中评论的作品，有些是我也读过的；书中谈及的一些文化现象，也共鸣于我的文化经历——这才不揣深浅，写了上面这些文字。

陈　晋

2022年3月

目　录

第一辑　现场

梁晓声《人世间》　《人世间》：百姓生活的时代书写　003

如果能被时光打磨　008

现实主义写作的新高度　015

让时间说话　034

从小说到电视剧　039

一路走来《人世间》　044

刘索拉《你别无选择》　现实的无可选择与个人的表现情状　048

刘震云《新兵连》　生存情景的零度呈现　055

李晓《天桥》　《天桥》中的叙事人　059

莫言《透明的红萝卜》　莫言小说的生命感觉方式　066

迟子建《逝川》　遭遇与情结　081

池莉《有了快感你就喊》　"看"与"喊"：池莉的性别之书　089

许春樵《男人立正》　我们需要什么样的男人和父亲　092

凡一平《上岭村的谋杀》│困境与难度 097

邓一光《人，或所有的士兵》│一封信 102

刘醒龙《凤凰琴》│刘醒龙的启示 107

刘醒龙《凤凰琴》│说说刘醒龙 112

中国乡土的给予 115

如何长成一棵树 119

第二辑　话题

60年代出生作家群│属于自己年纪的文学梦想 137

论"60年代出生作家群" 148

一个新的文学层面 163

青年作家打造文学新世纪 170

为什么要提出"60年代出生作家群" 177

泛英雄│"泛英雄"的人格主题分析 185

报告文学热│小说与报告文学的现状考察 196

新写实│"新写实"的流行 208

底层写作 | 从生活的内里写起 214

新生代小说 | 时代生活与文学新生面 218

新新女性情调散文 | 一百个年轻的理由 222

第三辑 印记

罗广斌、杨益言《红岩》 | 《红岩》的出版和意义 227

张扬《第二次握手》 | 轰动与阅读 236

陈晋《毛泽东的文化性格》 | 书眼：图书出版的逻辑起点 243

陈晋《新中国极简史》 | 登高望远，举重若轻 251

李泽厚《美的历程》 | 和平里九区 1 号 255

论"兴"的诗歌精神 267

附 录 李师东访谈录 297

现场

《人世间》：百姓生活的时代书写

《人世间》（中国青年出版社，2017 年 11 月版）是梁晓声新近创作的一部长篇小说。这部 115 万字的作品，历经数年倾心打造，可以看作是梁晓声对自己创作和思考的一个阶段性总结。

我们知道，作家梁晓声是因表现知青生活而知名的。他早年的中短篇小说《这是一片神奇的土地》《今夜有暴风雪》，是"知青文学"的代表作。他后来创作的长篇小说《雪城》《年轮》等，也主要描写知青和后知青生活。随着时间的推移，他的创作逐步涉及对非知青人群现实生活的描写和表现。在当代文坛，梁晓声是一个有着鲜明的文学个性和思想力度的作家。

《人世间》与梁晓声以往的创作和思考，既有精神上的关联，又有格局上的扩展。这突出体现在，《人世间》提供了一个全新的写作视野。在《人世间》这部作品中，梁晓声对现实生活的表现，不再指向某个单一的社会阶层和某一特定的人群，而是面向普天之下的芸芸众生，重在展现人世间的社会生活情形。

梁晓声回到了自己生活的原点，他从自己熟悉的城市贫困区的底层生活写起，然后一步一步发散到社会的其他阶层和人群，写不同社会阶层的生存状态，写人与人之间的纠缠，写人生的悲欢离合，写人物命运的跌宕起伏，从而勾画出了一幅错落有致的世间百姓群像图。作品在人世间的大视野下展开，紧紧扣住平民百姓的日常生活这一基本主题，多角度、多方位、多层次地展现了社会现实的丰富和生动。可以这样说，《人世间》这部作品，是梁晓声对自己的生活积累、社会阅历和人生经验的一次全方位的调动。

梁晓声这一新的写作视野的确立，得助于他多年来对社会、生活和人生的深入思考。我们知道，梁晓声在文学创作之余，还写有大量有关社会现实、思想文化和人生人性的时评和随笔。尤其是《中国社会各阶层分析》《中国人的人性与人生》等，对社会生活的内部结构和运行机制的探究，有效地支撑了他在《人世间》中对各阶层人物的塑造、对人物关系的把握，使得他对现实生活的表现能够切中肯綮、鲜活生动。

梁晓声写作视野的变化，明显不同于他以往的创作。同时，我们看到，《人世间》在表现城市百姓生活方面，也有着其他作家所不具备的独特生活优势。多少年后，梁晓声才去触碰这一题材，去写出城市生活中的人心轨迹和社会脉络，可谓是用心良苦。

正因如此，《人世间》开启了真正意义上的"年代写作"。说到年代写作，我们往往理解为出生于某个年代的作家的写作。《人世间》的写作，恰恰是从年代开始的。《人世间》里的周氏三兄妹，是共和国的第一代人。作品从他们走进社会的 20 世纪 60 年代末写起，一直写到改革开放后的今天，时间跨度长达近 50 年。梁晓声和共和国同龄，他有条件写出这一段感同身受的历史。而这近 50 年，正是中国社会发生急剧变化的时期。这个时期，中国社会从封闭走向开放，百姓生活由贫困走向富裕，社会文化从贫乏走向多元。当一个急剧变化的时代与每个人的命运交织在一起时，我们看到了前所未有的人间奇景。而这正是《人世间》要向我们展示的。

把百姓生活放进近 50 年的时间长河里去浸润、磨洗，这确实需要胆识和勇气。而百姓生活作为社会现实的基础和根本，也最能印证社会的发展和时代的变迁。于是，在《人世间》里，我们看到，这近 50 年里出现过的上山下乡、三线建设、推荐上大学、知青返城、恢复高考、出国潮、下海热、走穴、国企改革、工人下岗、自谋职业、棚户区改造、反腐倡廉等重大社会动向和重要社会现象，在不同时间节点上，对《人世间》中的不同人物都产生过深刻的人生影响。于是，在作者构建的人世间的生活场景里，我们读到了个人的成长、草根青年的奋斗，读到了婚姻和家庭的经营和维系，读到了家族的衰败和延续，读到了百姓生活的酸甜苦辣，读到了不同社会阶层的亲疏远近，读到了社会发展和时代进步。我们在《人世间》里，还读到了底层生活的艰辛和不易，读到了平民百姓向往更好生活的人生努力，读到了读书影响人生、知识改变命运的提示，以及作者对人间世事的忧患和悲悯。

《人世间》形象而直观地向我们展示了近50年中国的百姓生活和时代发展。这对于今天的人们回望中国社会的发展进程和普通百姓的心路历程，有着弥足珍贵的认知和审美功效。这是《人世间》的价值所在，也是年代写作的必然意义。

我们看到，《人世间》体现了作者驾驭生活的非凡能力。《人世间》没有扣人心弦的悬念设计，没有一波三折的情节安排，没有人物命运的大起大伏。作者通过自己的生活积累和人生阅历，平实而真切地描述平民百姓的日常生活，从百姓生活中去体现社会时代的巨大变化。不能不说，这的确是一次具有难度的写作。写作的难度，更在于对我们耳熟能详、如影随形的诸多社会事件和生活现象，做出有分寸的把握和有边界的掌控。在《人世间》里，作者体现出了表现社会生活的深厚功力。梁晓声所具备的驾驭能力，在于他对这个时代充满感情，在于他立足民间，感同身受，更在于他始终坚持着对人性正能量的高扬和张举。"文学应该具备引人向善的力量。"正是从这样质朴平实的文学理念出发，他去正视笔下的人人事事，写好笔下的人人事事。在《人世间》里，作者善于挖掘人物身上所闪现的善良、正直、担当和诚信。即便生活再艰辛，也要将心比心，为他人着想；就是身陷困境，也要自立自强，互助互帮。无论社会如何发展，时代怎样变迁，都要做一个好人。社会越发展，时代越进步，作为人本身，更应该向善、向上、向美。《人世间》是梁晓声"好人文化"的形象表述。

同时，在《人世间》里，作者倾注了自己对普通百姓生活的真切关怀。在时代大潮中，每个人追求更好的生活，有其必然的合理性。但追求的方式和手段，具备的素养和能力，又往往决定了他们人生努力的价值优劣。平民百姓如何改变人生和命运，生活向往如何得到有效实现，这是作者尤为关切的。人世间的喜怒哀乐，与每个人都休戚相关，《人世间》体现出了深重宽广的忧患和悲悯。这是梁晓声的人间情怀，也是他写出《人世间》的内在动因。

《人世间》于人间烟火处彰显道义和担当，在悲欢离合中抒写情怀和热望，堪称一部 50 年中国百姓生活史。

写于2018年

如果能被时光打磨

梁晓声在牡丹园的家，我去过许多次。一条很窄的小街里的一个不大的小区。梁晓声说，小街现在通畅多了，前些年，人来人往，小商小贩川流不息。有一点好：一下楼就接地气，适合他写小说。

我怀念我见过的场景：一张小木桌，一把小木椅，桌上是一摞标有"北京语言学院"字样的 400 格大稿纸。小桌放在朝北的阳台上，窗外阳光明丽。梁晓声坐在这里，一笔一画地写着字，完完全全一个爬格子的工匠样子。

日复一日，他保持着这样的姿势，整整 5 年之久。

5 年里，那一摞手稿，越积越厚，足足有 3600 多页。稿纸上的字，起初工工整整，安安静静；过了二三十万字后，这些字慢慢醒来，个别的笔画在探头探脑；再过 30 多万字，梁晓声已然按捺不住字里行间的拳打脚踢；到了最后，就索性写在了 A4 空白纸上。

梁晓声的书写，着实辛苦。

就这样，年复一年，日积月累，梁晓声率领着他笔下的 115 万个汉字，组成了一支雄壮而又浩荡的队伍。

后来，这些文字变成了书。打开它时，不经意间，会隐隐觉出些特别：这些字有手感，有体温，细细绵绵地传递着一个手艺人的气息。而通篇看来，它精神饱满，底气充足。115 万字一以贯之，仿佛是一气呵成。

我所见到的，正是梁晓声写作《人世间》的情形。

二

最初接触到《人世间》的书稿，是 2015 年 11 月 20 日。那是一个很阳光的上午。

梁晓声说，他的新长篇要写 100 来万字，第一部已经写完，第二部也快写到一半。他兴致勃勃地讲起这部长篇小说里的故事：在 A 城的贫民区里，有一位叫周秉昆的小伙子，还有他的哥哥周秉义、姐姐周蓉……我们早就知道梁晓声在写长篇，也一直期待着一个时机。梁晓声说："其他出版社盯得很紧。这部书，我决定还是交给你们，交给中青社。这么多年，我们一直很愉快。"

我明白，中国青年出版社出版的书，梁晓声肯定读过，也一定对他的人生产生过或大或小的影响。我更清楚，早在 1982 年，梁老师就和我们有了交往。那个时候，中国青年出版社刚刚创办《青年文学》杂志，就发表了梁晓声的知青小说名篇《为了收获》，并对他的创作一直给予热情的关注。

梁晓声是我的学长，我们同校同系。两人聊天的时候，我叫他大师兄；有旁人在场，叫他梁老师。那一天的阳光一定十分灿烂。我和同事捧回梁晓声新长篇第一部的手稿，当时我想到的只有这么一句话：不失信任，不负托付。

梁晓声酝酿、构思《人世间》，始于 2010 年。那一年，他刚过 60 岁。他要写一部有年代感的作品，写这几十年中国老百姓的生活到底发生了什么变化，中国是怎么一步步走到今天的，他要把这些告诉今天的读者。

梁晓声回到了自己生活的原点。他从小生活在城市平民区，他打算从自己熟悉的生活写起，然后发散到社会的其他层面，写不同社会阶层的生存状况，写几十年里中国的百姓生活和时代发展，写个人命运与时代变迁的交集，写一部 50 年中国百姓生活史。他思考着。他足足思考了 3 年，直到 2013 年年初，才开始动笔。

拿回来小说的第一部，我们和梁晓声开始了密切的互动。《人世间》从 20 世纪 60 年代末写起，自然要涉及从那个时代起始的许多社会生活细节。"三八红旗手"的说法是哪年有的，70 年代还有没有，我们要查资料；《悲惨世界》在"文革"前出过几卷，我们要去核实；对人和世事的拿捏、把握，更要有尺度和分寸。

我们对发现的疑问能解决的尽量解决，不好解决的专门做有笔记。梁晓声的写作与我们的审稿有条不紊，持续推进。这是一次深度而又特别高效的合作，更是一段难忘的经历。这其中有我们作为编者的理解和要求，更有作者的宽容和大气。

眼看《人世间》就要修改完成，图书出版合同也该签署了。2017年6月5日，我们来到梁晓声家中。他说："你说要签上10年，10年里1万册总该能卖得掉吧！"我说："那我们写不写起印数？"梁晓声说："现在做出版不容易，只要你们把书做好、做到位。"我不敢相信。我很清楚，现如今，一位知名作家对自己的新作提出5万册、10万册的起印数，早已不算稀奇。而梁晓声对自己写了整整5年的长篇小说，居然不提起印数上的任何要求，在我看来，如果不是绝无仅有，也一定是闻所未闻。我毕竟在这个行业里待了很久。梁晓声对他的写作是有信心的，他对中青社同样也充满信任。新上任的中青总社社长皮钧得知后，很感慨地说："梁老师这么信任我们，我们更要对得起这份信任！"

完成初稿后，梁晓声用了大半年的时间进行修订。2017年9月4日，书稿全部完成。但一件挠头的事还没有着落，这便是书名的确定。

2017年10月24日，我们再次来到梁晓声家。一同前往的还有书籍设计师傅晓笛。本是来谈书籍设计的，梁晓声先掏出了一张纸，纸上有一段话，是给长篇小说写的"题记"。我认真看了，觉得不妥。我说："你的长篇写了这么多的内容，用一句话、两句话概括，反倒会限制读者的阅读。"他说那好吧，顺手就把那张纸撕掉了。几年里，我们和梁晓声之间就是这样直来直去：我有问题，他来解析；他有困惑，我来释疑。但是，这段100多字的"题记"里，有3个字往我心里扎了一下。我脱口而出："人世间！"梁晓声一愣，说："高尔基有《在人间》。"我说："高尔基是在人间如何，'人世间'是中国百姓用语。多贴切呀，'人世间'把世上的一切都给罩住了，我们这部书里装的正是人间世事。"梁晓声心理上好像还没有准备。他最初给这部长篇暂定的名字是"共乐区的儿女们"，自己并不满意。我们磨合了几回，也没想出更好的书名。这是一个结。我们用这个暂定名，申报中国作协重点作品扶持项目，补报"十三五"国家重点出版物出版规划项目，申请国家出版基金资助项目，一一顺利通过。这都是对梁晓声和中青社的信任，但反过来也加重了我们起好书名的压力。

"'人世间'概括性强，一看就知道内容。"我继续坚持。梁晓声总是为他人着想，满怀同情地说："那好吧。"

"人世间"，从此成了书名。

三

为慎重起见，在2018年1月的北京图书订货会上，我们推出《人世间》征求意见版。听取多方意见后，我们组织修订，于

2018年5月拿出了正式版本，起印1万套；8月，加印1万套。从2018年6月起，我们开展了一系列的活动。我和李钊平我们两位责任编辑，还有营销部门的同事，陪伴着梁老师从北到南，进行座谈、研讨、签售等。我们安排梁老师与网易合作"网易说"，线上直播两个来小时，观看人数超过100万。2018年9月，在长春出版年会上，《人世间》荣获首届"中国文学好书奖"。前些天，在第十五届《当代》长篇小说论坛上，经在场的100余位专业人士现场投票，《人世间》被评为2018年度五佳长篇小说之一。从去年10月中旬开始，中央广播电视总台把《人世间》作为庆祝改革开放40周年的重点节目，进行了136期的长篇小说联播。

《人世间》出版后，得到各方面的积极评价；梁晓声所到之处，受到读者的热情追捧。有一个花絮：2018年6月，我陪梁老师来到方志敏烈士的故乡江西弋阳。梁晓声给县委中心组学习会讲述"读书与人生"，全县300余位乡镇以上负责人与会，座无虚席。会后县里的同志找到梁晓声，请他给一套《人世间》题款，并连夜送到了一位拆迁困难户的手里。这拆迁困难户是一位"梁粉"。第二天一早，这位"梁粉"通知当地，他准备搬迁了。梁晓声不经意间，解决了一道久拖未决的难题。这是我们回上饶市的路上，"三清媚"文学研究会会长毛素珍亲口讲述的。

2019年1月23日，由中国作协创研部、中国青年出版总社、文艺报社联合举办的"梁晓声长篇小说《人世间》研讨会"在京举行。与会专家认为，《人世间》是一部大书，一部与时代相匹配的大书。

梁晓声说，他写《人世间》，在尽最大的努力向现实主义致敬。人是这样的，更可以是那样的、应该是那样的。他通过他笔下不同层面的人物，传达他对社会的感知和愿景。

梁晓声心目中的现实主义，经过几十年的风吹雨打、日晒夜露，不矫情，不媚俗，已然成为他披沙沥金之后的内心把持。这也正是《人世间》的魅力。

一部作品，如果能把时光留住，它也一定经得起时光的打磨。

《人世间》，应如是。

写于2019年

现实主义写作的新高度

"人世间"，是一个社会习惯用语。一部长篇小说，用它来命名，说明这部作品要写的一定是人间世事。有人说，一听《人世间》的书名，就知道这是梁晓声的作品。因为梁晓声的人间情怀，因为梁晓声的现实主义。

梁晓声的辨识度

梁晓声创作的辨识度，是从他写知青小说后开始清晰起来的。

他曾是黑龙江省生产建设兵团的知青。兵团知青，是半军事化、集体性的存在，不同于农村知青和农场知青。从这一身份出发，所能写出的知青生活，自然不同于其他，辨识度一目了然。

比如说，我们轻易不会说哪里的乡村很"神奇"。知青作家史铁生只是说"我的遥远的清平湾"；另一位知青作家朱晓平，说的也只是"桑树坪纪事";而梁晓声却说"这是一片神奇的土地"。又比如说,梁晓声说"今夜有暴风雪",而韩少功、阿城、王安忆的知青小说里根本就不可能有这么大的雪。多少年后,梁晓声说他不熟悉农村生活,是他生活和写作的一大缺憾,因为他当年在生产建设兵团的生活跟农村和乡土没有发生过任何交集。

许多年后,梁晓声写兵团知青的中篇小说《今夜有暴风雪》,还在被一些学校推荐,供学生阅读。推荐阅读的目的,是为了让今天的青少年们了解过往的一段青春岁月。这段青春岁月,有理想的憧憬,有生活的磨砺,有青春的无怨无悔,以至有人曾经评价说,梁晓声的知青小说,是在用青春的理想为生活的磨难背书。其实,梁晓声写《今夜有暴风雪》,是在为返城后生活没有着落的兵团知青们打抱不平,是出于道义、责任和血性。他要告诉其他人,兵团知青们曾经经历了什么,收获了什么,"我们是可爱的"。据说,因为这篇作品,至少哈尔滨地区负责接纳兵团知青的部门和领导,原先固有的态度产生了松动。也正是从这个时候开始,梁晓声所具备的道义、责任和血性,这样一种质朴而坚定的文学人格力量,就一直流淌在他往后的创作里,成为他获得清晰辨识度的基本依凭。只不过,此时的梁晓声所要表达的,还多少带有想被他人所理解、想证明他们自己价值的那么一份年轻时所特有的愿望和心情。

后来,梁晓声还写了《雪城》《返城年代》,直到《知青》电视剧播出,他理所当然地成了"知青文学"标志性作家。

随着时间的推移，梁晓声把"知青小说"从短篇写成中篇，从中篇写成长篇，从长篇写成电视连续剧。他在不同的时空场景下，不断回望当年的知青岁月，讲述后知青们当下的遭遇。在当代中国作家中，能够一以贯之关注知青和后知青生活的，恐怕也就只有这两个人：一个是北方的梁晓声，一个是南方的韩少功。

梁晓声写知青的时候，其实已经不是知青，那只是他的一个阶段性身份。他做知青时，被推荐上了复旦大学中文系。1977 年毕业后，他被分配到北京电影制片厂，后来去了儿童电影制片厂。再后来，他长期在北京语言大学任教，还被评为"全国师德标兵"。他做过三届的全国政协委员，至今还在以中央文史研究馆馆员的身份为国家建言献策。随着人生经历的变化，梁晓声在教书育人的同时，所关注的重心，逐步向更为广阔的社会领域发散。后来他也写了不少文学作品，但并未超出《这是一片神奇的土地》《今夜有暴风雪》《雪城》的影响力。倒是他的持续不断的社会时评和生活随笔，还有他的影视作品，更为人们所熟悉。他从一个作家和学者的角度，对社会和现实发言，他分析中国社会各阶层在社会转型时期的特征和变化，他针砭时弊，仗义执言，还关心起了中国人的人心和人性。他把自己打造成了一个作家型、社会化的学者和教授。一些在文学领域里孜孜以求的同行，以为他越出了文学创作的边界，其实，他所秉持着的，依然是当初的道义、责任和血性。这一文学创作的初衷，随着社会生活的复杂展开，增添着新的内容。同时，他也在不断地校正着自己。他笔下的文字更有现实主义的锋芒和筋骨，他的辨识度更然强烈，并且更贴近时下，更贴近人心，更迥异于他人。

但是，所有这些，并不是我们最终期盼的。他首先是一位作家，一位曾经带给我们强烈文学冲击的小说作者。他还会有怎样的小说创作，他的长篇小说新作会在哪里？

回到原点

60 岁是一个重要的时间节点。这是人生的一条分界线。寻常人们会在这个时候，回首自己大半辈子的人生经历；作家更敏感，梁晓声尤其如此。有没有可能把自己大半辈子的生活积累、社会阅历和人生经验做一次阶段性的文学总结呢？这个时候的梁晓声，酝酿着写一部大的作品。这部作品一定是文学的。

他回到了自己生活的原点。

梁晓声出生在北方城市哈尔滨的一个建筑工人家庭，属于地地道道的社会生活底层。写底层社会的生活，从来是梁晓声的强项。大家习惯地认为他是一位平民作家。他笔下的知青都是城市平民出身，他后来的大量言论也多是基于平民立场的人文表述。而反观同时代的作家们，他们大多具有乡土生活背景。中国当代文学最为出色的部分，还是乡土写作。

梁晓声回到他生活的根基所在，从城市底层生活写起，这是他不同于大多数作家的独特优势。多少年后，梁晓声才落笔行文，真可谓思前想后、用心良苦。

那么以一个什么样的人物为线索来支撑、贯穿这样一部作品呢？有知青身份的人显然不合适，梁晓声已写过许多，再写未必有更多的新意。他想到了自己去兵团当知青时留在城里的弟弟。

梁晓声成年后正赶上"上山下乡"，按照当时的政策，多子女的家庭可以有一位子女留城。留城的子女似乎从来没有被人关心过、被文学表现过，他们被声势浩大的知青运动遮蔽了，也一直被文学创作所忽视。当哥哥姐姐们去下乡的时候，留城的往往是家中最小的弟弟妹妹，他们经历了些什么，有着怎样的人生，这是一个非常独特的视角，一个很纯粹的城市平民子弟的视角。

梁晓声的心里怦然一动：从这样一个城市平民子弟的视角去看几十年的社会生活变化，看人生的酸甜苦辣，看家庭的悲欢离合，看不同社会阶层的固化与变迁，看时代的迅猛发展对生活的冲击和裂变，那将是何等宽广、何等壮阔的人世间的情形！

从一个人写起

周秉昆是《人世间》里的一个支撑性的人物。这个人初看并不打眼，愣头愣脑一根筋，在家里最小，自然留在城里。周秉昆去街道的木材加工厂，当了一名小青工。

按说周秉昆本是普通得再普通不过的人了，偏偏他有爱读书、爱思考的哥哥姐姐。哥哥姐姐没下乡时，私底下读那时候不让读的世界名著，偷偷交流着心得体会。周秉昆躺在外屋，有一次还忍不住插了话。哥姐们临走前留下了一些书，没想到这些书帮周秉昆睁开了眼睛。

读不读书，真不是一回事。他是青工，但他从此不仅仅是青工。哥哥姐姐们因为爱读书，后来有了不同于其他人的命运和人生，而周秉昆也因为读过一些书，逐步拉开了他与他的年轻工友们的人生距离。

周秉昆从木材加工厂到酱油厂，他和他的年轻工友们一直在做卖力气的苦工。他们的生活内容，他们的交往和遭遇没有什么不同，他从来没有远离过一起摸爬滚打的这一社会阶层，他和他们有一样的喜怒哀乐，在情感归属上是完全相通的。他的同样年轻的工友们，也从来没有把他当成外人。

周秉昆这个人物的可爱可贵之处就在于，即使自己的生活后来有了一些改变，他仍然本能地把自己的生活根基牢牢扎在这些社会最底层的人们那里，同他们一起喜怒哀乐，生老病死。

同时，从血缘亲情上，周秉昆又与抓住社会发展机会、进入社会的领导阶层和知识阶层的哥哥、嫂子、姐姐、姐夫，一直保持着不可割舍的生活联系。他接受他们的影响，包括得到他们的接济。

更重要的是，在周秉昆的生活遭遇中，他的为人处世，他的善良正直，他的责任担当，具有鲜明的平民英雄的属性。从他的身上，我们感受到了为了改变自己底层生活处境而不断努力的普通百姓的人生愿望和道德诉求。

周秉昆是一条不宽不窄的叙述通道。道路两边，风景迷人。左边，是他的哥哥周秉义、嫂子郝冬梅，他的姐姐周蓉、姐夫蔡晓光，他的父母，还有他自己后来建立的小家庭以及光明等；右边，则是他的街坊、他的工友们。在他们的生活圈里，有派出所的片警，有下到工厂来接受改造的"老革命"，有同为工友、后来上大学在中央机关工作的小伙伴，还有周秉昆后来在杂志社工作的同事。

道路两边的人物，随着自己各自不同的遭遇，在不同的社会层面上演着活色生香的人间活剧。他们各自形成了自己的生活圈子。这些生活圈，有的有些交叉，有的相对封闭根本就没有往来。不同的社会阶层，有着自身发展的必然逻辑。周秉昆正是在这些大大小小的生活圈子里，发挥着穿针引线的作用。

正因如此，《人世间》方能写出时代变迁与人生命运的关联，写出不同社会阶层的生存状态，写出人生的悲欢离合，写出人物命运的跌宕起伏。作品在人世间的大视野下展开，勾画出了一幅错落有致的世间百姓群像图。

在这幅群像图上，周氏三兄妹三足鼎立，支撑了这部小说的内部结构，同时也提供了进入《人世间》的三条或然的路径。而回过头来，我们不能不刮目相看周秉昆。

生活史

　　《人世间》是一部极具年代感的作品，它是真正意义上的年代写作。周氏三兄妹是新中国的第一代人，作品从他们走进社会的上世纪 60 年代末写起，一直写到改革开放后的今天，时间跨度长达近 50 年。梁晓声本人就是新中国的同龄人，他有条件写出这一段感同身受的历史。而这近 50 年，正是中国社会发生剧烈变化的时期。这个时期，中国社会从封闭走向开放，百姓生活从贫困走向富裕，社会文化由贫乏走向多元。当一个急剧变化的时代与每个人的命运交织在一起时，我们看到的是一幅前所未有的人间奇景。

　　在《人世间》里，近 50 年出现过的上山下乡、三线建设、工农兵上大学、知青返城、恢复高考、出国潮、下海热、国企改革、工人下岗、个体经营、棚户区改造、反腐倡廉等重大社会动向和重要社会现象，被一一得以艺术呈现，并在不同时间节点上对小说中的各类人物产生着深刻影响。

　　社会发展的阶段性，规定和制约着不同阶层人们的生活轨迹和人生命运。《人世间》形象而真切地向我们展示了近 50 年中国百姓生活的丰富内容和时代发展的强大作用，这对于今天的人们回望中国社会的发展进程和普通百姓的心路历程，有着弥足珍贵的认知价值和审美功效。

《人世间》是一部新中国的社会生活史。它把近 50 年的中国百姓生活直观地呈现给今天的读者，让我们认识到中国是如何一步步走到今天的，这样的年代写作，具有教科书般的意义，而且时间越久，越能显示出不可磨灭的价值。

人物群

一部作品，要写好历史，必然要写活人物。梁晓声在几十年的人生经历中，与不同阶层的人们都打过交道，正可谓阅人无数。在《人世间》里，有底层的下岗工人，有家庭妇女，有经商者，有民警，有知识分子，有官员，有老干部。这些人物阶层不同，形态各异，但都在经历几十年社会生活的冲刷和磨洗。

在《人世间》里，着墨最多的还是周氏家庭中的成员，尤其是哥哥周秉义。这是一个让人尊敬的人物。"文革"开始后，周秉义和郝冬梅、周蓉、蔡晓光偷着看世界名著，私下交换各自的看法，周秉义是一个有求知欲、有上进心、有思考能力的人。到生产建设兵团后，他和被打倒后生死不明的副省长的女儿、自己的高中同学郝冬梅结成伴侣，两个不同社会阶层的人物，因为生活的变故走到了一起。改革开放后，他考上名牌大学，在身为老干部的岳母的挑剔和辅佐下一步步走上领导岗位，他必须用自身的努力证明自己的价值。他当过国营大厂的党委书记，当过省内第二大城市的市委书记，后来到中央机关工作。这位履职多年的正厅级干部临到快退休时，毅然回到家乡，想要改变他出生地 A 市贫困区普通百姓的生活处境，进行棚户区改造。他在完成贫困区改造后被人诬陷，组织上经过调查还他清白，他最后无怨无悔地离开了人世。周秉义是中国当代文学人物中非常可贵的，有可信度和感染力的，真正体现忠诚、干净、有担当的领导干部的形象。这一形象让人敬仰。

姐姐周蓉，敢作敢为，自己的命运自己扛。早年作为文艺女青年，她激情澎湃、义无反顾地奔赴贵州山区，与从北京发配到这里的"右派"诗人冯化成结为伴侣。等到改革开放后自己考上北大，看到回城的冯诗人恶性弥补自己的青春损失时，她决然与之分手。后来她到国外照顾自己的女儿 12 年，回国后不恋过去的副教授身份，到民办中学做数学老师，直到退休后和丈夫蔡晓光一起到贫困山村帮助失学儿童。在《人世间》里，周蓉话不多，但极有个性和追求，尤其是在面对困境时，更彰显了中国知识女性顽强坚韧的意志品质。

周秉昆身为平民子弟，具有劳动人民的美好品性。他为人正直仗义，勇于担当。在他人面临困境之时，他挺身而出，扶危济困；同时，他特别忠实于自己的个人感情，毅然决然与怀有他人之子、处境艰难的郑娟结婚，勇敢挑起郑娟一家极度贫困的生活担子。普通人的善良美德和人生信念，在周秉昆身上毕现无遗。

周志刚是周氏兄妹的父亲，他是新中国第一代建筑工人。为了国家建设，他常年在外东奔西走，他的内心一直洋溢着国家主人公、社会建设者的豪迈和激情。同时，他又深明大义，通情达理。周氏兄妹所以能在社会发展中发挥作用、体现价值，与周志刚的言传身教不无关系。这是一个在今天的语境中久违了的工人阶级的平凡而高大的文学形象。他值得历史和时代敬重。同时，他又是一位跨越时空的父亲，让我们怀想应有的担当和责任。

更让我们过目难忘、耿耿于心的是这样一位老妇人：她在《人世间》里没有留下姓名，她是郑娟和郑光明的母亲。她首次出现在小说中时，佝偻着身子，推着一辆破破烂烂的冰棍车，车上插着十几支糖葫芦。她又老又丑，走在寒凉的冬雪里。我们要想象贫穷能是什么样子，就会想到这样的生活一幕。哪知道就是这样一位卑微的老妇人，在自己的贫寒境遇中带着两个孩子一起生活，先是郑娟，后是盲童光明。更何况，他们都是她捡来的，都不是她亲生的孩子！她靠卖点儿冰棍糖葫芦，带着郑娟、光明糊着火柴盒艰难度日。她不声不响地离开了人世，平静从容。她一生卑微，内心却高洁善良，体现了深刻的人性美好。小说写到她时，只有1000多字的笔墨，但这个人物却让我们动容。

"光字片"派出所的民警龚维则出现在小说中时，年龄并不大，却正在劝导哥哥姐姐们下乡后留在城里的一群小青年：要管好自己，不要给社会惹事。多年以后，这位"小龚叔叔"当了分局常务副局长。从中纪委下来办案的吕川和当年同在酱油厂的工友们聚会，临别时不经意地和"小龚叔叔"的侄儿"拥抱了一下"。这个时候，我们心里一激灵：龚维则要出事！果不其然，"小龚叔叔"成了腐败分子。对这个人物，小说里只有几处笔墨不多的下笔，却让人印象很深。

在《人世间》中，值得品味的人物还有很多。郑娟面容姣好，心地纯洁，人生不幸，生活贫困，她对生活几乎没有任何要求，稍有点儿高兴事，就欣喜不已；盲童光明成年后，周秉昆还在为他的将来操心时，他主动去了寺院，为有所求的人们按摩推拿，做起善事；蔡晓光对周蓉始终一往情深，他心甘情愿为周蓉投奔恋人打掩护，最终与周蓉走到了一起，他审时度势、随机应变的能力之强，也让人叹为观止。

还有我们不能不面对的、那些更普通更底层的孙赶超、于虹、常进步、肖国庆、吴倩们。他们没有多少文化，也没有任何家庭背景。日子平顺时，他们还能将就；一旦生活发生些变故，他们的日子就千疮百孔，难以为继。肖国庆后来得了尿毒症，每周要透析。为了不再给已经负担不起的家庭增加负担，最后他选择了卧轨。

在《人世间》这部作品中，因为有这些人物的存在，因为有发生在他们身上的人生故事，我们从中读到了个人的成长、草根青年的奋斗，读到了婚姻家庭的千差万别，读到了家族的存续衰亡，读到了不同社会阶层的亲疏远近，读到了社会的变化和时代的进步。我们还读到了底层生活的艰辛和不易，读到了平民百姓向往美好生活的人生努力，读到了读书影响人生、知识改变命运的重要启示。我们更读到了作者的人间情怀，读到了他对民生疾苦的忧思和悲悯。

时代书记员

梁晓声与共和国同龄。他出生8天后，新中国宣告成立。说梁晓声是"共和国作家"，名副其实。

梁晓声的人生命运，天然地与国家和人民的命运联系在一起。他是亲历者，70年的风风雨雨他都经历过，而且都对他的人生发生过影响；他是见证者，国家和人民是怎么从一穷二白走到今天的，他最有发言权，也最有说服力。他一直在与时代同行，中国社会发生的新的变化吸引他去关注，去思考，他也未曾懈怠过。他从一个人文知识分子的角度，秉持着社会良知和责任，用他擅长的方式表达自己的理解和认知。他从来就是一个现实主义者，关注现实，关注社会，是他作为一个作家的人生使命。

梁晓声对这个时代充满感情，是时代的发展进步推举着他，让他不断获得观察和思考的视野和角度，更新自己的方法和路径。他说他写作，是在做一个时代书记员的工作。他进入这个时代，观察这个时代，思考这个时代，这种执着和认真，奠定了梁晓声现实主义的坚实基础。

梁晓声的现实主义，不回避，不躲闪，不对症结视而不见，不对问题麻木不仁，对社会和时代的责任使命，成为他观察和思考的前提。同时，梁晓声的现实主义，不矫情，不媚俗，他总是秉持着社会的良知和道义，给社会传达着正的能量，希望人性能向上、向善，社会能向美、向好。梁晓声有自己对社会和人生的执着信念，而且随着阅历的丰富，这样的信念和操守，与社会现实的关联更加密不可分、水乳交融。

而这一切，他都呈现在了《人世间》里。《人世间》是梁晓声对自己人生阅历、文学经验和思想储备的一次全方位的调动。《人世间》无疑代表了梁晓声的现实主义高度。

人民情怀

梁晓声是有平民意识的作家，这是人们对他的习惯性认定，甚至大家把他当成了平民阶层的代言人。

梁晓声出生在底层，他对底层百姓的生活感同身受。当大批国企工人面临下岗阵痛时，梁晓声在哈尔滨的家里6人中就有5人下岗。幸亏梁晓声很早就走了出来，尚有能力照应长期住在精神病院的哥哥。否则，雪上加霜的家庭定会暗无天日。

梁晓声作为一位作家的生活遭遇，本然地驱策着他去关注社会底层弱势群体的生存状态，对他们生活的艰辛和不易，给予深深的怜惜和同情。所有这些，都能从《人世间》中找到梁晓声诚恳的表述。

与此同时，梁晓声在《人世间》里，更写到了普通百姓在生活重压下的自尊自爱、自立自强，他们的抱团取暖、手足相助，他们的善良正直、乐观坦荡，他们对情义的看重、对命运的抗争，以及他们为改变生存处境所付出的辛苦。

而且，在《人世间》里，梁晓声笔下的底层，并不是笼统或绝对的，而是一个复杂的存在体。百姓生活是现实社会的基础和前提，更能本质地反映和印证社会现实所发生的变化。当生活得到一定的改观，潜沉在底层社会中的狭隘、自私就会被自自然然地显露出来。《人世间》写到，周秉昆的发小、与他一路相互照应的曹德宝，因为自己没能得到一套更好的房子，不惜实名举报秉公办事的副市长周秉义。梁晓声对这种刁民行为持明确的批判态度。小说里的一个细节，是这样处理的：周秉昆和曹德宝不经意相遇了，后者低下头，一晃而过。梁晓声不是靠说教，而是靠当事人自己的羞愧和无地自容，来体现作为社会人应有的是非好恶。

《人世间》重笔描写了周秉义、郝冬梅、周蓉、吕川以及下一代的周聪等人通过读书掌握知识而改变自己乃至家庭命运的人生经历，也对孙赶超们对文化知识的漠视而哀其不幸、怒其不争。梁晓声在《人世间》里写了大量的平民生活，但他并不是一味地认可和赞同。他的洞察力，远远超出了平民阶层本身。

梁晓声现实主义的逻辑起点，源自民间，源自底层，源自民生疾苦和生活向往。梁晓声具有扎实深厚的平民意识，但又绝不仅仅只是平民意识。在他的观察和思考中，更有他对社会整体结构的悉心理解，对时代发展和社会走向的洞察和期望，这是一位作家、一位知识分子的人民立场和人民情怀。在国家逐步走向现代化、民族迈上复兴征途的宏大时代背景下，梁晓声从根本的人民利益出发，在《人世间》里，形象而艺术地表达了只有社会发展和时代进步，才能彻底改变平民百姓的人生命运的深刻认知。普通百姓对美好生活的人生向往，要靠知识和能力、正直和道义、友善和互助、责任和担当、奋斗和努力来得以实现。这是梁晓声人民立场和人民情怀的文学指向。

好人文化观

那么，在社会和时代面前，我们要做一个什么样的人呢？

《人世间》是对"好人文化观"的形象表述。它从价值取向上，彰显了梁晓声的现实主义高度。作者写出了时代的变迁与个人命运的交集，这是典型的现实主义。同时《人世间》并不仅仅满足于此。人是这样的，但可以是那样的，应该是那样的，这是梁晓声提出"好人文化观"的前提。

在《人世间》里，作者善于挖掘人物身上所闪现的正直善良和情义担当。即便生活再艰辛，也要将心比心，为他人着想；就是深陷困境，也要互帮互助，自立自强。不管社会如何发展，时代如何变迁，做一个好人，是对人心、人性的内在要求。社会越发展，时代越进步，作为人本身，更应该向善、向上、向美。《人世间》里无时无处不在体现这种思想的光辉。

我们从《人世间》中不难看到，当生活处于不可调解之时，总有一种正直的、友善的力量，内在地驱策着生活向前推进。而矛盾的调和和解决，又往往得助于梁晓声价值取向的牵引。这样的例子俯拾即是。

以周志刚为例，在没有见到女儿周蓉之前，他对女儿不管不顾跑到贵州山区投奔"右派"诗人一事怒不可遏。等到他见到了这位诗人，看到了女儿的生活现状，他原谅了女儿，理解了女儿，一场潜在的冲突并没有发生。同样，当他得知自己的小儿子与怀有他人之子的郑娟相爱时，他也是愤怒至极。等到后来了解到了郑娟为他老伴、为他一家的付出，他主动帮小儿子整理行李和洗盥用品，把他送往郑娟家里。他对周秉昆说过这样一段话："有恩不报，那是不义。你和人家郑娟早都把生米煮成熟饭了，如果你不与人家结婚，那是双重的不义。……再愁再难的日子，你都要为那边三口把日子给我撑住，而且让他们觉得有了你就有了希望，不仅仅是多了一口混日子的人！"而周秉昆原以为父亲是要赶他出门。这个时候的他，泪如泉涌。

一位深明大义的父亲，看重的是在困难中人与人之间的真诚相助和相互守望，还有为人应该尽到的责任与担当。

正是这样，梁晓声把自己的思考和认知，潜移默化地渗透到小说的人物形象上，让人物立起来说话。呈现现实，同时从理想向度上引导现实，梁晓声的"好人文化观"起到了内在的支撑作用。

梁晓声说过这样的话，被广为流传："根植于内心的修养；无需提醒的自觉；以约束为前提的自由；为他人着想的善良。"一些人以为这是他对文明、文化的定义，其实这是他从文明、文化的角度，为"好人"定下的标准。从这样的好人标准出发，希望人性向上向善，社会向美向好，这是梁晓声"好人文化观"的深厚内涵，同时也是《人世间》的深刻魅力。

时间的意义

对《人世间》来说，时间具有非同寻常的价值。所谓年代写作，其实就是时间写作；社会生活史的呈现，本身就是时间的叙述。

《人世间》讲述的是中国近 50 年的社会发展进程，讲述的是时代的走向和个人的命运，讲述的是作家的真情实感和人文情怀。它把这一切艺术而雄辩地铺展开来，直接指向今天的读者，让他们看到，中国是怎么一步一步走过来的，父辈们经历过什么，同时思考自己的人生该走向何处。对于今天的读者来说，《人世间》

无疑是对历史、对人生的温习和回补。它让我们更好地理解我们的父辈、祖辈的人生努力，理解时代的特征、社会的特点、人生的际遇、生活的情形，理解这个国家和民族为什么能走到今天。它让我们站在现实的支点上，面对时间的长河思考：我们来自哪里，我们去往何处。

时间从来不说话，但它总是会让它着意的人物走上前台。《人世间》里的人物形象，具有非常鲜明的特征，给人以十分强烈的带入感。在历史上的某个时段里、某个场景下，如果换位思考一下：我们是其中的某一个人，想到正在经历着什么、要怎么往前走时，我们都能从《人世间》里获得有益的启发和提示。《人世间》让我们设身处地、身临其境，去感受、去领悟，去认识人生、社会和时代，去回味人世间所饱含的无穷魅力和丰厚底蕴。

《人世间》是一部留住了时间的作品，它也定然会被时间所留住。

写于2019年

让时间说话

梁晓声想写《人世间》的时候，刚过 60 岁。对这部要写百余万字的长篇小说，梁晓声很是慎重。以后恐怕没有体力、精力去写这么大篇幅的作品了，他后来说。

梁晓声从 2010 年开始构思这部作品，这一酝酿就是 3 年。直到 2013 年年初，他才正式动笔。

也正是从这个时候起，梁晓声谢绝了一切社会往来，每天按部就班地坐在阳台上的一张小方桌前，一格一格、一字一字地书写着，整整写了 5 年，写出 3600 多页纸。

梁晓声的字写得十分认真，很有劲道，一笔一画，棱角分明。给人的感觉是，他对笔下的每一个文字，都格外尊敬。直到现在，有人找他签名时，他的手指还有些僵硬。

梁晓声在写长篇小说、写一个大部头，这我清楚。困扰我的是，过了 60 岁才动笔，我不清楚他会写出一部什么样的作品来。事实上，115 万字的《人世间》面世后，大家也都很诧异。

梁晓声是以知青小说知名的。《这是一片神奇的土地》《今夜有暴风雪》《雪城》，我们很熟悉。随着时间的推移，梁晓声的关注点逐步向更为广阔的社会领域发散。尤其是他到北京语言大学任教以后，我们更熟悉的，是他的大量的社会时评和生活随笔，还有影视作品。梁晓声把自己打造成了一个作家型、社会化的学者。印象中的那个写小说的梁晓声，已然让我们有些陌生。

我倒心中有数。《青年文学》在"名家"专栏中新近发表的梁晓声短篇小说，还被《新华文摘》转载过。梁晓声并没停下写小说的那支笔。

2015年11月19日，同事万玉云拿着插画稿去征求梁晓声的意见。梁晓声托她带话，要我第二天上午去他家一趟。那个时候，我正带着图书编辑部门操作由我策划的"梁晓声知青小说精品系列"水墨插图版八卷本。

第二天一见面，梁晓声就说起他正在写作的长篇小说，我们要谈的，就是这部作品的出版事宜。

梁晓声和《青年文学》、和中青社的渊源，我和他都清楚。近几年我们出版过他的多种随笔集，正在运作他的知青小说八卷本，自然还有他和我出自同校同系的情谊。"你一直在做出版，还在办《青年文学》，而且从来没有离开过文学。这部小说要写上、中、下三部，第一部已经写完，第二部也快写到一半。你们把第一部带回去，先看看，不着急，有什么意见，我们回头再交换。"我的记忆里，好像一直是他在说话。

我和同事李钊平、万玉云抱着好几斤重的书稿回单位，手上重，心头更重。大师兄梁晓声在托付我一件事情，这件事情很重要，我要对得起这份信任。

这部带着手感和体温的作品，从20世纪60年代末写起，写的是新中国几代人的生活遭遇和社会变化，落笔在东北一座省会城市的一个平民区，贯穿始终的人物是一位叫周秉昆的平民子弟。梁晓声显然是在对自己大半辈子的生活积累、社会阅历和人生经验做一次阶段性的文学总结。

这部有年代感的作品，立意很清晰：这几十年中国老百姓的生活到底发生了哪些变化，中国是怎么一步步走到今天的，他要把这些告诉今天的读者。

这些年来，我一直期盼着出版一部让今天的青年读者了解中国几十年进程的文学作品。这样的作品，也只有像梁晓声这样的作家方能写出。

我很快读完小说的第一部，向梁晓声表达了基本的判断：很有年代感，放心写，而且肯定会越写越出彩，细节问题等初稿完成后再议。后来梁晓声说，我们最初的肯定，对他是莫大的鼓励。

我和同事李钊平商定好，这一段时间我们尽量不打扰他、不打断他，让他聚精会神写完初稿。我们分头进行审稿，先做一些初步的加工，发现什么问题，有什么疑惑，事先做好笔记。我专门找了两个小本子，是《北京文学》随刊相送的：一本记的是情节推进过程中的脉络和走向、疑惑和问题，一本记的是小说中每个人物的来龙去脉和人物之间的往来明细。

取回《人世间》第二部，已是 2016 年春节过后。梁晓声说他身体不适，颈椎病明显加重，每每写作都要围上护脖，也只能坐在小椅子上就着小桌子写，这样颈部压力会小一些。还怕冷，胃部时常隐隐作痛，上过几次医院，医生安排他去做进一步的检查。他说："我不做。真要检查出什么问题，那这部小说就没法写下去了。"

2016 年年底，梁晓声完成了三卷本的初稿。

看完整部书稿，我们和梁晓声展开了密切的互动。小说中的人物线索、情节进展、生活细节、重要史实、时间地点、说法提法，包括对人与世事分寸的拿捏和尺度的把握，我们一一加以辨证。

我们商定了全书的整体设计风格，签订了出版合同，梁晓声在起印数上没有提出任何要求；我们定好了书名，叫《人世间》，确定了出版周期和宣传推广计划；我们给整部作品定了一个调：50 年中国百姓生活史。梁晓声说："你说得对，是生活史！"随后，梁晓声用了半年多的时间，对全书进行了认真修改。

2017 年 9 月 4 日，他打来电话："书稿全部改好，可以交给你们了。"

按照我们和梁晓声的约定，我们要在 2018 年 1 月的全国图书订货会上推出征求意见版。时间很紧。

现在回过头来屈指一算，从 9 月上旬到 12 月中旬 100 来天的时间里，我们平均每天要编辑加工 1 万多字。说废寝忘食、夜以继日，真不为过。很多时候是半夜醒来，还要看上几页纸，看着看着，天就亮了。

2017 年 12 月 17 日下午，在从武汉到北京的高铁上，离到站还差半个来小时，我看完《人世间》书稿的最后一行字，大脑一片空白，眼前空无一物。

我们如期推出《人世间》，征得多方意见后，做出进一步的修订，于 2018 年 5 月，推出了正式版本。

记得有一次聊完书中的一个细节后，梁晓声突然问我："你说作者和编辑是什么关系，我们是什么关系？良师益友、助产士，好像都不大恰当。"

我想了想，说："就说你和我、和《人世间》吧，这是你的孩子，我是他叔叔。我喜欢这个孩子。看着他长大，一些时候我可能比你还上心。他天资足，有培养前途。"

其实，我是在坚信:《人世间》会有他越来越多的亲人和朋友。

时间是会说明一切的。

写于2019年

从小说到电视剧

中国作协十楼的这个会议室，是文学的福地。经过在这里的评价和鉴别，作品就有了定位和归属。

3年前，中国作协创研部、文艺报社和中国青年出版总社在这里联合召开了梁晓声长篇小说《人世间》研讨会，今天在座的一些专家参加过上次的会议。当时研讨会的情形，仍记忆犹新。敬泽副主席说，这是一部大书，那些人、那些精神形象，是立得住的。陕西的评论家李国平说，《人世间》是一部和时代相匹配的大书。

我还记得，2016年的秋天，我陪新上任的中青总社社长皮钧同志来拜访铁凝主席，向铁主席汇报了梁晓声写作新长篇小说的情况。铁主席很关切地叮嘱我，听说他身体不大好，望他多加保重。后来，晶明副主席还专程看望过晓声。

文学出版工作，一向得到中国作协的有力支持。我们中青社的看家书《红岩》，就是当时的文学编辑室主任江晓天从中国作协的新中国成立 10 周年重点创作计划中发现出版线索的。当然这是线索之一。梁晓声的新长篇，以《共乐区的儿女们》的暂定名，成功入选了 2017 年中国作协重点作品扶持项目，还入选了"十三五"国家重点出版物出版规划项目和国家出版基金资助项目。《人世间》刚刚面世，《文艺报》就发表了梁晓声的创作谈和我撰写的评论。接着是《人世间》研讨会的召开。再接着是在第十届"茅盾文学奖"的评选中，《人世间》获奖并名列第一。至少从《人世间》的一系列文学遭遇中可以看出，中国作协确实是在真情关爱作家，真心求贤若渴、慧眼识珠，体现出对精品力作和文学高峰的倾情投入。我作为长篇小说《人世间》编辑出版的主要操作者，深深感受到了文学的温暖和情谊。

《人世间》写的是平凡人的不平凡。《人世间》的出版，也可以说是平凡的出版人做了一件不平凡的出版事。文学作品出版了，经过文学的评判，发扬光大在其他艺术门类，包括影视和新媒体，这是必由之路。

我在这里顺便向大家介绍一下《人世间》的发行情况。主要是想说明文学评价的重要性、影视传播的重要性。《人世间》从 2017 年 11 月出版到获"茅奖"之前，发行了 4 万套；获"茅奖"之后，截止到去年年底，发行了 16 万套。今年开年的这两个月的时间里，我们发行了 22 万套。电视剧开播以来，当当、京东两个电商平台的实际销售为 5 万多套，这是截止到昨天（2022 年 2 月 27 日）的数据。《人世间》出版以来，销售码洋已经超过 1 亿元。

可以说我们共同创造了又一个原创长篇小说的发行奇迹。《人世间》正在从文学的专业阅读走向广泛的社会阅读。

《人世间》从小说到电视剧，一路走来，广受关注。这充分说明了做好文学原创的极端重要性，同时也彰显了优秀影视作品强大的社会调动能力。《人世间》从写作到出版，到得到文学方面的充分肯定，到电视剧的热播，到新的可能性呈现，有着多方面的丰富启示。

《人世间》从高质量出版到现象级文艺传播，它是怎么做到的？我想，《人世间》作为一个现象级的存在，至少有这样三个方面的启示。

第一个启示是，好的文学作品，要有厚实的现实生活品质。这也是最重要的一点。《人世间》里有年代感、时代感、生活感、命运感。不同的时代特征，不同的社会层面，不同的人生际遇，不同的生活场景，都能在《人世间》里得到有力的呈现和表述。用梁晓声自己的话说，从酝酿到完稿，长达8年，他是在通过《人世间》向文学致敬，向现实主义写作致敬。我用我们的话说，《人世间》是梁晓声对自己的人生阅历、文学经验和思想储备的一次全方位的调动。能调动、能带入、能共情，这就是《人世间》所具备的现实品质。

第二点启示是，好的文学作品，要有坚实的文学出版质地。把一部书稿从文稿形态转化为出版形态，出版者要付出巨大的心力，这包括对作品的价值判断、对文本的悉心打磨、对图书的专业打造、对产品的精心推广等，这里体现的是出版的职业素养和专业水准。以前人们总爱说，编辑出版是"为他人作嫁衣裳"，今天看来，这一说法未免小气。作者和编者的关系，本质上是生和养的关系。一株小树苗生在作者的苗圃里，要移植到适当的地方去长大成材，要培土、浇水、除虫、整枝，让它长成心目中的那么一棵树。这是编辑出版要做的工作。所以我说，一部作品，生在作者，养在出版，这才是作者和编者之间的正常逻辑。这样去理解编辑出版工作，我们才有可能把握文化出版的价值和要义。

第三点启示是，好的文学作品，要有成功的艺术转化。《人世间》产生广泛的社会影响，同名电视剧功不可没。可以说，艺术转化得越专业、越到位，文学作品的社会效应就体现得越充分。电视剧的热播，拉动了《人世间》在网上的强劲销售。为了让地面店的销售齐头并进，我们做了一个"百城千店，共读《人世间》"的活动，同时举办了《人世间》的书评征文。从大量来稿中，我们真切感受到了阅读的力量。很多人是一边看电视剧，一边捧着书，要看人物命运的走向，要看书和剧到底有什么不同。不少人平时是不怎么看书的，但他们通过观剧，又重新捧起了书。艺术转化得以成功的秘诀还在于：对原创作品核心价值的深刻认同。我们在出版《人世间》时有一个定位：50年中国百姓生活史。同时，我们还有两句宣传语：于人间烟火处彰显道义和担当，在悲欢离合中抒写情怀和热望。这些也同样成了电视剧的宣传用语。这说明，从出版到影视，我们对长篇小说《人世间》的基本认知，是充分一致的。

出版好一部文学作品，得到文学方面的专业认可和读者的热情阅读，同时通过影视化等艺术手段成功转化和广泛传播，变成全社会共有的文化资源，我认为，这是新时代文化高质量发展所呈现出的新的气象和格局。我们坚信，通过全媒体的相互赋能、共同给力，新时代文化一定会有无限广阔的发展前景！

在中国作家协会"从文学到影视：
《人世间》座谈会"上的发言，写于2022年

一路走来《人世间》

58 集电视剧《人世间》播完了，大家意犹未尽。人们被带到几十年的历史进程中，带进人生的遭遇里，年长的人看到了曾经熟悉的生活，年轻人突然对父辈祖辈们添了认识。这都是《人世间》要达到的效果。

我也有些不舍。明天（2022 年 3 月 3 日）上午，梁晓声要来社里题签一些书。我在琢磨：是不是要动员他把《人世间》续写下去？

在小说《人世间》出版后，梁晓声对我说过他的两个"没想到"。

第一个"没想到"是，2015 年 11 月，我和同事李钊平、万玉云从他家里取回了小说第一部的手稿，我通读完后，随即向他表达了明确的意见：很有年代感，放心写，肯定会越写越出彩。梁晓声后来多次说，我们最初的判断，对他是非常大的鼓励："没想到你们这么肯定。如果要我从 80 年代写起，那我这部小说就没法写下去了!"这是原话。

我作为《人世间》出版工作的操持者,曾在编辑《人世间》的过程中,给这部百万字的小说定过一个调:50年中国百姓生活史。我们把这句话印在了书的腰封上。后来这句话也被电视剧用来作为宣传语。其实,这部小说写的是70年,写的是新中国同龄人70年里的经历,只是笔墨落在了60年代末这一代人走进社会之时。不从他们走进社会时写起,周家兄妹们的不同生活经历和共同的人生努力,就没有了前提,也就没有了说服力。

梁晓声的第二个"没想到"是,小说写完了、改完了,他要去忙其他要写的东西了:"没想到你们会这么上心、这么投入。"这也是原话。

梁晓声说出这样的话,是因为他太了解出版的常态了,没想到做他书的两个人都办过刊物(另一位责任编辑李钊平办过《青年文摘》),而且是文学刊物。办文学刊物,实在是锻炼人。我在《青年文学》做编辑的时候,有过这样的体会:埋头看了一天的来稿,居然没有一篇中意的,就觉得这一天过得特别失败,心情会很沮丧;一旦看到一篇很不错的作品,一定是眼前一亮、神清气爽。好作品确实是难逢难遇。久而久之,就形成了一种职业习惯:看到好的东西,定要全神贯注、全力以赴,直到水落石出。当年我编刘醒龙的《村支书》《凤凰琴》《挑担茶叶上北京》,编麦家的《陈华南笔记本》《听风者》,还有他的长篇小说《解密》,就是如此。只不过编《人世间》难度更大、困难更多而已。这是一种长期的专业训练，考验的是人的眼光和见识、担当和坚忍。

作品如同孩子，生在作者，养在编辑。对一部作品来说，作者和编者的关系，就是生和养的关系。等到把孩子拉扯大了，这才满怀期待地目送他到社会上去摸爬滚打，去见世面、经风雨。《人世间》正是因为有了厚实的现实生活品质、坚实的文学出版质地，才为后来的艺术转化提供了多种可能性。

《人世间》拍成电视剧，听说有5亿多人在看。梁晓声和我也在看。我们两人时常会在看完当天播出的两集后，在电话里聊上一会儿，交流一下。我们就像在打量一个似曾相识的人。

小说自有小说的要求，影视更有自己的逻辑。文学是个人表述，是和单个的读者在相处；与文学相比，电视剧要照顾到更多人的观剧感受。在改编上看得出来，王海鸰下了很大很深的功夫。在小说中，周秉昆被判了12年，梁晓声大笔一挥，12年就过去了。周秉昆走出监狱时，就是2001年的7月5日的上午。电视剧里加了很多的戏。梁晓声还在剧中客串了一下审判长。网上有一个调侃他的段子：梁老师写周秉昆，梁老师判周秉昆，反正是梁老师说了算。周秉昆出狱后站在发小们面前，剧中出现了一双双关切的手抚在周秉昆后背上的温暖画面。什么都没说，但把什么都说了。这真是神来之笔！前几天在作协开《人世间》从小说到影视的座谈会，见到导演李路，他说这是他们拍摄时即兴补上的镜头。看得出他们是多么投入。

《人世间》从小说到电视剧，一路走来，广受关注，得益于社会的合力、共同的加持。这说明原创很重要，编辑很重要，出版很重要，文学评价很重要，获奖很重要，编剧、导演、演员很重要。还有更多的很重要。做成一件像样的事，真的是每一个环节、每一个人都不能少！

写于2022年

现实的无可选择与个人的表现情状

　　略略看去，刘索拉在《你别无选择》(《人民文学》1985年第3期）这一中篇小说里，夸张、渲染得真够可以的。那些铺张、变形、抽象化了的内容，很容易让熟识情状或生疏有隔的读者不知不觉地会心一笑。作者执意不显人物心态的表露，而更着意于他们放诞自任的行为本身。那些机俏无忌的对答，那些紧凑快当的举动，在作者出于主观叙述效果的摹画渲染中，一改学校生活的单调平淡，充满了戏剧性的场景转换和情节变化。不长的篇幅里，作者就安排了十几个人物有头有脑地出场，而且还不经意地平分笔墨。气质、性情、风采在一个具象化的环境中的众彩纷呈，于作者貌似夸张、实则冷峻的写作姿态中，传达出特定环境下的"变态""神经质"，乃至"歇斯底里"。的的确确，在堂堂高等音乐学府的作曲系里，出现一群奇形怪状的人物，出现一些让人瞠目结舌的举动，这本足以让人侧目。

　　于是，小提琴手莉莉并无夸大地直言："人家都说你们作曲系全是神经混乱。"一向严谨治学、旨在传授"创作方法"的贾教授说："这些人是干不出好事来的，他们是一批无可救药的人。"于是，假地震过后，"有才能，有气质，富于乐感"，自以为"身体太健康、神经太健全"的李鸣吵着要退学，要离开这个营营扰扰的圈子，离开这群疯疯癫癫的人。等到一桩偶然的事件——同寝室的马力不幸身亡后，他索性像奥勃洛摩夫一样不离开枕衾，一心维护"功能圈"般不可冒犯和自守内心。

然而，把这些近乎变态的神经质似的"杂耍"，放在一片精神世界里，放在有着乐思和音准的音乐天地中，放在中国当代的大学骄子们身上，这就成了一件要让人细加端详的事情。他们并不是在自出洋相，去博人一笑，更不是为了沽名钓誉，哗众取宠。在一个特定的社会文化阶层中，倘若能够从他们身上传达出我们这个时代的躁动不安和心绪不宁，传达出努力摆脱陈腐、保守的思维定式所显露的某些精神特征，传达出敏感的年轻一代的巨大分野和矛盾，以及内心的痛苦、磨难，传达出我们这个时代和社会驳杂的色调和声响，包括它所折射的色彩斑斓的心理状态，那些吵吵嚷嚷的闹剧，就只能是热热闹闹的外象，而心灵本身的痛苦、折磨、求索、期冀，就显得格外真挚而令人深思。

毫无疑问，这帮作曲系的年轻人正在面临我们共有的这个时代，面临着与自身休戚相关的生存环境和社会心理行为的矛盾冲突。"你别无选择"，并不仅仅是在表明一种态度，而更是在彰显一种冷峻、清醒而又客观存在的现实感触。社会生活的当代属性，冲破一切人为的"功能圈",牢实而自持地立在他们面前:你别无选择——当这群人明白自己在社会和时代、在历史和未来的交叉点上的位置时,一种从历史的肌体上积淀、浸漫和生发出的生命感受,裹挟着现实的境遇、未来的沉想,以及努力进取的愿望,触发着他们产生各各不同的行为做派。而这一切,直接指向的就是他们无可选择的现实。此时的内心,岂能是一派清朗和空明。

《你别无选择》这一小说不同凡响的地方,不在于它塑造了哪些个性格丰满复杂的人物,而在于它敏感尖锐地铺开了一个特定环境下的生活层面和思想层面,形成了一道错落有致而又有起有伏的人物行为链条;并且,在这样一道生命链条里,人物行为平面展开,浓缩着当代现实的斑驳色彩:虽然这些人物行为本身并不具有必然的意义,但当它们聚合在社会现实的光圈之中时,便点醒了一道深婉、凝重而又客观真实的时代主题。

可以明显看出,李鸣是这条生命链的基本线索。他一出场就想离开学校这个圈子,由此引出马力、王教授、石白、小个子、戴齐、森森、聂风、贾教授、金教授、孟野、董客、"猫"、"时间"、"懵懂"、莉莉、女作家等诸多有模有样、有影无形的人物。在这一长串人物中,中心的一圈还是作曲系的一帮学生。作者并没有为他们完成一段性格历史,而着力于人物行为的对应、映衬和关联上,从而显现出他们所具有的异常鲜明的群体特征。李鸣感叹着森森和孟野的气质、马力的早逝、董客的"踏实"、石白的尚古;森森对"猫"那"单纯、年轻、修长的手指"怀有象征性的憧憬爱慕，同时还受小个子到另一个天地"去找找看"的心思的触动。一方面，由于人物和环境的对举和烘托，使这些性格类型免于单薄；另一方面，作者在性格描写的急促改换中呈现出了变异和转化。李鸣起初无能为力、被动地钻进被窝，最后终于"再不打算钻进去了"；石白承袭"17世纪以来最古典最正统的作曲技法"，尽管在森森等人气质的冲击下也想竞争"作曲技法"，但终于还是"觉得自己是一头扎在一个无底深渊里"；表现原始性悲哀的孟野，中途被退学，仍然自在地以为世界上"没有没有音乐的地方"；落拓不羁的森森，寻找自己的"力度"，最后得遂所愿。人物性格的延伸受到周围人和环境的影响，同时又各自按照自身的逻辑在向前推衍。正是这样，作品在拓展不同人物性格内涵的同时，形成了一个特定的有形象背景的思想天地和行为领域。这是一个具有独特意味的现实图景。

《你别无选择》错落有致地描述人物的性格群像，同时也揭示了人物群像在现实处境中的丰富内涵。小号手每天早晨四点用功，管弦系乐器齐鸣，用来制服小号；钢琴手每天早晨五点练琴，一位教授大吼一声，问题得以解决。当这些细节升华为孟野、森森的作品带着强烈的个人气质，引发这一群体的集体注目时，他们受到的明显震颤，也就如同"地震"、马力早逝、小个子出走产生的震动一样。尽管这条生命链、这些性格类型是纷呈杂沓的，但它的未来走向仍然清晰可鉴。只是由于群体饱含的矛盾及其复杂分野，影响了这一趋向的有力呈现，加重了走向中的磨难和忍耐。

但它的前景和趋势仍然存在着，如同说我们的社会总会充满希望一样。因而，在这道人物链和这些性格类型面前，必然会有一种基本的认知，在向人们彰显这个时代、这些青年学子的基本精神流向。

显然，"功能圈"是不能解释问题获得答案的。尽管小个子告诫大家：牢记"功能圈"，就能创作出世界上最最伟大的作品，世界上最最伟大的作品就离不开这个"功能圈"。然而它远比现实的一切变故来得隐晦、抽象和保守。它有超人的力量，因此易于使人被动和难堪。它是人们自身力量和勇气的一种寄托、安慰，同时又是一种束缚和牵扯。它无所不在，而又找寻不到。它正常客观，又似乎带着某些秘不示人的神秘光彩。小个子认真擦它，后来发觉自己并带不上它；李鸣也带不走；"懵懂"冲着"功能圈"为离校的孟野大哭。"功能圈"渐渐成了现实中被抽象化了的一种惰力。

终于，"像干了好多家务的主妇一样"的小个子出走了，并留下了一句幽愤而执着的话语："去找找看。""去找找看"，即使小个子不一定能找到什么，但这足以体现年轻人精神的顽强，足以使寻求中的森森终生难忘。当偶然的"地震"和马力的早逝——其偶然性的出现，让李鸣在必然性的路上回瞻反顾时，当石白沉湎于"神圣的、有教养的、规规矩矩的"音乐时，另一些人正以自己充足的自信和能力，在实践自己的气质，寻找自己的力度。孟野"深陷于一种原始的悲哀中"，他"就像一个魔影一样老是和大地纠缠不清。尽管他让心灵高高地趴在天上，可还是老和大地无限悲哀地纠缠不清"。大地上弥漫着一种精神。"他是生下注定要创造音乐的，把他这一生的好与坏、幸与不幸都加在一起，再减掉，恐怕就只剩下音乐了。"因此，"在大地的毁灭中挣扎，挣扎出来又不停地给万物唱那首质朴的古老曲调"，成了他的形象、他的气度、他的思想和行为方式。他肄业走出校门，然而很坦然从容，因为世界上"没有没有音乐的地方"。他那种主动求索而缠绵悲怆的气质和他颤动不已的灵魂，让我们难忘。森森更有"一种永远渴望超越自身的永不满足的追求"：全心全力的探索，不满足不安分的创造性，表现出强烈的进取愿望。"生命在自然中显出无限的活力与力量"。他在无可选择的音乐上追求人的生气、民族的灵魂，寻求"真正属于他自己的音响"，直到在他的音乐中、在他的气质里蒸腾出这种"无限的活力与力量"。于是，宣称自己已经僵死的戴齐，终于在音乐中找到了"一种肖邦般优美与典雅但具有典型的现代气质的热情"；李鸣在痛打一顿获国际青年作曲奖的森森后，也终于"从被窝里钻出来"了。这个时候，一个驳杂生动的富有青春能量的共同主题凸现了出来，"你别无选择"中的个人表现，终于有了一种意志般的力量。

当然，作者并没有像我们描述的这么乐观。作者那种夸张、变形的表现方式，并不光是为了设计闹剧的外象，也不只在外象中闪现这一群人的内在心迹。作品有着明显的对过去经历、感受的一切进行评判检讨的意味，在否定、肯定、既嘲且慰中有着清晰的理智要求。一向刚强的森森在离开学校时，为自己所感受的一切，为这个艰难的心灵历程而百感交集。当感受到"一种清晰而健全、充满了阳光的音响"时，他终于哭了。这哭声会让我们很多人心绪难宁。作者极其理智地使所表现的一切沉静下来，着力淡化自身的主观情绪，目的是让我们正视而不是回避驳杂纷繁的现实内容，包括我们的情绪、心理，乃至我们的思想和精神层面所经受的碰撞、煎熬和洗礼。

正是这样，作者以其夸张、变形、重在表现的方式，呈现了我们这个时代在一群青年知识精英的内心深处所引发的思想蜕变和精神成长，以及自我更新、奋力追索的未来走向。而留与将来的，尽管"走起路来像要跳高似的"的刚入学的学生们，少不了也要经历类似的内心成长和人格成熟，但同时我们也坚信：他们在"别无选择"的前提下，一定会有更强烈、更鲜活的主动精神和创造力量。

写于1985年

生存情景的零度呈现

初看起来，《新兵连》(《青年文学》1988年第1期）并没有什么特别新颖之处。按习常的鉴别方法，"题材"很旧——写70年代初刚从农村出来的一群新兵的生活；也看不出有多么高超的叙述技巧，无非是一个有头有尾的故事。但伴随着作者不露声色的细节讲述，我们不能不觉着，这个小说和我们大家的心理言行有那么多的贴近之处，或许我们曾经就处于小说所营造的集体情境之中，现在还在有意无意地流露。切莫以为这是一篇追溯一个人幽暗心理的作品，作者无意把读者逼进某一狭细的孔道，让我们跃跃欲试去窥探某个人的内心。同时，作者也并没有向我们提供多么深刻的思想，倒是我们的思想受它引发，无端地想理清一些头绪。这是一个针脚细密的小说故事，还是一份完整呈现的事实？

大概一些军中作家不会选取刘震云这样的角度，而会更侧重于他们已有的职业意识。我们单单看到刘震云这篇小说中"阅兵"

一段，就不能不为军人本身的尊严和威风所震动。然而刘震云偏偏要从农民心理上切入。一群十七八岁、正在睡打麦场的农家子弟，走进了军营。作者不写他们以后的军中生活，也不写他们过去的农村情形，而是牢牢胶注于当下的新兵连生活，写他们在当时的社会政治氛围中，如何用河南农民的性格心理去对待已经建筑得十分完整的社会生态系统。这一社会政治氛围诱导着这一群新兵不能不做出类似响应"紧急集合"般的敏感反应。而这一氛围所拥有的价值标准却是无可置疑的，这使得这一群新兵又注定无法走进它的光圈里，而只能围绕它旋转，加重它的厚度。显然，在这种状况下人与生存环境的关系，是一个必须正视的话题；作者对这一关系中的人的生存要义的揭示应该具有普泛性的意义。也正是如此，这个作品洞穿了某些生存的真实。

因此，在我看来，这个作品最能引发我们阅读兴趣的，既不在于它对农民自身心理行为的独到分析，也不在于它对社会政治文化的深入思考，而在于它所呈现的这一情态中集体的人的生存情景，以及它对人的生存状态的揭示和所具备的启示。

"新兵连"凝结了一段人生事实：它既不能抽象为农民心理的作用，也不能简化为某种社会政治心理的反映；它作为一个支点，复现了一个特定历史时期中人的自身。人所处的特定场景，就拥有了他生存的有关秘密。这群新兵首先的意识是"现在身份不同往常了"。相对于过去的农村生活，他们多了一份虚荣，李胜儿的自杀源出于此；同时他们又涉足未深，只能盲目而被动地迎合新环境中的"上进"标准，以适应新的身份。王滴的一喜一悲和原守的一悲一喜，正是他们自以为得到了这种身份后所产生的心理反应。原守打小报告，是出于这种生存环境的提醒，才使得他暴露出自己的人性弱点。走进"新兵连"，有着将来的机遇，但更是一种预设的困境。他们谁也没有走出这一人生的困境，连入伍三年的老兵李上进也没有走出。一份上进的愿望被粉碎了，他们自身并没有得到多少生活的启示。倒是王滴这个人物还有些开放性意味，因为他的某些挑剔。但整体上仍然是生存状态的被扭曲，自身生存的封闭和被动，使人的生命能量只能得到扭曲后的发挥，导致在人与环境关系上出现一种畸形的选择。

作者注意从一群新兵的生活遭遇和命运走向中，呈现出人的生存状态。这一生存状态，是由人物的日常生活遭遇来体现的，它在时空上的凝结，相对于我们今天的生活，形成了一种不可撕裂的完整性。这种完整性，必然要求对某一时期的人的整体生存状态做出较为全面的把握，在生存空间上展示人物生存内容本身应有的丰富。只有这样，才能促进我们对人的生存有进一步深入的洞察。同时，获得这种整体性，也需要一种从容而平易的观照态度。

《新兵连》这一作品，在追求一种客观化的艺术呈现。看不出有情感流露的任何蛛丝马迹，而只是在人物命运的走向和生活细节的设定上现出细微的端倪。这种叙述姿态，摒弃了以往常见的先入为主的甚至是居高临下的主观表达方式和着眼于片面深刻的人为努力，而是在极度的冷静与客观中还原生活的真相，把主观的认知潜藏在强大事实的身后，以求达到更为充盈的主观反应和艺术效果。

这是一种零度叙事。它似乎也寓示着一种新的叙述策略和思路的开启。

写于1988年

《天桥》中的叙事人

　　小说中第一人称的叙事人"我"，并不一定是作者本人；作者的用心，更多是通过叙事人，把我们读者抵送到作者设置的去处。

　　在当下的小说中，作者规定的第一人称叙事人，至少有两种类型：一为仰观，一为俯察。俯察者，虚设一个角度来居高临下，俯瞰众生，悲天悯人，神情庄重，全知全能，貌似把一切都已看懂参透；仰观者，自身心情窘迫，就近取材，按捺不住地尽情倾诉，一吐为快，现出心态的躁动不宁和略略释解后怡然自得的快意。李晓小说中的叙事人，则有另外一种情状。他的"我"，总是不大情愿从人群中挤出来，很难逃离掉"我"与现实生存环境之间达成的某种约定。因此，读他的小说，有一种处在人群之中的亲切感，作者与我们读者之间有一种约定俗成的熟悉和牢实。

　　《天桥》（《青年文学》1988 年第 7 期）这篇小说的叙事人，是"我"——王保。王保老家在苏北——曾经为不少上海人所不屑的地域；成分为工人，这也很寻常。见到这样的一位叙事人，我们读者完全可以打消很多顾虑，至少在阅读上不会有阻隔在面前的困难和压力。如果叙述人貌似是一位"思想者"，我们是不是要凝神屏气？因此，"我"作为一个寻常、普通的个体，在把我们读者领进小说作者所构筑的"天桥"时，我们应该怀有几分轻松和安适。

作者构筑的"天桥"，是《天桥》这篇小说的"眼"。李晓小说的视点，往往出现在小说作品的标题上。比如《继续操练》中的"操练"，《关于行规的闲话》中的"行规"，《我们的事业》中的"事业"，等等。作者对这一视点的解读能力，往往就决定了作品的精粗和深浅。显然，在《天桥》这篇小说里，有关"天桥"的寓意，就成了引发我们内心触动的一个特定场域。

作者是这样说到"天桥"和引出叙事人的：

下了火车，我就看到了那座桥。

那桥架在两山之间，从站台这边望去，就像是在天上。

我们意识到，围绕架在两山之间的"天桥"所展开的故事，将是叙事人"我"讲述的重点。我们往下读，读到了这样的内容："我"来站台的目的，是为了寻找"我"母亲的尸骨。而她正是在27年前被人从"我"现在看到的这座桥上推下去的。接下来，作者自然会涉及这样的一些问题："我"为什么要在27年后寻找母亲的尸骨，母亲被推下桥时"我"在干什么，而"我"母亲为什么会暴身野地，而今尸骨又在何处。这样，作者也自然会引出"我"的一系列故事，以及"我"寻找母亲尸骨的过程。

问题在于，作者为什么要选取"天桥"作为视点，也就是说，作者为什么让叙事人把"架在两山之间"的那座"桥"看成是"天桥"。事实上，那座桥只不过曾经是某一事件的发生地点。从整个故事的表层结构上看，叙事人"我"大可不必留意于它，更可侧重于讲述事件的原委和"我"寻找的经过。作者的用心，很显然是让我们把注意力集中在"天桥"的所指上，即通过"我"所叙述的一系列事实过程，让我们抵达"天桥"——作者生发考虑的前提，以及作品本身所要传达的效果和意味上。那就是：叙事人为什么要说那座桥是"天桥"？

那么，作者选取"我"——王保这样的一个叙事人，用意何在呢？作者将要在这样一个普通、低微、曾经有过两次小小运气的叙事人身上暗示些什么呢？或者说，作者通过这一普通的叙事人，将要把我们的阅读兴趣抵送到什么地方呢？甚或说，作者是不是要我们通过一个普通、平凡的叙事人，去体味寻常人生中不寻常的某份内容呢？这是人的心灵的祭坛，还是人的精神的圣殿呢？而这一切，是否正是作者所构筑的"天桥"本身呢？

我们注意到叙事人的经历本身：少年时，随父亲从苏北逃荒到上海，在工厂因写大字报和提意见，被送去劳教22年，回到上海后继续做工，今年50岁。这是充满遭遇的一份人生经历。按理说，断送过我母亲的"天桥"更应与"我"母亲的遭遇关联在一起，但叙事人在叙述自己的经历时，并没有讲述他母亲的情形。很显然，作品的寓意，势必至少要部分地体现在"我"对自身遭遇的评说之中。叙事人是这样陈述自己重新回到工厂的感触的：

> 说来奇怪，我总觉得自己还年轻，和离厂的感觉没什么区别。我想是不是有谁把表拨快了，过去的不是22年，而是22个月、22天，或许更短，就好像是在球场上踢球，忽然下面喊有王保的电话，有人在电话里，对我讲了一个故事，一个很长的故事。听完之后，我又上了球场，比赛继续进行。

这是"我"对自身经历的反刍。在时间的链条上，事件的偶然性，引起了"我"个人人生遭遇的极大错动，同时也使得"我"母亲命断桥下。这里诱发出了"天桥"成为人生命脉上一个突出支点的重要性。但这显然没能说出"天桥"的全部。因为与"天桥"直接相关的是"我"的母亲。

让我们看看"天桥"上曾经有过的一幕："我"母亲的生命被断送在天桥上——恶人打昏了"我"母亲，并非想置她于死地，但因为"天桥"（如同"我"感触中的电话一样）的存在，"我"母亲死了！在这里，我们不难读出，作品中的"天桥"，至少是"我"母亲生命过程中一个特殊的标识。只不过这种际遇，并不是

"我"母亲想主动获得的，而是外加的不幸。它勾起我们对一切善良人们的感怀和深思。当然，这仍不是作品寓意的全部。作品开篇实际上提供了窥探作品内涵的基本依据：

我（身后是"我"漫长的经历）看到那桥（曾经断送过"我"母亲性命），像天桥。

整个作品的内涵正是浓缩在这一转喻之中。因此，在《天桥》这篇作品里，"天桥"的寓意正是体现在"我"的命运与母亲命运的关联之中，体现在母亲与"我"的关联、"我"用自己的人生经历去寻找母亲生命意义的过程之中，更体现在"我"作为一个普通者对另一个普通者的生命无言的感怀之中。通过这种种关联，我们才真正体解了"天桥"作为人生场域，给我们的生存带来的启示，从而意识到我们对此所必须投注的情感内容。而只有透过时间的延续，我们才得以关照到在人生旅途中每一座"天桥"的存在；应该说，我们从这里反察到了个体生存的某些依据。因而，我们一己的感慨和情感，才得以浩大和弘博，能洞穿我们对每一座人生"天桥"的体察和无以言语的感喟。我想，作者通过叙事人想让我们抵达的就是这里。回过头来，我们也才真正体察到作者选取这样一个叙事人，引出我们关注最基础、最普遍的生存状态和人生命运的用心。

在我们抵达"天桥"之后，在作者把一己的感受推广到其他人的人生领域之后，作者还启发我们：时间虽然不曾间断，但由于人生中这一宿命的存在，在它的上面就凝聚住了时间，我们的人世间、我们的情感世界中也就留住了永恒，留下了我们不可名状的感慨："我"取走了"我"母亲的尸骨，"不过那（埋葬过'我'母亲的）山头的名是不会变了，再过几百年，卧牛关人还管它叫野鬼岭"。我们人就是带着这些丰富而又值得回味的生命感悟，一步一步走下去，对一个个地名般的"有意味"的标识若有所思，略有所悟。

"天桥"是人生场域和生命际遇的转喻。作者借王保这一叙事人把我们领进对人生际遇的感怀之中。那么，作者是怎样表达自己的用心，又是如何调控叙事人的呢？

我们发现，在作者的叙述方式和作品的结构方式上，有一个不可掩饰的秘密。我们在前面所提到的小说表层的故事内容，即那一系列的事实过程，是满可以作为悬疑小说的惯用素材的。这样说，并没有任何低估这篇小说纯艺术价值的用意。我们只是想说，作者在叙述和结构上，对悬疑小说有自己独到的会心之处。作者在意会之中，通过事实与事实、线索与线索、故事与现实之间等表层内容的相互贯穿和铺排，奇妙地诱导我们从一己的遭遇生发到共同拥有的生存状态上，从而使"天桥"成为一种寓言、一种启示。在艺术运思上，这是不可多得的吐纳能力。

作者没有多写母亲的经历和遭遇，去强调"天桥"对"我"母亲的决定性意义，而是借"我"对自己遭遇的认识和人生体察，去理解母亲人生中的"天桥"，然后确立起在"我"对母亲的怀念之上的贯穿人类共同命运的情感内容，从而使我们体悟到生命的脆弱和偶然、生存的价值和意义。

从这个意义上说，正因为叙事人王保普通、寻常，才可能与更多的人共情；而小说对"天桥"的揭示，既有丰富的文学意味，更有非凡的人生寓意。

写于1988年

莫言小说的生命感觉方式

我们进入了一片迷蒙。往日清晰可见的一切，被涂上了异样的底色和光泽。我们调动自己的五脏六腑、七手八脚，深陷在想象的沼泽地里。言语无法抵达，思想失去意义。我们怔怔打量这奇异的心灵一隅，困惑地目睹着一道透明而迷幻、沉厚而明亮的光束。这是莫言小说带给我们的直观感触。

灰色地带

面对这道眩目、迷蒙的光束，我们回想起，在看重新奇和异样的1985年的那个初夏，它像一个云团、一片混沌，在我们面前飘忽——这是《透明的红萝卜》。红萝卜晶莹鲜亮，玲珑剔透。透明的金色的外壳里苞孕着活泼的银色液体。红萝卜的线条流畅优美，从美丽的弧线上泛出一圈金色的光芒。光芒有长有短，长的如麦芒，短的如睫毛，全是金色……我们一时还无法承受这如同灵魂出窍般的感受，只得说莫言是在出奇制胜。我们那时是怀着1985年那个时段特有的标新立异的心情。

后来的情形表明，莫言从1981年开始的创作，在经过"透明的红萝卜"的感觉呈现之后，经由一个从被动到主动的过程，终于走出文学的"灰色地带"，让我们得以欣慰和释怀。我们在莫言的早期作品中，看到《春夜雨霏霏》里简陋的心理独白与后来内外视角的依存关系，看到在《民间音乐》里出现的两扇大得出奇并且会轻轻跳动的耳轮，在他后来的诸多篇章中增加抖动的频次，成为他思维中的一个灵物……我们不得不承认，尽管莫言的早期作品，可以见出其后来创作的某些影子，但更多只是具备朴实、粗砺的质地。作者有规有矩地倚靠着什么，在蹒跚学步，显得窘迫和局促。好在他不像其他一些作者拼着命向作品灌注些急功近利的意念，而是本色地在描述心理和情绪、情节和故事。如何把被动、沉睡的心态变成灵动、活跃的感觉，这是通过"灰色地带"的关键。他需要自己解放自己。这里需要契机。

感觉之中的生命联系

于是，莫言让他的感觉占满我们的思维表层，我们在培养能力和习惯，接受他站在一个特定角度上的球状闪电般的狂轰滥炸。

感觉本身构成了意义和目的。人们认为他不是用大脑在思考，而是用出窍的灵魂和身体在写作，在取得梦幻般的效果。甚至是像一个没喝过酒的人在一场大醉后，将没有光泽的食物和自己纯洁的心情和盘托出，而且淋漓尽致——他要把潜藏着的冲动和能量，幻化成一道虚脱后的光景。莫言的小说在进一步被我们所认识。

他的小说始终贯穿着对生命的展示和沉想。在《透明的红萝卜》里，在《爆炸》里，在《金发婴儿》里，在他几乎所有作品里，我们看到的是生命的毁灭和新生，生的委屈，生的磨难，生的坚韧，生的憧憬。他用感觉铺就的是生命的悸动。他唱的是一首首生命的哀歌、挽歌，也是生命的赞歌、圣歌。他给平淡的、简陋的物什冠以鲜明的色彩，染上生命的一抹猩红。习惯上，他也会给水红衫子和轻轻跳动的耳轮以生命的光彩。对于活动在他的感觉中的人物，他更是加以生命的展陈。在"我"与其他人形成的生活圈内，没有坏人。他们按照自己生活的逻辑在做生命的潜行。莫言不曾否定过一个生命，而是对生命所遭受的磨难和憋屈满怀憎恶和愤恨。他想反抗这种压抑的、不自由的生存状态，同时他又深切地理解和怜悯着那些细微的具体人生。生命本身无法评价，只不过是苍白、猥琐、麻木、荒凉的生命失去了更多的活力，只不过是这些枯燥的生命以及彼此间的纠缠，构成了窒息而封闭的生存背景，只不过是这些生存背景在阻碍、压制着人们正常心态和人间情性的萌生和发动。因此，生命只能借助它那未被辗压住的光彩，投射在自然之上，投注在特定情景下腾耀而出的灵幻且辉煌的光芒之中。过去的一切编织成了如此的人生，悲哀也罢，愤怒也罢，感戴也罢，总之是这一切的一切塑造了自己和自己的心灵。这个心灵一旦脱离旧有的生存环境，它就带着古老而深刻的印记在新的生态下塑造、完善新的自己。同时又不管是怨艾也罢，沉痛也罢，激越也罢，总之生命是在不停地向前行进。当旧生活与新生活以明显的时空差异相区隔时，莫言在充满感触的时间记忆里，回味着现实下深重的历史背影。这个时候，一种久已蕴蓄、早就按捺不住的原生性的灵动之气，带着对生命的领悟和觉醒，在怦然心动、憬然飞升。这兴许就是莫言所要感知的生命联系和他所要找到的写作契机。

童年记忆之河

　　莫言感觉的生命联系在童年的记忆里生长，并开始确定感觉的生命内容。往事如烟，仔细考索，像梦河，留有神采；又像碑刻，隐隐见出字迹。然而这一切只能是一种念记，已非真实。人生在一步步放大着自己的生活，在一步步把握和丰富着自己。莫言写下了童年，童年的受虐、压抑、折磨、酸楚、欣慰和幻梦，以及藏匿着的未来光芒。一个倔强的灵魂充满艰难而又饱含生气地向前推进，向上舒展。

　　每个人因为自己的童年，而被带进了人生。莫言小说中的童年，浸透了来自祖辈父辈的不同给予，更有周围生存环境的加持。莫言在小说中展示出童年时代的生活遭遇和心灵成长：接受着祖辈壮伟人生的鼓舞，同时又得到父母家庭及其生存环境的磨砺。《老枪》里祖辈父辈在老枪下的血渍袭上"我"的幼小心灵：豪杰般的奶奶和铁骨铮铮的父亲使老枪获得了威风和尊严。祖辈们是那么自由舒展，扬眉吐气，而父辈纵有刚骨之气，也不能不在老枪下自毙。"我"更只能把枪口对着能成为食物的野鸭子。生活的处境及其心境衰退到了这样的地步："他似乎看见鸭子如石块般飘飘地坠在身边，坠在身上，直压得他呼吸不畅。"在《透明的红萝卜》《草鞋窨子》《枯河》里，童年更是忍受和承受了那么多荒凉枯寂的感情压力和生活待遇。在《大风》里，"我"和爷爷一老一少在同样的寂寞中守望在一起。童年的天性和乐趣，或许只能存留在小伙伴们的天真纯洁里。然而《白狗秋千架》里的女主人公暖却因"我"而碰瞎了眼睛，而且带着这不灭的印痕走进了艰难的人生；《枯河》中的小男孩儿为了自己的天性，在庄严灿烂的天乐中不舍逝去。作品中的童年世界饱含辛酸，满是创痛。也正因如此，当莫言的视角转向童年时代时，他用生命的感觉衡量每一个细屑的人生，他小心翼翼地、虔诚地理解着不同的人生遭遇，他发现了卑微人生中和日常生活里复杂的生命内容。他因此带着决绝的心情，审视这种生命的存在方式，他努力想掠过这些苦难，这些生和死的荒凉、孤寂，向今天的人们曲折传述真正的生和死的辉煌和美丽。

童年时的境遇，促使"我"与自然世界建立起生命之间的依存和联系。正是这一泛灵性的特点，使作者顽强地看到生命所该拥有的一切生机。从这里我们体味到莫言感觉中强大而坚韧的生命意识的深刻作用。当"透明的红萝卜"透明、金亮的意象出现时，当《枯河》中"太阳冉冉出山"，"引燃他脑袋里的火苗，黄黄的，红红的，终于变绿变小，明明暗暗跳动几下，熄灭"时，当"大风"里存有那棵珍贵的草时，当《老枪》中出现那杆变了颜色的老枪时，甚至当我们看到那红高粱、火红的狐狸、黄中透着绿的球状闪电、金色的头发、轻轻颤动的耳朵时，我们更感受到了从生命的沉重、窘迫中生出的心灵想往，生命本该具有的辉煌和金亮，以及对生命自由、奔放的强烈渴望。

青年期和红高粱地带

莫言把相应的思路带进了对童年后的生活描写中。他继续描绘着童年之后的生的遭遇。自然而有生命力的灵性冲动，与青年期的人生纠葛历史地结合在一起，莫言陈述了成年人的生命情形，他们的欲望、他们在生存环境中各自的发展，以及在相互错动中复杂的生命内容。

一方面，是行进中的人生。不同生存方式的碰撞，成为不可回避的实际利害冲突。《爆炸》《金发婴儿》《球状闪电》《白狗秋千架》《断手》等作品，呈现了作者对不同生存方式的思虑。这一组小说透视出各种力量对生命价值及其意义的阐释和作用。在父亲、母亲、妻子和"我"之间（《爆炸》），在毛艳、蝈蝈、茧儿之间（《球状闪电》），在紫荆、黄毛和孙天球之间（《金发婴儿》），在"我"和暖之间（《白狗秋千架》），各自有着不同的生存方式和态度。这些各自对应的心理差异所导致的行为发展，构成了不同生命之间的必然冲突。这个时候，童年视角中那种集中虚化的幻想转换成了不同生命的直接参与。作品中出现的狐狸、刺猬、白狗、雕像、球状闪电，更多被作为一种生命的照应，映衬着人物的心理和行为过程。莫言没有去评判这些生命的不同意义，一切都没有结局。莫言只是用他的人生体验和人格气质在陈述这些复杂的生命内容，并更注意体现自己对土地和人民的理解和同情。在《白狗秋千架》里，"我"穿着牛仔裤走进了阔别十年的家乡，走进了童年朋友的现在家庭。在走进了这种生活氛围的同时，"我"也理解了暖的遭遇，理解了生的艰辛磨难、生的不幸不遇和她的生活念想。在《爆炸》里，面对父母妻子的劳作，在"还原了艰苦宁静的劳动场面"下，"我确实感到深刻的罪疚"，并"悲痛而起敬"。在《金发婴儿》中，我们看到作者在为军人和妻子在不同情境下的心态和行为进行辩说。而《断手》中断手的英雄在自幼残疾的留姐身上分明看到了生的尊严和力量。生活就是在多种合力的纠缠中不断向前推进。

另一方面，是已经过去的人生。《苍蝇》和《门牙》再现的是那个荒唐年代的军旅生活。能干的班长，令"我"这个新兵肃然起敬，但他的聪明又显然在损害着其他人。让贫农王大爷产生惶恐心理，投弹砸老百姓苹果，作弄地主后代的新媳妇，这些都是这个班长的劣迹。而支撑班长这个复杂构成的是那个是非颠倒、压迫灵性的荒唐年代。"我"投弹炸掉班长的门牙，正是"我"静悄悄的反抗，"我"投弹的独特方式渗透着"我"对农民艰辛劳作同时又不能把握命运的同情。带刺黄瓜般的苍蝇队伍更是对荒诞生活的辛辣嘲讽。作者以近乎刻毒的幽默和风趣，取得了自己对过去岁月的把握和超越，并隐含几分沉重。

而更新的领悟和超越，则是回望红高粱地带的《秋水》《红高粱》以及《大风》《老枪》等。莫言在陈述童年时代和成年时代生的遭遇，并努力传达出生的渴望的同时，回眸当下生态中曾经有过的历史场景。对于莫言的创作发展来说，这是一个极大的突进。他看到"我"与土地的联系、土地的历史和现在的联系。莫言永远没有褪去一种崇尚祖辈的心理。他在重新发现祖辈们的精神力量，作为对现实心灵的弥补。一种自觉的自我更新力量在建设和成长之中，它必须跨越既有的视域，用一种全新的目光去发现历史的巨大身影与现实之间的血缘关系；同时在这种回溯中扬弃，并培植自己的生命厚度。这种回瞻，一下子缩短了久远与现今的距离。莫言的尚祖有着同样的心境，它显示出自我主体力量的沉雄与厚实。莫言从童年视角对童年天性的张扬，到对成年视野的生命内容的陈述，得到了一个更开阔、更需要勇气和胆力的视角。

莫言力图在这样的视角里复活祖辈们辉煌的业绩，唤醒潜隐在今天土地上曾经辉煌过的历史。"爷爷用他的手臂推着我的肉体，用他的歌声推着我的灵魂，一直向前走。"(《大风》)这里道出了莫言的心声。在《红高粱》里，莫言为祖辈们轰轰烈烈、英勇悲壮、豁达豪爽、辉煌激昂的人生所感染。他是希望能在现在情境下生发出这些壮美的人生。莫言找到了与土地的深层关联。把培育自己的土地当作巨大的生命力的象征，来汇聚成一道宏伟、气派、浩荡的生命河流。这是对自身的超越，它通过自身的感触在放达地感受一个更大的集体。每个不完整的人生都值得同情，同时更应该超越自己，更好地为改变整个生存状态做出努力。只有当个体自觉地建设自身，同时又感到对整个生存状态的强烈责任时，文学才能具备更大的感召力和感染力。正是在这个意义上，我们感叹作者真切展示出的生的艰难、生的不幸，同时更欣赏他企图越过这些不幸所保持的坚韧的努力精神，欣赏他在整体把握中所灌注的、唤醒的生的壮伟、生的荣耀的刚健之气。这种对生存苦难的超越，给莫言的写作带来了强大的信心。

第三只眼

就莫言小说感觉的生命底蕴而言，他的创作无疑在丰富当代文学的表现内容。莫言能越过创作的"灰色地带"，是自己解放自己的结果，也是找到自身路径后的收获。莫言小说的特出之处，在于他对故事的超越，并进入到了感觉的思辨状态。这个时候的莫言，就会说"愉快的感觉又出现了"，莫言把它叫"第三只眼"。

中国传统文化以心物关系的直观体验为审美内容，以物我之间、人与社会之间的平衡、和谐为审美目的。作为兴发感动的诗歌生命力，主要体现在心物关系中主体的审美心理状态上。莫言的写作，是对传统感觉方式的一次个人唤醒。"我"和周围的事态形成对应，包括"我"和整个生命发展的不同阶段的对应。久远的诗意萌发，转换成了莫言富有想象力的感觉方式，这是江山之助，也是现实所予。莫言的感觉重点在个体与个体的生命纠缠、人与整个生存状态的关联上。而自然世界则是作为这两层关系的参照物在起作用。因此莫言提供的有别于诗歌传统中的"审美意象"，突破了心物对举的传统格局，它借助于物，同时立足于人与人、人与生命存在之间，是对生命的热望和痴迷所进行的艺术把握和超越。这也正是莫言的"第三只眼"。

从作品的内在结构上，我们看到了这种领悟和超越，以及感觉的思辨过程。那尖锐的"麦芒上生着纤细的刺毛，阳光给它们动力，它们互相摩擦着，沙拉沙拉地响"，而"偶有一两个不成熟的绿麦穗，夹杂在金黄中，醒目得让人难受"，但"那绿麦穗上，有火红色米粒大的小蜘蛛在爬动，好像电光火星"。莫言总是善于从无望中找到生机，这努力耀亮的色彩在映衬莫言的生命情绪。同时他用心抓住体现生命情结的物象，让一种冲动和能量倾囊而出，一发而不可收。在《金发婴儿》里的金发大公鸡、猪，《球状闪电》里的刺猬、狗等，把人隐秘的、不可示人的情绪冲动外化在物象上，使物象具有了一种神奇的内核和外表，充满了象征的意味，从而凸现出主体的生命领悟。与此同时，莫言又似乎迈不开步子。仿佛越往前行，越要牵扯进许多缠绵多絮的东西。于是他那股强烈的情绪感觉开始在窄小细屑的故事图景里饱满、膨胀，当情节和故事告一段落时，你再一次发现他欲言又止。这个时候我们发现这个终端情绪是由一种网络状的东西编织而成的，你获得的是一片充盈的生机。对话在描述人物双方的内心波动和语气口吻。在《金发婴儿》里，黄毛难为情地说："还生我的气吗？"紫荆却说："今年的棉花是不是要水种？"黄毛不情愿又不得不回答着。然后紫荆很沉地看了他一眼，低低地说："那天是你自找着挨打，你不知道我心里多么难受。"往来之中，思辨的层次异常清晰。"我那时朦朦胧胧地意识到事物的复杂性和最简单的事物里包含的神秘因素。投弹不但是肉体的运动而且是思想的运动；不但是形体的训练更重要是感情的训练。手榴弹呆板麻木大起大落运动也许就是我们思维运动方式的物化表现。"(《门牙》)正是在人与物、人与人的生存状态中，莫言开始灵魂出窍，升腾出金亮而辉煌的心灵向往。他的"第三只眼"的外在效果，就引出人们感受到的"独特"和"似与不似"，包括他机智而幽默的把控才能。他一个劲儿地真切地顺着他的思路往前走，越走越与周围陌生；他回过头来打量四周，一种反幽默的艺术效果破茧而出。而他自己似觉未觉，以为在清理自己的思路。这是在贫困和压抑中培养、锻造出来的一种生命智慧。我甚至想说只有当他以他那种炽烈、蓬勃的能量充分占有这些自己得到的和使自己委屈的内容时，才能爆发这样的天才效果。这些幽默貌似诙谐，实则酸楚刻骨。

在整体上，在他的童年视角和成年视角里，我们也能明显感触到莫言"第三只眼"的思路。当他跨越自己经历，对一块土地进行回望时，更显出他思维的活跃。个人感受的积累、感觉的唤醒，使他拉开了"红高粱地带"的序幕，用莫言自己的话来说："我的'第三世界'是在我种高粱、吃高粱的基础上，是在我的祖父祖母父亲母亲喝过高粱酒后讲的高粱话的基础上，加上我的高粱想象力胡乱捣鼓出来的。"莫言独特的思维方式、感觉方式和表达方式，构筑了一道鲜活、奇幻而又汪洋恣肆的生命主题。这一主题将在他今后的创作实践中呈现出更加鲜亮的艺术图景。

未来是什么

社会变革时期的嬗变和转型，无疑加重了当前文学现状的纷繁复杂。在这样的条件下，渴望巨人般的振臂一呼，除了表达大家的一种热望外，并没有多少实际的效果。整个创作群体、文化背景及其他领域的同步和与社会现实的未来前景的关联，已然成为当前文学得以发展的重要前提。也正因如此，众多刻苦求索的创作者的每一份诚恳努力，都是在为未来的文学发展提供一种可能。莫言自然承担不起当代文学的走向，但他在感觉思辨上的努力，无疑给同样处在尝试中的当前文学以重要的启示。

莫言小说及其感觉方式的价值在于他努力在挖掘生命的意义。实际上，他与同一片生存环境中的张炜、王兆军相比，他没有像他们通过描述现实的剧烈变革来体现对社会现实的思考。同样他也不像韩少功、王安忆等，借一隅之地引发自己对于整个社会现实及其强大历史背影的反思和和解。他跟他们不同，他可能更早地，或者说是从生命的原生状态上就属于了那块土地。他一直在承受这块土地上的磨难和滋养，因而从灵魂深处切肤地深切感受到生命的复杂内容。他所扎的"根"显然不同于知青体的寻"根"，后者无论如何也是主观的屡入、片面的深刻。相比之下，就一块土地的实际遭遇、人民的切身感受而言，莫言更能以其他人所不能比拟的能量热切地憧憬生命，并且在小说中始终以对人类的生存状态的强烈关注为基本内容。

莫言对生命意义的发掘，体现了这样的思考：生命应当有其正常发展的生存状态和现实基础。如果社会群体的每一个体都能发挥自己的正常能量，那么由此而产生的生态环境，就具有超越每一个体的巨大能量；反之人们抑制自己发挥能量，同时又会影响其他人的发挥，就会构成保守、麻木的生存场景。而对这深刻而悲凉的黑洞，个体生命自然会软弱无力。因此，进一步调整人与人之间、个体与具体生存环境、个人与社会之间的关系，就成为中国现实社会走向现代化的必然内容。同时，社会的变革也正在促进这些关系的积极调整和更新。莫言小说感觉的现在意义表明，作者从他自立的角度敏灵地看到生命个体的不完整和受压抑的不幸，从而于心灵深处发出了解放不完整的人生、建设生命的强烈渴求。

努力破坏和摧毁旧的生存系统，深入挖掘社会现实的历史文化内涵，这是当前许多创作者所做的工作。莫言小说在挖掘生命价值和意义时，更注意到建设性的超越。莫言小说感觉的可贵之处正是体现在对生命抱有建设性的考虑上。这更能显示出莫言把握现实和生命的力量和气度。在童年视角里，他用悲凉、忧悒的情调回述童年，想从童年记忆里触摸到对今天生命的触动，他努力把生命应有的光彩灌注到他所投射的每个角落，亮燃自己透明红萝卜般的金亮而辉煌的童年心灵想往。在成年视角里，情绪的基调显得从容和开通。不同的内外视角在表述现在的生存状态，刻薄中包含诚挚，温郁中感觉辛酸，风流潇洒而有分寸。而他越过自己的人生经历，着力向人们展示的是泯灭和淡化了的生命光彩和气度。努力战胜苦难的超越，这种痛苦的建设性，尽管在莫言这里更多地属于感觉或直觉的范围，但他所强化的感觉效果无疑在提醒将来的文学在思考的内涵和态度上做出更大的努力。这也将是莫言创作的未来之路。

莫言在一步步解放自己。从莫言的创作上，我们可以看到他由被动到主动，从主动进而变通的发展轨迹。莫言正是越过文学的"灰色地带",把握住了自己的感觉方式,在进一步向人们展示他不寻常的文学努力。个体本身要有自己解放自己的勇气和责任。"记忆之河结了厚浊的冰,水流在冰下凝滞地蠕动着。"作为觉悟了的主体存在,超越自身,取得更开阔、更深厚的照应,这是丰富和发展自身的最好方式。从单向、近迫走向开通、灵活,这不仅仅是单纯的艺术追求,我们必须从孱弱走向自主,从自主中走向雄强。未来的文学实践,将使我们相信现实环境能培养更强大的建设精神,也使我们相信莫言和年轻的创作者能灵活地超越固有的沉积和滞留,通达地走向新生。

写于1988年

遭遇与情结

　　十年了，迟子建在不言不语中写着自己的小说。摆在我们面前的，是作者新近推出的一本书。这本书，展示了作家十年来创作的整体风貌，体现了一个作家在创作心态和生活心态上的不断进步和成熟。这就是《逝川》（长江文艺出版社，1996 年 3 月版），一部收有五个中篇、七个短篇的小说集。面对这样一部作品，面对向我们铺展开来的作家的创作历程，我们不能不良多感触。

　　读迟子建的小说，不难看到一个特定的生活区域：那里冰天雪地，有无尽的冬天，有高高大大的木刻楞房屋；同时有火炉前的热浪，有冰封着但在冰层下潜涌暗动的河流，更有这寒冷土地上活泼泼的生命活动。这大体构成了迟子建小说世界的最初地理轮廓。迟子建小说创作的支点也由此而生成。当然，迟子建后来的经历早已越出了这北极村世界，有关这一北国小镇的作品也只是她创作的一个部分。伴随着作家的生活遭遇和人生体悟，迟子建的创作展示出了更为丰富的内容。尽管如此，这片地域的巨大身影和厚重的生命内涵，仍然笼罩着迟子建的小说创作。一种生命的情结有力地贯穿着、支撑着她的创作进程。而它的源头，仍在遥遥地坚定地指向这里。

可以说，迟子建的小说创作是从她对自己所处的生活地域的直观描述开始起步的。作家所表现的这一特定区域，既是作家最初的情感来源，也是我们观察迟子建小说创作的最初依凭。较早描写到这一特定地域的作品，是本书中的《沉睡的大固其固》。在这篇作品里，迟子建以童年的视角，写出了一位叫媪高娘的老人与这块土地的人生联系。由《沉睡的大固其固》等作品构成的北极村童年世界，是一个孩子和老人的世界。童年时期的"我"，过早地体解了老人们的人生，看到了生活给他们带来的遭遇和不幸，更看到了他们回报这个世界时善良而宽厚的心地。于是，"我"生出了对这块土地的挚爱、悲悯、忧伤和热望。这是迟子建对生命的存在和意义做出的最初的直观认定，它几乎就成了迟子建小说特有的标识，我们会在迟子建后来的作品里，看出作家做出这种生命认定后的缕缕余音。

几年后，迟子建的写作视角发生了一些变化。在《北国一片苍茫》《麦穗》等作品中，作家用"我"现在的经历去关照过去的生活，人物遭遇作为线索得到了强化。当起初直观的描写转换成怀想中的叙述时，迟子建明显开始把她的北国小镇放在了自己内心的某个地方，只有自己才知道它在哪儿。到了80年代末写出《原始风景》时，迟子建对故土家园的认识就更多了精神的内涵，故土被认定是自己心灵的去处。

迟子建对故土家园的依恋，无疑是因为它与自己有着的生命联系。正是在这里，作家开始产生自己的生命意识，开始体认生命。她在它的身边感受它，在他乡怀想它，在小说中深刻地认定它。从80年代中期到后期，从《沉睡的大固其固》中"第二年春变成小鱼，游出了狭窄的呼玛河，进入黑龙江"，"到鄂霍次克海中成熟后再游回来"的朦胧的情感相倾，到《原始风景》里认定只有那里才有"真正的空气和阳光"，迟子建的小说创作走过了一个不断体认自己的生命支点，不断深化自己生命情结的心路历程。正是由于这些有关北极村世界的作品，带有鲜明的地域特点，传达着这寒冷地带的独特的生命意味，体现出迟子建在一定年龄阶段上的体验和认知，使迟子建前期的小说创作具有了自己独到的意蕴和个性。她的作品，因而受到了人们的关注。

此时迟子建的讲述，是这样的一个状态：她把读到她作品的人，都当作了自己可信赖的朋友，她单纯而又执着地叙说着自己家乡的故事，间或流露出自己的内心感受，她让我们去认识我们其他人还不曾熟识的这一块土地，她还告诉我们她的讲述分明受到了来自那块土地顽强而坚韧的生命力的激励和鼓舞。看来，作家是透过自己的遭遇变化来调整写作视角，从而深化自己对故土的认识的；而对故土的一往情深，又势必限定了作家对自身遭遇做出的应有评价。很显然，在作家的故土情结与现在的自身处境之间，存在着一种颇为微妙的紧张关系。作家要扬此就必须以抑彼为前提。一个人的生命情结，如果只系于故土家园之上的话，那毕竟局促、狭窄了些。对生命和生活的体察和感触，不仅仅要有回瞻时的沉湎，更需要有感悟中的澄明——就像是一炷灯火照在混沌之中，而使之得到澄明。

大体说来，此时迟子建的创作，有着对过去温情的回瞻和对将来审慎的期待。这种写作心态，还有待于开朗与从容。而作家的讲述毕竟直观和单向了些，也有待于深厚和沉实。毫无疑问，迟子建的创作有待于新的展开和深入。

回过头来，我们又不能不说，迟子建从北极村世界获得的生命体味和投注的情感积淀，的确是她个人拥有的财富。当她收回自己的目光观照这个世界时，当她做出超越自己的努力时，我们不能不说拥有一个观察生命世界的支点，拥有一份底气和动力，这该是多么值得珍视的事情。

进入 90 年代后，迟子建的小说创作呈现了新的气象。如果说作家此前对故土的频频回瞻，是在确认一种支撑和依凭的话，那么现在的迟子建更乐意从平淡日常的生活中去获得热情和信心。迟子建的前期创作，有着明媚温暖的色调，这是与她对生活的回望和期待相联系的。在她的近期创作中，这明媚温暖的亮色，逐步转化成了生活本身所应拥有的光彩和亮度，而不只是对北极村世界的情感投注："走上飞雪弥漫的街头，看着模糊的行人、车辆、店铺，有时就忍不住想起自己的一些朋友，想起一些快乐轻松的时光，心底便洋溢着一股暖流。"（《庙中的长信》）在《盲人报摊》里，作家别出心裁地探入盲人的世界。她努力挖掘盲人世界与正常人生活之间的差异。指出这种差异，并不是为了证实正常人生活的富有，相反是为了澄清盲人们也拥有着这个生命世界的另一部分生存秘密。"盲人的梦里竟是一片光明灿烂。"这是一个新奇的结论，它表达出作家本人对不同人等自身生活价值的体解和认同。生活本身的光彩和亮色，同样普照贫困、沉闷的洋铁匠一家。在《洋铁铺叮当响》中，日常生活的艰辛与本应有的希望并存着。不怀疑生活的存在，并保持对生活的盼头，这是一种既定的信心。迟子建的创作中贯穿着它，并升华着它，它给我们带来了绵绵的暖意。

《白雪的墓园》是一篇散发着亲情和人性光泽的优秀作品。作品并行排列了父亲去世与年关临近这两个极具反差的事件。然而母亲挺过来了，不但她自己挺过来了，还带着她的子女们越过了这样一个艰难的关口。"他那里真好。有那么多树环绕着，他可真会找地方。春天时，那里不知怎么好看呢。"母亲安详地说道。"我忽然明白母亲是那般地富有，她的感情积蓄将使回忆在她的余生中像炉火一样经久不息。"掠过生活中的磨难和不幸，而铭记生活曾经的给予和馈赠，并对拥有人生的丰富性充满了热忱，这种生命气度和生活热情，对任何人的创作和生活来说，都是弥足珍视的支撑和呵护。如果说迟子建早期作品中媪高娘的温厚善良，使作者得到了最初的人生启悟，那么现在作品中母亲对生命的通脱和达观，则蕴蓄了更为浩大沉雄的人格精神。迟子建的创作中灌注着、张扬着这样一种来自内心的感动，使她的作品具有了难得的生命的神采和光辉。

伴随着从对故土的依恋到对生命支撑点的把握，迟子建小说中的生命情结具有了更为深厚的底蕴。这表现在作家对生命流程和生存状态的感发和觉悟上。生活有着它不可掩饰的光彩和亮泽，生命也拥有它不可言传的魅力和隐秘。在《格局》里，米小扬见到雪风这位30年代的女作家时，在心灵深处产生了强烈的认同，甚至觉得雪风坐过的沙发都"有一种绵长而温存的暖意浸润其中"。同为生命，同为女人，作者从雪风身上感受到了岁月的流逝和生命的枯萎，但生命既有的温热和光泽，却是以它不可抗拒的力量在传承着、接续着，给我们带来绵绵不息的生命感召力。而《关于家园发展历史的一次浪漫追踪》，则拓展了生存的另一个侧面：我们人类正在逐步丧失我们与这个世界的生命联系，而"敌意、困惑和谜"仍在不断地滋生、发展着。我们所处的世界，有着被人类的发展和存在所遮蔽的其他生命存在。它们与我们共同构成了这个生命的世界。当我们固守于自身，事实上我们成了平面人，我们已无法与幽深、与廓大、与精微共语。我们正在丧失对这个世界的好奇，所能做到的只是对生命的存在和丢失做出的悲悯。"毕竟每盏灯都有熄灭的时候。"迟子建在小说的结尾处突然冒出了这样一句话语。

而生命的意味，更潜藏于世界的幽深精微之处。我们生活在一个灵性的世界里，生命饱含着象征、暗示和隐喻。《岸上的美奴》和《逝川》体现了作者对生命存在的新的领悟。前者写到一位病后的母亲，丧失了对过去的记忆，与以前已判若两人。她说出海的父亲不会回来了，父亲果真就没有回来。她总爱到美奴的教师那儿去，让美奴羞愧难当。最后美奴杀死了自己的母亲。不同生命类型的对举和冲撞，使生命存在本身成为一道幽深险峻的话题。这是一篇耐人寻味的作品。

较之《岸上的美奴》，《逝川》更具意味和魅力。阿甲渔村的吉喜为村子接生下来无数的小孩儿，但终其一生仍是孤身一人。当她为胡会的后人接生时，对生活有着强烈象征意味的泪鱼却游过去了。等到她收起渔网准备返回时，发现盆里游动着十几条美丽的蓝色泪鱼。在这篇作品里，作者突出了这样的反差：吉喜的年轻健壮和吉喜的年老体衰，吉喜生活的不遇、相处而不能相守的人生窘境与逝川的长流不息，等等。面对着逝川，人"只能守着逝川的一段，守住的就活下去，老下去，守不住的就成为它岸边的坟冢听它的水声，依然望着它"。这与其说是吉喜对自身遭遇的感叹，不如说是作者对人生不意的怅惘、对生命无解的悲悯，更可说是作者对天地自然的敬畏和领悟。这是一篇具有强烈象征意味的作品。它似乎在开启新的创作心理空间，人生的喜乐愁苦，将会具有更加本原的生命寓意。

人生易逝，江河长流。但时间的脚步从未停止，生命曾经有过的光亮仍照彻着，生活仍将继续。生命本身充满着暗示、偶然、契机、守候、流逝和永恒，迟子建探入人生的幽暗和深邃之中，她对生命意味和生活本真的追寻和展示，给我们带来了丰富的感兴。

遭遇与情结，漂泊与守望。我们经历着，守望着。我们回味着我们珍视的人生内容，同时坦然地面对着流逝，面对着来临。此时此刻，内心里充满了一片温馨。

跋迟子建小说集《逝川》，写于1995年

"看"与"喊"：池莉的性别之书

池莉的新书《有了快感你就喊》（中国青年出版社，2003 年 1 月版）出版后，反响颇为强烈。这是意料之中的事情。在一段比较长的时间里，池莉是能把个人的文学努力和读者的阅读效果结合得比较好，并且能够产生持续影响的为数不多的作家之一。人们的关注，自然也就在情理之中。在关注这本新书的同时，不少人首先感兴趣的是它的书名。其实书名就是书名，就像"卞容大是卞容大的名字"一样。我们更应关心的是，池莉在这本新书里给我们带来了哪些新的感受，提供了哪些新的思考，这比光看一个书名就开始望文生义来得更有意义。

《有了快感你就喊》一书中，收有作者在一年多的时间里创作的两个中篇小说《有了快感你就喊》（以下简称《喊》）和《看麦娘》（以下简称《看》），以及为这两个作品写下的创作日记。在我的印象里，这是作者近一段时间里仅有的两个中篇小说。把这两个作品放在一本书里，就和她以往的创作有了比较的前提。

一般以为，池莉是写生活、写生活状态的一类作家。更多的人认为她写的是都市市民的生活。以温和善意、机俏智慧的个人写作姿态，关注普通人的生活遭遇和生存状态，是池莉创作给我们的鲜明印象。《看》与《喊》继续保持了作者以往气质化的个人写作风格，人物关系和生活场景，较之以往，差别不大；人物性格的打造，略略理性和谨严了些。而最突出的差异则在于，这两个作品多了两个新的元素：一是中年，一是性别。

　　《看》与《喊》中的一男一女，刚刚步入四十"不惑"。这一特定生命阶段的人们，有了各自该有的生活经历，承担着应有的生存压力，同时还有着对未来生活的不同期待和憧憬。作者是这样切入他们的生活层面的：从叙述脉络上看，《看》写的是女主人公易明莉出于"内心的一种焦渴，一种孤独"，断然放下工作，到北京寻找养女的心路历程；《喊》写的是男主人公卞容大在担负自己的生活角色和社会角色时的焦虑与寻求。作者在日记中对这两个作品进行了如下的阐述："《看麦娘》关注和在乎的是（女）人本身。是我们的灵魂深处被我们自己忽略与遗忘的东西。是我们生存的依据。"而《喊》中的卞容大，"他是一个备受压抑的窝囊的阳刚男人。可是他一直在坚持着什么，一直在追求着什么，终于，他被迫开始了以逃离为形式的自我坚守与自我救赎"。如果说，作者以往是以经验和感受来写出生活和它的状态的话，那么现在，作者是在以清晰的理性和认知，力图写活两个类型化的人物，力图挖掘出性别人物的性格内涵。

那么，作者采取了什么样的叙说手段呢？我们不难发现，在《看》与《喊》中，作者把人物的生活支点设定在了家庭之中。这也正是性别中年的自然归属。而更能体现作者谋虑的，是作者让《看》中的易明莉把远眺和追忆作为一个女性在疑惑和孤独中的寄托与念想，"她"在向里转，转向了作为女人的内心，充满了女人般的心思；而《喊》中的卞容大，则是在不断寻求作为一个男人在家庭和社会中应有的地位和尊重，他力图寻求与家庭生活的和解，向外突现他在与社会的融合中男性化的价值意义。很显然，对中年这一特定的生命阶段的关注，倾注了作者的阅历和思考；同时，创作主题的悄然移变，也体现了作者不断突破自己的文学努力。而这，也正是我们读《看》与《喊》所应关注的重心。至于作品中对女性内心世界的开掘，是不是已经十分通透；对男性特质的把握，是不是非常精准了，我们倒是可以见仁见智。

《看》与《喊》，不约而同地探入中年生活这一人生阶段，这体现了作者近一段写作的侧重；作品的主人公各以性别中年为主要特征，这使我们完全可以大胆地把这两个作品作为一个整体来进行阅读。我们甚至可以说，它们的主人公就是性别。

把这两个作品收在一本书里，并从日记中亲历作者的写作状况——我们可以得出这样的结论:《有了快感你就喊》这本书，正是池莉的"性别之书"。

写于2003年

我们需要什么样的男人和父亲

以文学的方式进入我们共同面对的现实，存在着无限的可能。日渐繁荣的当代长篇小说创作，更是有效的证明。许春樵的长篇小说《男人立正》(中国青年出版社，2007年1月版)，直面的是我们当下的现实生活，它所呈现的生活状况和对现实的思考，为我们提供了独特的艺术视角，同时也把我们对现实的认识提升到了一个新的思想高度。

《男人立正》，从书名上看，自然与男性有关。这也就意味着，男性主人公是作品的主角。《男人立正》写的正是一个男人的现实遭遇。

这位名叫陈道生的中年男人，是一名下岗工人。人们一向以为下岗工人的身份代表着弱势、低微。不少的文学作品写到过，并投注过或深或浅的人道关怀。许春樵同样是在关注这样的底层人物。不同的是，即便陈道生如何低微、弱势，许春樵首先从性别上进行了认定：他是一个男人。是男人，就要有所担当；一个弱势、低微的男人，更要担当过多的现实负重——只是这种担当，更为艰难，更为酸楚，更加沉重，也更加悲情。

陈道生要面对的就是这样的一个生活困境：从双河机械厂下岗后的陈道生，好不容易办了家小服装商店，因没有卖假名牌，生意惨淡；无业在家的19岁女儿无所事事，因卖淫、吸毒惹上了官司。对一个卑微的家庭来说，陈道生本来就要承受日常生活的挤压；女儿突如其来的变故，一下子让陈道生面临生存的危机。当陈道生被人救起，走上搭救女儿的艰辛道路时，故事只是才刚刚开始。

我们同情陈道生。当生活以它前所未有的严峻袒露出它的坚硬质地时，我们想到了从未平坦过的人生。故事发生在上个世纪末。这个时候的人们，在用不同的手段和路数挣钱改善自己，甚至不惜弄虚作假，不惜坑蒙拐骗。陈道生有自己的道德底线，所以他卖不好服装。他用不识时务的价值操守与他周围道德失范的人们抗衡，他是弱者中的弱者。而女儿的变故，更是让陈道生跌落到生活的谷底。所有的不幸都值得同情，但任何的同情并不能消解陈道生自身应有的担承。陈道生只能面对和担当这样的现实。《男人立正》的过人之处，正在于此。

高明的小说家，总是在他有倾向性的叙述中，不断地吊足读者的阅读胃口。作者在陈道生面临困境的时候，毫不手软地让陈道生跌入生活的绝境：他为搭救吸毒、卖淫的女儿，被儿时好友刘思昌以做生意为由，骗去了他向厂里其他生活同样拮据的工人们东挪西凑的血汗钱，共计30万元。以陈道生的为人，他不能失信于和他同样艰难的乡邻，一死了之对他已经没有用处，他死过但没有死成。他不能再死。他所能做的一切，就是尽其所能，不断还债。他能偿还得了吗？《男人立正》这部小说所要讲述的故事，这才真正开始。

作者接下来的讲述，可谓荡气回肠，如泣如诉。许春樵以丰沛的激情和绵密的叙事，向我们讲述了一个高亢而又激越的悲情故事。

不仅仅是故事。许春樵在和自己较劲，在和自己的叙事能力较劲，在和自己的认知、自己的价值取向较劲。他要让陈道生这样一个男人一步步爬起来、站起来，然后堂堂正正地立在那里。

许春樵做到了。陈道生这个男人一波三折，九死一生。最后，他百折不挠，终于拼尽人生的气力，还清了所有的债务，并把向他伸出过援手的街坊四邻团聚在一起。而这个时候，这个硬强的男人也即将走到生命的尽头。

陈道生为什么能坚持下来、支撑下来，一靠道德，我不负人；二靠信念，我必须能；三靠意志，尽管遍体鳞伤，但我要做到。还在于，陈道生敬畏人生。

许春樵为什么要花如此大的气力去写这样一个人物，是因为像陈道生这样的男人形象，在我们文学的人物画廊中太少见了。我们当代的文学作品里，有各式各样的男人形象和父亲形象，但是缺少陈道生。

陈道生是这样一个人物，他的身上带着在中国社会的转型时期男人和父亲固有的身份和定位。陈道生的意义在于：当各种生活压力、各种现实遭遇集于一身，在社会帮助尚还十分有限的时代条件下，作为男人、作为父亲，应该怎样去担当、作为，怎样立在人们的口碑和心目中，怎样守在自己内心的价值高地。而中国社会的进步、生活质量的提高、道德水准的提升、人生价值的实现，需要的正是像陈道生这样的男人和父亲。

我们对这样的一位男人和父亲太久违了。我们的百年文学史，从来不缺男人和父亲的形象。可以说，社会和文学对男人和父亲的理解和塑造，也是一部百年文学史。我们还可以说，对男人和父亲的不同理解和要求，体现出了不同的社会现实状况和道德价值诉求。一个健强的并不断向前全面推进的社会，更需要有信念支撑和意志坚强的男人和父亲。这不仅仅是性别、身份的需要，更是信心、精神的在场。《男人立正》中的陈道生，既是一个让人感佩敬重的文学形象，更是社会发展的性别要求。

从这样的角度去理解《男人立正》，它的确是一部有着强大道德力量的作品。这种力量不是外在的，而是一个弱势人物在苦难中的隐忍和顽强，是忍辱负重，是含辛茹苦，是抗争，是奋起，是从一个低微人物身上生发出的生命崇高感。

从这样的角度去看作者许春樵，许春樵无疑是一位具有强烈现实责任感和时代使命感的作家。他通过对陈道生这一人物生活经历的叙述和形象的塑造，力图唤醒人们渐就麻木的诚信、责任、廉耻和悲悯意识，在对一个小人物的命运书写中，试图重构社会的信任与道德理想。

所以我们说，《男人立正》是一部具有人性光芒和人道精神的作品，同时又是一部反思现实、审视灵魂，为背叛赎罪、为人性讴歌的时代精神极强的作品。

写于2012年

困境与难度

　　跟很多作家一样，凡一平有过在农村的生活经历。与很多作家不同，凡一平的创作从未涉足过农村题材。直到远离故土多年，在写出大量与乡土无关的小说和影视作品之后，凡一平才开始用4年的时间，不声不响、平心静气地完成《上岭村的谋杀》（中国青年出版社，2013年7月版）这部10多万字的农村题材长篇小说。多少年过去了，凡一平方才想到把笔触探进农村，农村生活对凡一平到底有着怎样的意味，他会写出什么样的农村生活？而且凡一平用自己生活过的小村庄"上岭村"来给自己的小说命名，又是什么让凡一平如此情感纠结，如此欲罢不能？

　　我们知道，经过30多年的社会变革，中国农村发生了前所未有的剧烈变化。如何看待目前的农村现实，如何表现当下的农村生态，对任何一个作家都富有难度和挑战性。凡一平发现，中国农村发生的变化，因应了中国社会发展这一强大背景。农村基本力量的出走和流失，瓦解了中国农村既有的人员构成，松动了农村的自然生态和人伦环境，导致了农村"空心化""空壳化"现状的产生和加深加重；同时，由于人口的流动、眼界的开阔、信息的流播刺激着人们的生活愿望，动摇着人们的生活观念，改变着人们的生活伦理，导致了中国农村物质生活、道德伦理和社会秩序的重大变迁。凡一平感同身受着这些潜移默化的改变。而这一切又刺激着他观察、思考与以往完全不一样的当今农村。这是凡一平为什么终于落笔农村，而且甘冒风险、自领难度去描写当下农村的直接动因。

凡一平果然是不同凡响。他走出的第一步是，把"上岭村"作为观察和思考的支点。紧接着，他别出心裁地用一起案件来进行切入。《上岭村的谋杀》写的就是发生在"上岭村"的一起谋杀案的案发过程和侦破过程。案件中的当事人叫韦三得。春节前的某一天，这位身强力壮、悍勇多谋的人物上吊自杀了。韦三得的死亡，让一向既不敢怒更不敢言的村民们欢呼雀跃。但是很快人们就意识到，这么一位横行乡里、欺男霸女之人，不可能自裁，只能他杀。那么，在他众多的仇人里，又是谁、出于什么样的动机要结束他的生命，将要承担什么样的后果，从而涉及哪些与个人和社会层面相关的话题呢？小说就在这样的悬疑中开始下笔。

一起扑朔迷离的案件，足以吊起读者的胃口。更何况，作者对人物、情节，乃至读者的阅读心理都把控自如。无疑，《上岭村的谋杀》是一部非常好读的作品。凡一平在暗夜里开着手电筒，我们心无旁骛地追随着他指引的光亮亦步亦趋，直到灯火阑珊处。

然而，这种表象的阅读，只是作者的一种叙事策略。在这一策略的背后，我们要领略的是"空壳化""空心化"的农村在人性和道德上的困境，在道德规范和社会管理上的窘境，以及作者做出这种表述的难度和深度。这才是这部长篇小说的价值核心。

首先，作品为我们提供了韦三得这样一个有一定理解难度的人物。青少年时代的韦三得好学上进，但参军被人顶替的经历，改写了他的内心和前途。他为此偷挖老支书的祖坟，想在精神信念上断送老支书后人的前程；他趁村里青壮年常年在外打工之机，诱奸寡守在家的妇女，美其名曰满足她们的身心要求；他也爱帮人，"路上遇到老人挑水，他会把担子接到自己肩上。见路塌了，他也会搬来石头，重新砌好"；他在村里"最懂法律"，能钻法律的空子，进了无数次派出所，总是查无实据被很快放出。韦三得显然不是一个简单的泼皮无赖，从他的成长过程和作恶轨迹中，我们可以看出一个人由善向恶、恶中有善的复杂动因和多重人格，也可看出在当下农村道德规范和社会管理的困境和危境。

其次，《上岭村的谋杀》充分提示了上岭村对付韦三得这样一个人物的现有难度。村支书明知祖宗的遗骨被韦三得盗挖却束手无策，只能用请吃请喝换来韦三得的将计就计；治保主任黄宝央为了自己难兄难弟的妻子不受侵犯，被韦三得打瘸腿；临上重点高中的唐艳被韦三得强暴，只能远走他乡，忍受人生的变故；连被韦三得和自己的妻子合谋下毒差点儿送命的韦茂双也只能忍气吞声……这些受到韦三得伤害的人，都战胜不了韦三得这样一个恶人。当村支书说出"好人怕恶狗"的话时，其他的村民更只能忍辱负重，息事宁人。如此看来，惩恶扬善就只有倚靠与上岭村相关的外在力量了。小说选择了一个特定的时间窗口——春节前夕。也只有春节期间，外出打工的青壮年们才能回村，在外工作的人要回来探亲。当这些在外的人流，共同感受到韦三得的横行霸道使每一个人的家庭、家族都深受其害时，合谋才有了可能。韦三得死定了！问题是，这些人想的是为民除害，但也得为自己的以恶除恶付出代价。村支书的长子一人大义凛然地担起了谋杀韦三得的罪名。我们这里先且不谈如何正确实现社会公平正义的话题。

再次，在案件似乎尘埃落定的时候，小说把视点转向了一个更为重要的人物，一个让我们一言难尽的人物。他是村治保主任的儿子、村里唯一的大学生黄康贤。他大学毕业后参加公考考上了警察，在家乡的派出所有口皆碑。他的前程应该是一片光明。但他又是谋杀韦三得的合谋。他策划、组织、参与了谋杀。他与韦三得有直接的仇恨：他的父亲被韦三得打瘸了腿，他的初恋女同学被韦三得强暴。他要为民除害，为己除恨。但他最终还是因受人要挟，选择了自杀。黄康贤的悲剧性远胜于他人。一个有正义感、有个人理想和人生追求的人，在社会生活秩序失衡的乡村环境里，以悲剧了结了自己。小说的最后一章，从父亲的眼光里追溯了黄康贤的成长过程。年幼的黄康贤为了学业，把自己心爱的陀螺放在了香樟树的鸟巢里，从此一路奋进。当黄康贤的父亲从鸟巢里掏出黄康贤幼年的玩具时，我们充满了对黄康贤的怜惜、悲悯和同情，还有对人生的无限酸楚。黄康贤的悲剧，让我们想到了实现个人人生价值的艰辛和不易。

"上岭村"曾经是我们安身立命的地方。在那里有着我们的亲情和血缘，有着我们最初萌发的感情和思想，有着我们刻骨的记忆和难忘的怀念。而回到这里的，是黄康贤，又似乎不应该是这个让人感慨的黄康贤。那应该是谁呢？

同样，小说中的"上岭村"，自然不是现实中的上岭村。作者把它作为一个符号、一种表征，来传达自己对当下农村生存状况的观察和思考。中国社会变革带来的巨大变化，正在悄然改变着中国最基础、最广泛的现实农村。这是最基础、最广泛的改变，我们必须正视这种改变。这是在社会发展的最原始根基上的改变。如何重建新的农村生存秩序，强化道德伦理和社会管理，实现社会的正义、公平和全面发展，这是《上岭村的谋杀》警醒我们的。同时，"上岭村"又不仅仅是中国大地上一个自然的村落。它是一个文学的支点，让我们在一个更为开阔、深邃的背景下了解社会，观察人性。这更是《上岭村的谋杀》提供给我们的。

写于2014年

一封信

一光：

好！

9月30日下午回到家中，看到快递来的书稿，连夜开始拜读。几天里没有出门，也不顾他事相扰，安安静静的，直到10月6日凌晨看完全部。这些年，每天都是看稿的事。但不受打扰，能在完完整整的一个时间段里看完一部有68万文档字数的长篇小说，对我而言，也是一个纪录。而你要写出这样一部作品，写出一个被历史淹没的人物，走进他的生活现场和他所处的生存时空，去挖掘与其相关或不相关的广袤而细微的历史遗存，可见你面临的挑战，和你付出的坚忍。

我却久久没有回信。没有回信，但一直惦记着回信的事，这让我很是纠结。纠结在于，《人，或所有的士兵》这部作品不好轻易评价。与其说这部作品不好评价，不如说是了漱石这个人物不好评价；与其说是这个人物不好评价，不如说是你对这个人物的评价过程所做出的评价，不好轻易断定，或者说不好把握。但这封信不能再拖了。之前也写过几页纸，总觉得不是很到位。就谈几点粗浅的看法。

首先，这是一部不讨巧的作品。你写的是我们都没有经历过的一段历史。按说掌握一定的史实，作者的解读空间是非常之大的。我们现在看到的许多历史小说，其实就是作者对历史的个人解读，作者的主观认识，往往逸出了历史所能承载的限度。而你所写的历史，却偏偏离我们去之不远。大量的文物实证和文字描述，或者是冷不丁冒出来的某个吸引眼球的高论，都会影响到人们已有的理解和认知。每个人似乎对这段历史都有发言权。所以你的描述，会是一件不讨巧的事，也注定要经受不同层面的读者的挑剔。好在你是通过一个中心人物去描述一段历史的，或者说是通过一段历史来塑造一个人物的。但问题也随之而来：对了漱石这个人物，我们是如此地陌生，包括围绕着这个人所展开的历史情形，全然超出了我们的认知。

这是一部极有难度的作品。难度在于，我们如何理解了漱石这个人物及其遭遇。在纷繁复杂的历史语境下，专心致志地写出了漱石这个人物及其命运，是《人，或所有的士兵》这部作品的特别可贵之处。了漱石这个人物，在历史上可能存在过，或者在不同的人身上存在过。但是在今天人们的视线里，它背后的历史完完全全被遮蔽了，以致我们从作品中去认识他，我们会处在集体的失忆之中。你唤醒我们对这样一个名不见经传的人物的记忆，这的确很有难度。

难度还在于，了漱石的身世遭遇、性格形成和人格呈现，对我们大家来说都是完全陌生的话题。在作品中，了漱石是作为历史的原告出现的。他所以成为原告，是因为他出现在日本兵的战俘营中，出现在同为受难者的评价中。我们要随着你的笔触，去经历他暗无天日的战俘营生活，沉下心去体会非和平时期里非人的生活处境。写作上这种置于死地的做法，与其说是在挑战我们读者，更是在挑战你自己。

更大的难度则在于，了漱石如何由历史的原告变成历史的被告，从而让我们确信，这个人的每一声呼吸都是真实，都是历史的回声。尽管这种转换在这部作品的整体结构和讲述方式上，还可更清晰和合理一些。这是后话。我们仿佛走进了历史的默片时代。在每一个具体场景里，了漱石总是有问有答，但他的心理轨迹，哪怕是具体的行为动机，都被你有意加密了。我们默默地看着这个人的一举一动。

所以我说的极有难度，在于我们理解这个人物的难度，还在于我们如何把握你对这个人物的评价所带来的难度。而后一点，后面还会说到。

第三，这是一部写出了人物的作品。所以这样说，不是说我们今天的作品，尤其是长篇小说，不是围绕着人物展开故事情节的，而是说我们现在的大量作品，写出了情节和故事，但没有写活人物。我们看到过无数精巧的故事安排，精妙的情节设计，但作为主体的人物形象，却很难被我们记住。对了漱石的塑造和经营，极可能是近些年来长篇小说上的一次突破性进展。在这一点上，《人，或所有的士兵》并不需要什么恭维。经营人物一直是当代文学作品，尤其是长篇小说的一大难题，很多作家好像忘记了，或者不屑于去这么做。因为这样做，过于艰辛。不少作家宁愿长篇小说一部接一部地持续推出，也决不愿意把精力和耐心赋予一部作品中的某一个人物。中短篇小说还好说，如果长篇小说中的人物立不起来、亮不起来，作品的应有分量是要大打折扣的。但《人，或所有的士兵》却不。历史把了漱石深深地嵌入自己的画框之中，而了漱石的出现，唤醒了、点亮了沉睡的历史。了漱石还让我们不熟悉的历史人物变得熟悉，让熟悉的历史人物变得更加亲切生动。我甚至还要说，在小说中，了漱石这个人物，越出了你的主观设定和评价，他成了他自己。

第四，这是一部不好轻易评价的作品。不大好评价，首先在于这部小说的名称"人，或所有士兵"与小说内容之间所存在的一定差异。读完作品，觉得这部小说的名字带有很强的主观意念，让人觉得是一种认知上的提示。过去有一句话：理论是灰色的，生命之树常青。我以为这部小说的冠名中性些，会更为妥帖。其次，小说中出现了你的主观认知与小说内容的冲突，你在作品中思考的问题非常广泛驳杂，有关战争和人类劫难，有关善行与恶行、人性与兽性，有关个人命运的卑微弱小和无能为力，有关人的生存本能和精神意志上的抗争和救赎，有不可知、宿命，更有悲悯，等等。我觉得个人的一些主观意图还可以藏得再深一些，尽可能多地让人物和命运说话，会更有说服力。再次，小说用多人讲述的方式来呈现了漱石这个人物，有的讲述设计感重了些，个人化、个性化的讲述口吻还不是很贴切到位。在他人的讲述中，了漱石由历史的原告到历史的被告，交代得还不是很清楚。另外，了漱石走出地狱后的人生愿望，是去台湾找他的日本女友，还不管能不能找到，这多少有些让人费解。最后，了漱石成了历史的被告，这么处理，相对于了漱石的人生努力，显得历史过于冷酷无情，可不可以光明点呢？

拉拉杂杂写了这些，供你一哂。再次对迟到的回复表示歉意！

即颂

春安

师东

2018年2月26日

（邓一光长篇小说《人，或所有的士兵》，修订后由四川人民出版社2019年7月出版。作品主人公了漱石，出版时改名为郁漱石。）

刘醒龙的启示

在已知名的青年作家中，湖北作者刘醒龙不算特别出众；当文学需要有人维系它的创造活力之际，刘醒龙无疑是其中颇为认真的用心者之一。当然，这并不是刘醒龙意义的全部。

一

新时期文学发展到如今，我们从青年作家队伍的现状中，至少可以看到这样一个事实：很大一部分青年作家，随着自己的创作实绩和社会影响所带来的生活处境的改变，他们已经远离了曾经产生过最初文学梦想的生活本土。他们在远离情感来源的地方，述说着在情感和精神上与生活本土的联系，并且从他们的现在遭遇出发，认识、评价着这种联系。

另一类作者，受着主观和客观的诸多因素的影响，他们还没有来得及离开自己的生活本土。正由于他们与与生俱来的生活处境的不可分离，他们的劳作往往显得普通而默默无闻，带着浓厚的民间色彩。这也同时注定了他们只能是滋生社会文化的广阔土壤，而不是其上的鲜艳花朵。所谓的文化精英只能是少数，似乎从来就是如此。

刘醒龙属于没有离开生活本土和情感来源的众多作者之一。他以往有关湖北东部山区生活的小说创作，带着神话、传说、灵性、梦幻的斑驳色彩，并没有引起人们的广泛关注。而等到他写出《威风凛凛》《村支书》《凤凰琴》（分别载《青年文学》1991年第7期，1992年第1期、第5期）等中篇力作之后，才逐步为人们所熟识。相比其他普通的基层作者，刘醒龙是幸运的。但是，刘醒龙为什么"幸运"，他的创作到底写到了什么，提供了哪些新的文学经验，他又如何不同于其他作家而受到人们的重视，这是一个饶有兴味的话题。

二

读过刘醒龙的作品尤其是他的新近几个中篇小说的读者，大多会对刘醒龙小说中所描述的生活场景留有特别的印象，兴许会以为他的创作展示了一个新鲜的生活层面，打开了一个新奇的生活视野。按理说，对刘醒龙小说中铺陈的这些生活场景，我们不可能感到陌生和新奇。我们不就是从这样的生活场景中生长起来的吗？就是上溯到十多年前，对于这种艰难和贫穷，我们谁不记忆犹新？我们所以会产生一种错觉，是不是我们读到了刘醒龙笔下中国贫困地区人民的生活处境和精神面貌而受到了莫大的同情心的驱使，是不是这一系列的生活场景唤醒了、唤回了我们的记忆、我们的情感，而这一切又恰恰是因为我们远离故土的缘故？

离开本土并不是我们开始怀念本土的唯一理由。事实上，本土上的一切早已融进我们的血脉，即使在我们离开本土之后，它们仍然在我们的内心深处实际滋长着，并且成为支撑一个人的情感和精神的巨大动力。那么，我们怎么会感到遗忘、觉得新鲜呢？从这个意义上，我们倒理解了为数不少的有才华而又敏感的青年作家们，在奉献出他们最初出自本土的鲜活和生气，而后创作的活力逐步衰萎的缘由了。相形之下，刘醒龙作为一位基层作者的意义就凸现了出来，他的小说揭示了一个依旧贫困却仍然厚重的生活本土的顽强存在，这一本土的现在状态带给了我们丰富的感触。

刘醒龙小说中的细节富有魅力。这不仅在于刘醒龙笔下的细节丰富生动，更在于我们读到这些细节后心绪难宁。在《威风凛凛》里，五驼子、金福儿为杀他人的威风在愚昧地倾轧;《村支书》中的支书拖着病体在城乡之间为五千元贷款来回奔跑；表现山区小学师生生活的《凤凰琴》，说的是小学生们交不起上学的钱，用柴米油盐代交学费，在寒冷的冬天里十几个光着脚丫的孩子排成一列升起国旗……所有这些细节，以它朴素的真实，揭示着这一方土地艰难的生命存在。生存问题，在作者描述的生活场景里，有着非凡的意义。人们会说五驼子砍下自己的手指、邓有梅们为转正名额争来斗去的举动是多么卑微和屑小，但是这些举动一旦与努力想活得好一点的愿望联系在一起时，它就具有一道圣洁的光芒。这是一种执着，一种对生活最根本性的执着，它不必回避或掩饰什么。因此，在此意义上的酸楚和卑微，也同样是伟大的举措。对承载着如此酸楚的遭遇和卑微愿望的生活本土的揭示，正是艺术得以驱动的前提，也正是刘醒龙有别于他人而受到广大读者关注的主要原因。

三

写出了一个如此贫穷而又如此富于生活热望的本土的存在，是刘醒龙创作的基本价值所在。人们也就很自然想到刘醒龙对这一方土地的基本态度。

不同于其他作家居高临下的整体观照，刘醒龙基本上保持了与他所描述的生活的同步状态。他的评价方式也与之同步相应。他的评价以传统的良知、良心为前提，我们在他的作品里，读到了纯朴和善良，读到了对苦难的同情和理解，读到了浓厚的道德情感和社会良知。例如，《村支书》中村支书以身殉职，"远处一盏长明灯背负着坟山不断闪烁";《威风凛凛》里没有道破的,是赵长恩忍辱负重中至死不渝的孤傲;《凤凰琴》中几个山区教师结束了为了改善生活遭遇的相互争斗,只是希望带着唯一转正指标下山的青年教师张英才,日后不要忘了这里还有一个艰难维持着的山区小学。在刘醒龙的作品里,普通百姓的道德感情、价值观念和行为规范得到了作者的维护和肯定。

如果说,一个人人格精神的完善,大致是一条智者的路、一条贤者的路、一条圣者的路的话,那么,刘醒龙显然是以悲天悯人的仁慈心肠在感动自己、打动他人,因而他的作品能与本土之上的百姓得到沟通,同时也会让远离这一贫困的生活本土的人们设身处地、感同身受。

但是,刘醒龙分明又是困惑着的。如果《村支书》中的村长不是在村支书死时幡然悔悟,那么怎样用传统的道德观念去评断这一人物呢?一种道德力的感召,一种彻底的觉悟,仍然无法改进和提高这一生活本土的生存质量。刘醒龙是在为他笔下的人物、他所呈现的生活本土寻找着出路和前景,但他又多少显得无能为力。人的生存遭遇的改善、生存理想的实现,必然有赖于生活内容的实质进展。那么,刘醒龙的困惑就不再是他一个人的困惑,同样也深深缠绕着处境不一的其他人。这也是刘醒龙的创作提供给我们的一个值得深思的话题。

写于1992年

说说刘醒龙

有必要说到刘醒龙和《青年文学》的缘分。

刘醒龙成为大家关注的一位作家，和我们《青年文学》有些关系，这主要是因为他的代表作《凤凰琴》是发表在《青年文学》上。作为刘醒龙作品的责任编辑，自然和他本人有着较多的交往。这似乎没有什么值得多说的必要。就刘醒龙现在的影响，似乎已经不大需要过去的责任编辑说些什么。但刘醒龙的创作道路，确实能给热心文学创作的青年朋友一定的启示。

刘醒龙在《青年文学》发表作品的时候，跟编辑部说不上有什么联系。准确地说，刘醒龙把作品寄给编辑部的时候，这和其他作者把作品寄到编辑部并没有什么两样。但是，编辑部注意到了他的作品。这一方面显示了《青年文学》不薄名人重新人的一以贯之的编辑作风，另一方面也说明刘醒龙具有相当的实力和潜力。继刊出中篇小说《威风凛凛》之后，我们又连续刊发了他的《村支书》和《凤凰琴》这两个中篇作品。一个作者的三个中篇小说，在不到十个月的时间里连续发表在一个刊物上，这在《青年文学》的历史上是从未有过的事情，对其他刊物来说恐怕也是罕事。同时，我们还特地约请德高望重的冯牧同志撰写了同期评论，联合《小说月报》和中华文学基金会文学部召开了刘醒龙作品讨论会，出版了他的中篇小说集《凤凰琴》。这一切，说明编辑部对刘醒龙的作品是十分重视的。从后来的效果来看，编辑部做的这些工作，也是有成效和反响的。

编辑部为什么会对刘醒龙的作品抱有如此大的热情，好些文学朋友觉得好奇。其实说出来，并没有什么秘不示人的。一个作家的出现或者是一部作品的走红，注定是一个特定的文化环境的产物。刘醒龙的作品也不例外。时间远了，就很难体会到一篇作品所处的特定的文化处境，这就成了一份难为外人所解的文化秘密。这样说，似乎有些玄乎。但细细琢磨，是有这么回事。一个人的作品，如果能对当时的社会文化形态有一种影响和干预，或者是一种引导，得不到人们的关注，这是说不过去的。刘醒龙的作品写到了一个特定的生活领域。这个领域不大受人重视，但它又客观存在着，它是我们生存的一个基础。刘醒龙艺术地表现了这样一个特定的领域，并且在其间浇注了自己的思考，因此就给了处境不一的其他人一种参照、一种领悟。这是编辑部看重他的作品、读者关心他的作品的一个主要原因。由此可见，某个时候，作者、编者、读者三个方面能结合到一个点上，这同时也就宣告了作品的成功。

一个作者走上前台后，关键是他能否继续走下去，能走多远。在这一点上，刘醒龙正在展示他的实力和潜力。我们看到，在《凤凰琴》获得广泛的好评之后，刘醒龙仍在不断地推出有影响力的作品，如《分享艰难》《秋风醉了》《白菜萝卜》《暮时课诵》等，这些作品体现了作者良好的创作素质、写作状态和发展后劲。这也是值得我们为作者高兴的。刘醒龙将来会给我们带来更多的惊喜。

多年以来，《青年文学》在不间断地推出有实力、有后劲的青年作者，这些作者的创作同时也给刊物带来了勃勃生机。我们其他的文学刊物、其他的编辑同行，同样也是在做出这样的努力。正是由于有着这些共同努力的存在，我们的文学创作，才得以焕发出生机和活力，在有力地向前延伸。

写于1995年

中国乡土的给予

　　中国当代文学一直在与发展同行，与变化同步。历经艰辛曲折、觉醒超越，我们不应忘记在社会发展的不同阶段产生过重要影响的文学作品。它们为匆匆前行而风生水起的时代，留下了深刻厚重的文化印记。这些作品正经受历史和时间的检验，呈现在被经典化的进程当中。重读它们，可以真切地了解我们的过往，同时坚定我们走向未来的信心。这是我们组织出版"文学新经典丛书"的用意。

　　上个世纪80年代，中国当代文学不断实现题材的突破和拓展、表达方式的实验与创新。一时间，人才辈出，效应轰动。进入90年代，在经过文学的喧哗与骚动过后，人们陡然收住了虚蹈的脚步，回到了当下和眼前，开始打量历经沧桑变化、而今依然窘迫困惑的现实。这个时候，出现了一位从大别山深处走来的作家。他清清亮亮、真真切切地告诉我们：中国还有不少贫困地区，那里的人民生活很艰难，他们的人生很艰辛，他们同样满怀生活

115

愿景。他是刘醒龙。三十年后，在国家实现全面摆脱绝对贫困、全面建成小康社会之时，站在新时代新的历史节点上，我们回首文学往事，不难发现，能够较早、较集中、较典型地描写中国贫困地区人民生存状态的作家，还得首推刘醒龙。从当代文学史的角度，我们甚至可以说，刘醒龙在上个世纪90年代初的写作，拉开了全社会正视贫困、摆脱贫困的文学序幕。

这个时期，刘醒龙接连发表了《威风凛凛》《村支书》《分享艰难》《白菜萝卜》《暮时课诵》等作品。其中，中篇小说《凤凰琴》最具代表性。《凤凰琴》写到了中国贫困地区的人民生活，写到了在贫困地区艰难存在的乡村教育，尤其是写到了为了转正而苦苦挣扎的乡村民办教师。民办教师是当时的一个极其特殊的群体，他们在从事教书育人的神圣工作，但实际的社会待遇就是村民。这样的民办教师，在当时的中国有二百万人之巨。而恰恰是这些带有农民身份的民办教师，在支撑中国广大乡村的基础教育。

在《凤凰琴》这篇作品里，有这样一幅让人过目难忘的画面：清晨，山村小学的校长领着十几位农家子弟在升国旗。他们衣衫褴褛，赤脚踩在初冬的霜地里，国旗伴着太阳一同升起。《凤凰琴》的主要情节围绕几位民办教师为了一个转正名额的明争暗斗来展开。所谓"转正"，是对民办教师转为国家公职教师的说法。转了正，就意味着可以离开乡村小学，获得好的工作条件和生活待遇。最后几位教师把这一名额让给了一位新来的年轻人。作品细腻真切地描写了中国贫困地区基础教育的艰难处境，写出了身处其中的师生们所付出的艰辛努力，同时也由衷赞扬了乡村教师在极其艰苦的生存条件下无比高尚的职业道德和敬业精神。

《凤凰琴》发表后，产生广泛共鸣，很快被改编成同名电影、电视剧，全社会以前所未有的热情关注起民办教师这一特殊社会群体。《凤凰琴》的发表，对民办教师的转正工作，起到了潜移默化的推动作用。

斗转星移。现如今，"民办教师"的说法早已成为历史；《凤凰琴》的小说篇名变成了地名，湖北正式有了一个最基层的社区组织——凤凰琴村。

一部当代文学作品，能够艺术地影响社会发展的某个侧面、某个局部，随着时间的推移，还能够物化为实体性、生活化的社会存在，这是文学的功绩，同时也无疑是中国当代文学经典化的有力佐证。

收在本书（《凤凰琴》，中国青年出版社2022年4月版）中的另一个中篇小说《挑担茶叶上北京》，与《凤凰琴》异曲同工。《凤凰琴》写的是乡村教师的遭遇，而前者聚焦的是乡村如何脱贫，以及脱贫过程中的难处和困境。有意味的是，它们的主体意象，一个是"凤凰琴"，一个是"冬茶"，可见刘醒龙体察事物之深之细。近三十年后，再来读《挑担茶叶上北京》，不能不让人深感脱贫攻坚这一历史壮举的艰辛和不易。

《凤凰琴》和《挑担茶叶上北京》，都是刘醒龙在上个世纪90年代初的代表性作品。所不同的是，《凤凰琴》发表的时候还没有

"鲁迅文学奖",而《挑担茶叶上北京》正逢首届"鲁迅文学奖"评选,能荣获全国优秀中篇小说奖,当在情理之中。

2019 年,央视的重头栏目"故事里的中国",要拍《凤凰琴》的故事。在节目录制现场,我见到了心仪已久的凤凰琴。琴不大,长不足两尺,宽也就两拃而已,琴面上是三两排有弹簧支撑的按键,可以平放在膝上或是桌面进行弹奏。这是一位热心的读者送给刘醒龙的。而正是这样一件简朴无华的乐器,给当年的乡村少年们传来了乡村之外的文化气息,带来了对未来生活的无限憧憬。

现如今,要找到凤凰琴这样一件过往的乐器,肯定不很容易。但有《凤凰琴》的小说在,还有一个以"凤凰琴"命名的乡村在诞生,我们照样能在依稀可辨的历史情形中感同身受,去理解时代和命运的精神向度,体味人性的幽微和生命的光亮,从而获得应有的启示和领悟。

"这是一个秘密,是潜藏在中国乡土百姓、这些我们谓之'衣食父母'的人们的生活遭遇和人生努力中的真正的生存秘密。这一秘密来源于他们对生命、对生活的最根本性的执着和热情。刘醒龙的作品正是由于艺术地揭示了这一厚重的生命主题,从而极大地感染了处境不一的其他人们。"这是 1994 年我为法文版《凤凰琴》(出版时改名为《山村教师》)作序时写过的一段文字。

至今,我依然在确信,《凤凰琴》会如雨似雾,润物无声。

刘醒龙小说集《凤凰琴》序,写于2022年

如何长成一棵树

1984 年，刘醒龙开始发表文学作品。这一年，我大学毕业，分到中国青年出版社做文学编辑。一个写作品的人和一个编作品的人，迟早会遇上。

时间似乎长了些。与刘醒龙的交集，要等到 1991 年的初春，起因是刘醒龙把一篇七万来字的中篇小说《威风凛凛》寄到了《青年文学》杂志。征得编辑部同意，我专程到湖北黄冈（那时为黄冈地区）找刘醒龙谈修改意见。那个时候，刘醒龙从英山县调到黄冈地区群众文化馆做创作辅导员才一个来月。据他后来说：当时在黄州城里，能认识他的不到十个人。而我从武汉坐长途汽车风尘仆仆前来，问到的第一个人，居然说认识刘醒龙。这一凑巧，如今看来，也是我和刘醒龙的缘分注定。

经过修改后，《威风凛凛》就在《青年文学》第 7 期上发表了。紧接着，我编发了他的中篇小说《村支书》和《凤凰琴》。一个全国性的刊物，在十个月之内连续发表一位并不知名的青年作家的三个中篇小说，在今天也是罕事。但《青年文学》做了。

至今，我们当初上冯牧先生家，请冯牧撰写《村支书》同期评论的情形，仍历历在目。《青年文学》自1982年创刊后，就有一个惯例，编辑部看中的、要发头题的作品，会去请一位在文坛上有影响的评论家撰写同期评论。为了《村支书》，主编陈浩增、副主编黄宾堂和责任编辑我，在1991年10月初，拜访了冯牧。冯牧先生年事已高，但思路清晰，精神很好。他了解来意后，有些无奈地说："我现在握笔都费劲，你们看我这手。"冯牧的手在不听使唤地颤抖着，就像手里攥着一个活物。"等我看完作品再说。"五天后，我收到了他颤颤巍巍亲笔写下的关于《村支书》的四千字评论：《催人奋进的发人深省之作》。冯牧先生提携文学后进的真挚和诚恳，让人感怀。

给刘醒龙带来广泛声誉的是发表在《青年文学》1992年第5期上的中篇小说《凤凰琴》。小说一发表，就好评如潮，很快被改编为电影和电视剧。《凤凰琴》的推出，不仅使民办教师群体受到关注，更是对当时全国二百万民办教师转正工作起到推动作用。

后来，我还陆续编发过刘醒龙的其他作品，包括他荣获首届"鲁迅文学奖"的中篇小说《挑担茶叶上北京》，还有他很看重的长诗《用胸膛行走的高原》等。

刘醒龙的其他作品，我大体也熟悉。通过对刘醒龙作品的理解，梳理刘醒龙的创作脉络，是一个值得琢磨的话题。

现在的刘醒龙，无疑是中国文坛上的一棵树，一棵枝繁叶茂、果实丰硕的大树。但是，这棵树在文学丛林里生长了这么多年，它的纹理结构，它的姿势形态，它的来龙去脉，不是靠简单的评断就能明了的。我在想，我们与其要说他是一棵什么样的树，不如去打量这棵树为何长成如今的样子。

一

刘醒龙开始发表作品时的 1984 年，正值中国社会拨乱反正方兴未艾之时，思想解放借助文学的社会影响力正如火如荼。新时期文学深孚众望，突破一个又一个题材禁区，有力拓展着文学的表现疆域；各种国外的文学思潮，因应改革开放的情势被翻译介绍到国内，文坛正满腔热情掀起此伏彼起的喧哗与骚动。刘醒龙创作一开始，就感受到了社会与文学桴鼓相应的这一浓烈氛围。在创作题材不断开拓和表现方式花样翻新的前提下，随之而来的是"寻根文学"的提出和深化，以及年轻的先锋作家在叙述语言、文体革新上的试验和探索。所有这些，无疑启发了刘醒龙对生活本土的文化探寻，撩拨了他用直观感受力彰显文学才情的创作冲动。对生活本土的文化观照和诗意化的文学感知，给刘醒龙早期的创作打上了本土情怀和先锋姿态的烙印。而这两者，从刘醒龙的创作轨迹和未来走向上看，可以说是理解刘醒龙创作发端的两把钥匙。本土的情怀和先锋的姿态，是刘醒龙创作的两条路径，我们会在刘醒龙今后的创作中反复体味到它们的袅袅余音。

这一时期，刘醒龙创作的主要作品收在他的第一部中短篇小说集《异香》里。这部副题为"大别山之谜"的小说集，是刘醒龙80年代写作的主要成果。在感染中，在感召中，在感应中，刘醒龙完成了自己的80年代写作。这是刘醒龙的起步期、摸索期，也是他的先锋期，准确地说，是他的文学初恋期。在这一时期里，刘醒龙感应的"本土"和"先锋"，更多是情怀和姿态上的，是时代所裹挟，也是时代所点醒的。他顺应着时代的文化潮流，但还没来得及在潮流中识别自己。

很显然，刘醒龙的创作实力还远远没有被证实。

二

跨进上个世纪90年代，刘醒龙的创作进入重要收获期。以《凤凰琴》《分享艰难》《挑担茶叶上北京》等为代表的一批中篇小说，受到广泛好评，也因此奠定了刘醒龙在中国当代文坛的地位。这些作品，以其坚固的现实质地，在一个时期被冠以"现实主义冲击波"的说法。其实，这些作品最明显的特征，也就是写实。刘醒龙是90年代"底层写作"的代表性作家。他的这些作品贴近大地，讲述底层人民的生活，写他们在贫困之中的人生努力和对新生活的向往，有一些贫寒中的幽怨，有一些困境中的自怜，但更多的是面对人生的坚韧不拔和意志上的执着坚定。这些作品雄辩地昭示我们：这是大地的力量，更是生命的底力。刘醒龙也因此步入了创作的井喷时期。除了发表三十余个中篇小说之外，刘醒龙更是完成了《威风凛凛》《至爱无情》《生命是劳动与仁慈》《寂寞歌唱》《爱到永远》《往事温柔》等多部长篇小说的写作。在这些作品中，主人公都是底层人物、小人物，是弱势群体，是卑微者。这些作品充分展示了刘醒龙根植于大地、面向着现实的本土情怀和平民本色。这一时期，刘醒龙创作中坚固的写实质地是那样醒目，人们被他笔下的现实所牵引，为他塑造的卑微者所牵挂，从而认定他是体验型的作家，在地地道道地"写实"。

其实，刘醒龙还有一副笔墨，这便是他的"写意"。只不过这写意是隐忍的、潜沉的，那是在写实的内核深处沁出的、饱含悲悯而又苦涩的一份诗意和柔情。人们会依稀记得，在刘醒龙的成名作《凤凰琴》里：清晨，在山村小学里，乡村教师用笛子吹奏着国歌，学生们光着脚丫，在天寒地冻中升起国旗。贫寒之中的坚忍，幼小生命对未来生活的憧憬，跃然纸上，感人至深。刘醒龙把他的柔情和诗意，体现在他对物象的选择和细节与细节之间的组织中，哀而不伤，含而不露。

同样的情形也出现在他荣获首届"鲁迅文学奖"的中篇小说《挑担茶叶上北京》中。小说中"冬茶"的寓意，无人细究。一年四季，到了冬天，生命的光亮就崭露在那一抹茶尖上，它们凝聚了生命的能量，同时也是来年农家生计的指望。这样的"冬茶"

要被采摘，要被县上的领导送到北京去，让农人们翘首期盼着办成公事后能带来好日子。我在编发这篇作品时，直感到作品里充盈着复杂丰富的内容。刘醒龙在物象上、在细节里，寄寓了深重的现实关怀和欲言又止的无限悲情。我们不能不叹服刘醒龙对底层生活的实际拥有。只有曾经赤着脚走在寒冷的大别山山地上的人，才会生发出如此苦涩的诗意和如此悲悯的柔情。

现实的风骨和诗意的柔情，在刘醒龙90年代的写作中，内化了、深化了刘醒龙80年代的本土情怀和先锋姿态。在这样的转换中，刘醒龙确立了自己的创作重心，也为人们用文学的眼光打量社会现实平添了底力，找到了支点，调动了感受，引发了感动。这无疑是刘醒龙个人的文学发现，也因此感染了处境不一的其他人们。所以我说，从本质上看，刘醒龙更是一位诗人，一位悲天悯地的诗人。

回首刘醒龙的90年代，我们还发现，90年代的中国一门心思搞经济建设，抓"市场经济"，"不争论"；刘醒龙则憋足劲，在全力写实，在坚固的现实筋骨和诗意的个人柔情中写实。

这是刘醒龙的"写实期"。

三

进入新世纪，国家的经济建设走上了快车道。第一个十年过去的时候，中国的国民经济总量跃居全球第二。而这一时期的刘醒龙在忙什么呢？他在用大部分的时间，写一部史诗性的作品，这就是《圣天门口》。书名很欧化。"圣天门口"，实为"圣·天门口"。刘醒龙要把"天门口"这个地方"史化""诗化""圣化"。他在"天门口"上要凝聚起上个世纪初以来中国社会从封闭走向开放的社会风云和世间烟雨。为此，他花了足足六年的时间边琢磨边写作。我个人以为，《圣天门口》是刘醒龙迄今为止最用心、最得力的作品。在刘醒龙以往的作品中，他特别擅长抓住一个一个的"现实物象"和"生活细节"来体现自己对生活的理解和领悟。如今，在《圣天门口》里，"现实物象"变成了一个地域的所在，而"生活细节"变成了近一个世纪的"风云烟雨"。刘醒龙开始了属于他自己的"宏大叙事"。

面对一个他以为"圣"的地域上近一个世纪的社会变革和人生命运，刘醒龙做出了自己的选择和组织。他选择了两个家族的兴衰存败，组织了一干人等的悲欢离合。他在选择和组织中，展现自己对历史、对人生的理解，包括他所认识的社会和政治。在展示这些刚性的社会存在和命运走向时，他还尽情绽放他以前内隐的诗意和柔情。比如书中大段大段的、一片一片的主观性驻留和舒缓式吟唱，比如他对纯朴劳动的礼赞、对爱情的抒怀、对生命的吟诵等。而意味深长的是，小说的主体部分，放在了中国现代的"鄂东"，我们知道从这里走出了无数的革命者；小说的副线，则是上个世纪 70 年代才在中国"鄂西"发现的汉民族文化史诗《黑暗传》。《黑暗传》在小说中的穿插和呼应，是要让现代的"鄂东"具备更为开阔、更为深邃的时空。刘醒龙的确是在写一部史诗。《圣天门口》获得了广泛的反响，"风骨与柔情"更加鲜明、完整地体现在刘醒龙的创作中，成为刘醒龙的个性化标识。

吊诡的是，这样一部自己以为、他人也认为的史诗性作品，最终还是与当届的"茅盾文学奖"失之交臂，听说只为一票之失。而在中篇小说《凤凰琴》基础上续写的长篇小说《天行者》，则在下一届"茅奖"中榜上有名。看来，刘醒龙的"史诗"需要有更长的时间和更大的空间来解读。而眼下，人们对刘醒龙最鲜明的印象，还是以《凤凰琴》为代表的"写实期"里的"写实"。作为当年《凤凰琴》的责任编辑，窃以为，《天行者》能荣获"茅盾文学奖"，这是对刘醒龙90年代写实功绩的一次反哺。

这是刘醒龙的"史诗期"。

四

临到新世纪的第二个十年时，刘醒龙的个人文化生活里，发生了两件事情。一件事是，他由一位专业写作者，成了《芳草》文学杂志的主编；一件事是，他写起了毛笔字。他办刊物，办得很有特点和个性。打开《芳草》，有这样八个字："汉语神韵，华文风骨。"这是刘醒龙定下的办刊宗旨。而刘醒龙的书法，圆润敦实，自有法度。笔画结构上不求规矩，而通体看来却心力充盈，气韵贯注。刘醒龙的生活显然在"人文化"。刘醒龙的创作也步入了"人文期"。

"蟠虺"是一个不常见的词语。读音要正确，得查字典，而了解它的含义，要上百度。"蟠，音盘；虺，音毁。蟠虺，意为屈曲的小蛇，是青铜器饰物形象之一。"刘醒龙自己是这样介绍的。"蟠虺"这两个字是刘醒龙新长篇小说的名字。从现实物象和生活细节，到现代地域上的社会变迁和个人命运，再到远古与当今从物质到精神上的关联，刘醒龙的创作走出了一条从表及里、由浅入深、从今到古层层掘进、不断深化的创新之路。

选择"蟠虺"这个很生僻的词，作为长篇小说的名称，自有刘醒龙的用意在。"蟠虺"是国之重器"曾侯乙尊盘"上的饰物，小说围绕着这一重器在当今的遭遇展开。一件古老的器物，能与今天发生联系，在于今天人们欲望的过度膨胀。正因为是国之重器，在小说中，权重者就想据为己有，护佑自己飞黄腾达；而谋利者，则不择手段，变本加厉。于是，围绕着对"曾侯乙尊盘"的争夺，上演了一出多方势力参与、各种利益纠缠的闹剧。如何仿制，如何以假乱真、以真乱假，又如何护住神物，引出了盗墓者、仿制者、不法商人、青铜器鉴定专家和大小官员的好一番你争我斗。直到青铜器权威曾本之把真正的"曾侯乙尊盘"放进了省博物馆，这场戏方才谢幕。从上面的叙述中可以看出，这是一部情节性很强的小说。刘醒龙没想写出一部关于知识分子的小说，他有意回避了有关青铜器的一些专业问题，而是着力呈现道德滑坡、欲望横行的现实情形，从而提出了人如何自持和把守的话题。《蟠虺》的扉页上印着这样两行字："识时务者为俊杰，不识时务者为圣贤。"与"蟠虺"相较，"时务"更能让人耳熟能详。而"时务"出现在这部小说中，恰恰是"蟠虺"的反义词。在今天，我们的现实是太过于"时务"了。这个时候，我们才恍然大悟，刘醒龙为什么要用"蟠虺"做书名，是因为这两个字我们太陌生了，就如同正义感、道德感对有些人来说已然生疏一样。刘醒龙无疑是在借这个生僻的词警醒世人，同时也是在唤醒我们心目中对神圣、对崇高的敬畏和尊崇。

《蟠虺》有很好的立意，这是刘醒龙的现实思考所得。我个人不大满足的是，作品的重心是用说事来彰显立意，而没有更在意去如何塑造人物。读《蟠虺》，我总感觉刘醒龙与他笔下的人物存在着一些隔膜，如果我们能适意地走进这些人物的内心，就会产生更多的共情。

五

又一个十年过去了。刘醒龙的写作，像是在精心制作一只风筝，并在倾心放飞着。这只风筝随着天空中的气流和风力在上下腾挪、左右抖动。他把它放出去收回来，收回来再放出去，含辛茹苦，乐此不疲。直到有一天，他陡然意识到在收放之中，还有扯动线绳的那么一双手的存在。正是这双手在不动声色的牵引中，源源不断地传递出秉性和风采、风骨和柔情。这双手其实就是故土。

很多年前，同样出生在鄂东这块土地上的著名诗人闻一多曾经这样评价先贤庄子：庄子运用思想，与其是在寻求真理，毋宁说是在眺望故乡。闻一多说庄子时，不知道有没有夫子自道的成分，而此时的刘醒龙着实是开始了对故乡本土的深情回望。在回望之中，他感受到了刻骨铭心的痛楚和牵扯，他写出了《抱着父亲回故乡》的著名散文。随后，他推出了长篇小说新作《黄冈秘卷》。

刘醒龙回望故乡，重返故土，开始了他文学创作的重写期。

重写，是对作家文学创作获得全身心触动后的形象表述。它不是颠覆、推倒重来，事实上不同的年龄阶段、不同的生活处境，都有其他时段不可替代的感受内容。它也不是简单的肯定或否定，不是非此即彼，而是深化和升华，需要有不断增厚的人生积累和生命感触，更要等到一个特定的触点，找到一个难得的契机，过去已有的一切才会被洞穿、被唤醒，才会有深入骨髓的牵扯和撕裂，才会有灵魂出窍般的回瞻和反顾。这就是创作意义上的重写。我们从大量的创作经验中发现，尽管文学作品的外在表现深浅不一、形态各异，但作家的每一次明显的创作进步，往往是基于新的经验和认知上的回望，其实更多是重写之功。

刘醒龙也不例外。按我个人的理解，刘醒龙的创作，至少经历过两次的重写。起步时期，他从故乡本土出发，受到时代文化潮流的触动，隐隐感应到自己生长生活的土地有一种"异香"的奇特存在。他没有来得及给这种"异香"找到更多的生活实感，但它是刘醒龙对生活本土认知在个人情怀上的最初发动。这里有初出茅庐、血气方刚的成分，可谓是气血之作。在写实时期，刘醒龙直接面对生活本土中的社会现实，从现实物象和生活细节着眼去呈现有血有肉的现实生活。这是他的第一次重写，意在感应、感召的前提下写出真相和事实。刘醒龙的文学功绩由此生成。在史诗时期，他的着眼点是历史与现实的血脉关系，这是他的第二次重写，是对生活本土的来龙去脉进行重新体认。而到了目前的回望和重返时期，刘醒龙才开始了真正意义上的重写。他结合了感应、感受和感念之上的层层递进，在气血相应、血肉相连、血脉相系的基础上，用切身的感思感怀去写与本土的血缘亲情，写出一块土地的血质和血性。一路走来，刘醒龙真正开始审视安身立命的故乡本土，探究它的本真和秉性。

在长篇小说《黄冈秘卷》里，刘醒龙依旧在使用自己的独门绝技：他把现实物象推到前台，做出特写效果，这便是人所共知的"黄冈秘卷"；他把生活细节推向历史纵深，要写出充溢在故乡本土上的人的品格和精神，这是另一部为人所不闻的"黄冈秘卷"。

现实中的"黄冈秘卷"太有名，这么多年参加过高考的学生都做过黄冈秘卷，它是高考的秘籍和宝典。提到黄冈这个地方，人们会很自然地想到它是黄冈秘卷的出生地。可以说，黄冈秘卷是当下人们认知黄冈的最鲜明的标识。小说从黄冈秘卷写起，很容易拉近读者与叙述本体的关联。这是刘醒龙在叙述策略上的考虑。而刘醒龙想让人们真正认识的却是藏在这张名片身后的另一部博大精深的"黄冈秘卷"。

在我看来，《黄冈秘卷》的最大价值，在于对父辈祖辈人生经历的回望，和在回望中对一方土地气质、品格的揭示。一个人只有具备了一定的生活积累和人生阅历，才有可能通透地理解他人的人生价值和生命意味。作品写到了刘家大塆、林家大塆在社会变迁中的命运遭际，写到了"我们的父亲""王朤伯伯"等人的沧桑经历和坚定不移的信念操守。与刘醒龙的其他作品所不同的是，《黄冈秘卷》是从血缘亲情上切入，其所流露出的情感也就更为贴切、深挚。历史的外在呈现总是变动不居的，而潜藏在历史心灵深处的基因、血脉，从来都在生生不息。家国民族也从来如此。关键在于我们如何更为包容、更为通脱地去看待、去发掘。从这个意义上说，刘醒龙对故乡本土的重写，实际上是对一方土地上的人生努力的重新发现和阐释，是对专属于一方土地的性格秉性和精神气质的张举和重塑。因此，《黄冈秘卷》中对"我们的父亲"等形象的塑造，可谓是我们理解历史、认知传承的一个典型文学范本。就刘醒龙的创作而言，《抱着父亲回故乡》完全可以与《黄冈秘卷》互读，前者可视为后者的导读和索引。

六

经过三十多年的创作实践，刘醒龙把自己长成了一棵树。这棵树露出地表后，轻盈自在地沐浴着阳光雨露，感受着文学森林的微风细浪。这个树长得真是地方，那里山清水秀，文脉绵长，而且由于地处偏僻，生活贫困，它得以不受侵扰，自然生长，机敏早熟，自有风骨。路过森林的人，很容易辨识出这样一棵树。这棵树应运而生，与势俱动，渐渐有了自己的一方天地。在这一天地里，有山村，有大湾，有天门口，有界岭小学，有茶园，有乡村教师，有村支书，有五驼子，有贫寒和清苦，有尘世烟火气。出现在情景之中的，都是些生活在底层的普通人，他们身份低微，生活困窘，却执拗不屈，刚直不折。这一方天地，呈现出了一个不发达地区百姓生活的现实图景。这样一个现实图景，引发了不同生活处境的人们的内心触动。在展现这些现实的生活场景和生命内容之后，这棵树把根须探入更深的泥土里，要去领略历史的厚重，探寻一方天地的生存秘密。它用功甚勤，用力甚猛，让不明就里的人多少有些诧异。它当然也感受到了身边涌动的浮尘躁气，它甚至索性要翻出一件久远的藏品，看看它在今天现实中的成色模样和相较之下的世道人心。等到把这些都做好了，它发现有一件细小微弱的物什在不经意扯动自己的心脏肺腑，它用自己特有的灵敏感触知晓了那是故土伸出的一双手。这双手绵柔无力，且断且续，似有若无，但从来没有在某一天里显得这么强横刚硬，直把人逼迫到生命的出处。从本土出发的风筝飘得再高远，总有会伏在地上憩息的时候。用刘醒龙自己的话说：再伟大的人回到故乡都是孙子。故乡不仅是故乡，乡土不单是乡土，这是人生出发地，更是精神再生处。与其说刘醒龙在长成一棵树，不如说他在不断锻造、提炼一棵树所拥有的魂魄和精神。

三十多年来，这棵树随着生活场景的不断变化，用感知和觉悟去迎候着新的生活内容。它从来没有放下跟随时代和生活的脚步，并且在不断刻下清晰可辨的年轮。它接纳着一方天地的万千气象，因应着浮尘俗世的烟火气息，传递着生命绵绵不断、生生不息的那一束束星火光亮。

刘醒龙用一棵树的站立姿势，见证着风过雨去、人来人往。

他就是这样的一棵树。

写于2022年

话 题

属于自己年纪的文学梦想

　　1960 年代出生的小说作者们，挤进了我们的创作队伍。他们正静悄悄地展示着自己。我们有心留意于他们的作品，竟不能不生出一些异样的感触。在他们正把一些隐在的生气活力传达、补充给当代的小说创作时，我们不能不了解他们。

　　在这群 20 多岁的小说作者里，写出一个完整的童年世界的，自然要数黑龙江的迟子建了。迟子建生活在很北的一个地方，她有一篇小说就叫《北极村童话》。小说里说，"我"七八岁时来到爷爷姥姥们住的村子。在一群老年人的内心里，都藏着不同的秘密。爷爷知道"我"的舅舅死了，但不愿告诉姥姥，让姥姥临死前还留有一腔善良的心愿；那位俄罗斯老太太终于迎来了"我"这位异族的小伙伴，她带着一丝满足和更多憾恨孤独地离开了人世……"我"感受着这些祖辈的人生。在本应盛下童年欢乐的心灵里，"我"过早地接触到这些行将走完生命过程的人们，也在过早体解这块苍老土地所积淀的人生内容。作者站在现在角度观照童年的世界，显然在发现并挖掘童年的意义。顺着这条思路，我们读到了迟子建的《沉睡的大固其固》《旧土地》《乞巧·苦婆·支客》《北国一片苍茫》等作品。她似乎特别在意这些老人、成人们的生命感受中所积累的具体人生内容，同时又特别关注它们给自己童年打下的烙印。继而她借对这种人生内容的观照来引发自己对所处的那块土地的理解和沉思。这是中国最北的土地。因此，在迟子建的作品里有那么一种凝重，那么一种朴拙，更带有自己年龄印痕的鲜活。

姚霏在云南。大概从小的流浪生活，难免给他的小说增添了一些流浪色彩。他不会像迟子建很矜持地去固守住自己的领地，对着那块消逝过无数生命又将诞生无数生命的土地发愣。他写过一些怀旧的文字：在《滇北故人重录》里，他想静心考察记忆中的人物，但只是画了一幅速写——好像是他忽然某一天记起了某件事，他不想作得深沉持重。他善于写活在他身边的那些同龄人的生活和心理，时不时还真有几分生动和风趣。在《学院六人图》中，现在大学同窗的心理、习性被他很有几分神似地把握住，不难让人体察与校园生活相关的社会现实情形。六人图里最有光彩的是作品的最后一位，云南人常飞。夫子自道，于是写得很有气象，读来满口生动。

那时候也在校园里念书的陈染，把一篇习作送到了《青年文学》编辑部:《嘿，别那么丧气》。这是 1985 年的事。那时的学生不满足陈规和陋习，渴望有能力有勇气去承担什么。于是小说中一个风风火火的女学生毅然踏上了西去的火车，想用自己的眼睛看看西北是什么样子。几年后，一批一批的大学生走向祖国的天南地北，迈上了社会实践考察的征程。作品本意在张扬一种奔放、自在、开朗、热情的个性气质，一种有着青春力量的生气活力。直到现在，我们的文学创作、我们的改革事业也都在呼唤这种开放而自在、潇洒而有热忱、富于创造而又健康的朝气和激情。而这些年轻的思考，在当下的创作中，还只是略为特殊地体现在一位 20 来岁大学生尚还稚嫩的作品里。

毕竟不是空谷足音。紧接着出来一个刘西鸿。她的笔下不是在继续陈染的主观呼唤，而是审视一块新生土地的人情世相和观念价值。一个 16 岁的女孩子用她的行动在对"我"说："你不可改变我！""我"处在惶惑之中。"我"在用年长者的口吻劝诫她："你抽烟的模样是副很坏的派头。""你是学生穷讲究什么旋转餐厅。""谁叫你去当模特？你不打算读书，打不打算做个高尚的人？"在短篇小说《你不可改变我》里，不同的价值观念和行为方式导致了"我"与孔令凯之间的冲突。而令凯则很诡秘地对"我"说："知道我为什么喜欢你？你没把我当小孩看，是把我当你的朋友，当你的同龄人。你懂得尊重人。"而当"我"继续劝导她时，她则说："你样样都这么老派。真没意思。"她没有走进其他人的诱导之中，而是去做了唯美公司表演队的服装模特。作者刘西鸿借两个不同年龄女性的性格和行动差异，展现着我们社会的变革内容。与其说作者有意在拉开"我"与令凯之间的距离，还不如说年轻的作者正用心理解更为年轻、更为青春的人们。我们的青春应该是什么样子，这是作者留给同龄人的。作者最近的《黑森林》涉及女性、婚姻和家庭的话题。不像其他作者过重的主观思辨，她的作品让人觉得与她的特区生活着实密不可分。刘西鸿的作品并不多，只有《月亮，摇晃着前进》《自己的天空》《请与我同行》等几篇作品。

刘西鸿的特区生活并不让人觉出异常。实际上，我们转换一下视角，去读辽宁孙惠芬的作品，就会发现一些话题的相近处。只因角度不一，作品呈现出不同的效果。这个时候，孙惠芬站在城市与乡村的交界处，思绪特别纷扰繁复。她从农村走出，"她写农村生活，但写得有个性，写人的心态和情绪，写人在城市文化与农村文化对流中表现出的躁动和不和谐。她用自己细腻的感觉，将所有的情节揉碎，让人心里的东西像水一样流出来。"（《他们相会吐心曲》，董越，《中国青年报》1987 年 1 月 6 日）孙惠芬有她自己的视野，她站在县文化馆的大门口看来去匆匆的人群，看身边生活的人们，看她的现在农村情形，于是有了《小窗絮语》《来来去去》。《变调》是一篇很不错的作品。"我"来到县文化馆，这是"我"离开农村的第一站。然而"我"面对的是一个人与人没有交流、互相戒备的环境。"我"失落了原来那块土地，也正在丧失在那块乡土上产生过的希望："我感到世界上每一个人都被一个无形的什么系住魂魄劲儿地活着，而我自从得到那间小屋得到那么个养身子的工作就彻底地失去了那个能够系住自己魂魄的什么—— 一个在遥远彼岸闪光的希望。"显然这是孔令凯和"奔"们所始料未及的严峻而难堪的生活和心理处境。"我"在赌场上见到了大学毕业后分在文化馆工作的小申。"我"终于发现在小申一口铜声铜气的普通话和一梗脖一甩发的举动背后，所隐藏的那些原来也和"我"同样不满足、不安于现状的心情意绪。"我"在其他人身上找到了一种共通的东西。小说努力表现青年人更为普遍的生活处境。要改变这种具体的生活处境，比起孔令凯、"奔"们的"青春"行动确实远为不易。这是这些20多岁作者们更为富有的话题。

远在广西的李逊，却是另外一条思路。在迟子建、刘西鸿、孙惠芬们不约而同地写出具体生活环境中的年轻感触时，李逊忽略了这些，他不急急忙忙吐露什么，他懂得必须学会年长作者在运思中的老成持重。他的作品有几分清丽，几分生僻，因此也洞开了一方天地。初读《河妖》，抓住我们的是小说所呈现的那片梦魇般的神秘气氛。细看下去，他分明在写那些陈旧的暗褐色的人类童年记忆对心灵的困扰。他第一次认真地面对着少年心灵的残缺，他把这一扇窗打开，发现"一具青铜铸造的身躯，上面布满的斑斑绿锈显示着岁月的久远"。小说中的"他"领悟到幻觉里出现河妖的河流的奥秘：在它褐色水域的覆掩下，谁能否认它不会有什么隐痛呢？那么，完美的境界是否存在？人为什么要追求完美？完美的意义是否就在完美本身？李逊突出了20多岁这个年纪的困扰。这种精神心灵上的困扰终归是要有所转化的，那要等到李逊迈过现在这个心神不宁的年纪。在《被遗忘的南方》中，李逊索性把这种困扰推向了那有着斑斑绿锈的历史本身，破译历史流向现在所形成的巨大梦魇。这需要才力，更需要智性。李逊率先冷静面对20多岁的生命阶段上的残缺和完美，我们对他将来的深入怀有兴趣。

我们该注意一下1987年冒出的一个青年作者，他叫余华，浙江人。在其他的同龄作者逼真写出年轻的心态和生活时，余华显出几分超脱。他不拘泥于身边所感，但在这个共同年龄上的困惑，又迫使他顺手拈来细微的感受去证实他的那个整体上的困惑。他写出了《十八岁出门远行》。出门远行，一路上要为住宿、为乘车这些具体的事忙碌，然而作者远不只是写一次出门远行的感受，而是把这些具体感受与18岁这个该出门远行的年龄联系在一起，使这些感受获得了超越具象之上的寓意，这是余华作品的高妙之处。后来的《西北风呼啸的中午》，作者继续使一些具体感受获得广泛意义，强烈而集中地传达了在20多岁年龄阶段上的锋芒和锐气。

末了，我们还得提及两年前发表的中篇小说《那竹篱围隔的小院》，它扩大了20多岁青年作者的感受视野和表现领域。作者程青，刚从大学毕业分配到北京工作。小说写的是中国大学生与外国留学生之间的交往，它由《我的同屋凯瑟琳》《小院骑士》《拥抱生活》三个系列短篇构成。在留学生小院里，汇集着不同肤色、不同国别的青年学人。各自心理性格和文化背景的不同，造成了他们之间的差异。而更大的冲突则是产生在这些外国留学生与中国陪住学生的实际交往之中。在这个意义上，这种冲突体现了中西文化在现实情境下的差别和认同。作者以其恬静灵秀的笔触，描写了这层关系；从"我"的身上更体现了大度、谦和、不乏进取并富有底蕴的本土文化气质。"我"和同屋凯瑟琳之间，互相尊重和理解，成了很好的朋友；而面对"没有未来"的艺术家哈纳，我们也得到了沟通和宽解。在哈纳赞叹中国古代画家"用宁静的心境对待艺术，所以即使最不幸的画家画中国画，他的笔下也会出现恬静完美的境界"时，"我"却说："痛苦和快乐同样能使世界变得富有光泽！人们越来越懂得现代世界的丰富。"这些对话，有着一个共同的文化融合的广阔背景。对本民族、对世界、对人类文化的共同处境，作者借"我"与哈纳的对话显然使这些话题越出了具体的人物形象本身，从一定程度上，这也体现了这些20多岁青年作者努力把思考指向深远的艺术用心。

我们还想提及其他的青年作者，如山西的吕新、江苏的苏童、安徽的钱玉亮等等。我们还应该留下一定的篇幅，给暂时还没有走进我们阅读视野的其他20多岁的青年作者。

我们看到，这群20多岁的小说作者为当前的文学创作提供了一个特别的视角。从20多岁的眼睛里看我们的世界，他们感受到了并把握住了一些新的生活内容。而无论是站在现在角度观照童年世界，还是直叙青年人的生活心理和现实处境，乃至力图捕捉一些更为深邃的命题，都显示出这些作者占有更为年轻的观察角度和表达优势。这也构成了与其他年长作者的差别。他们的才华，他们的感知，他们的稚拙，乃至他们的缺憾，都源于这一角度的呈现。因而他们的作品体现了不为其他年龄层次作者所能遮蔽的气质和风采。与其说他们写出的是"青春文学"，不如说他们是在用文学证明青春。

我们还看到，这群年轻作者，虽然处在不同地域、不同心理背景上，但都流露出了相近的气质。迟子建笔下的"旧土地"同样沉重、温热地存留在其他作者的作品里，从而使"奔"们的自信、自主呈现一种可贵的生机；刘西鸿所展示的观念和行为的分野，相对于孙惠芬在城市与农村之间所产生的心理错动，又难说不是一种"变调"；至于李逊对特定的人生处境的观察，与程青写校园内中外学生的心灵交流，同样都是对民族的、个体的文化心理的涉猎。如果说在他们之先的知青作家们通过对历史的反思和现实的冷静思考，在集体确立一个"泛英雄"的个体人格主体，那么在1960年代出生的这些作者身上，我们可以更多感触到他们年轻的生活态度、他们用心的超越、他们的关注重心。他们不在证明什么，而是很从容很自在地在说他们感受到了什么。当年长的作家从人生体验上丰富文学时，这些年轻作者提供的更多是自己的感受内容。

显然，任真和直率构成了这些年轻作者的语言特色。他们来不及虚饰和圆熟，他们朴实自在的文笔，没有对自己的感受做更多形式上的雕凿。在其他年长作者努力用新的叙述方式和技术手段复述一些原已呈现的经验内容时，这些年轻作者却基本体现出了某种质朴而单向的叙述口吻。他们甚至还没有自觉地意识到小说的结构问题，他们由衷而来，把自己的感受传达清楚了，作品的结构也就算完成了。"我"成为这些作者中的大多数人在小说创作中不可或缺的参与方式。"我"连接了过去，也联系着与之相关的人物，"我"是一个基本的叙述口吻。

对于这些20多岁的作者来说，他们还来不及沉湎于什么、经营什么，所以在他们身上体现着一种可贵的活力。当我们不时感慨近些年来"各领风骚没几天"时，他们的作品所显露的心理素质、人格气度，让我们更有几分欣慰。

面对这些20多岁的年轻作者，另外的疑惑将会是大多数人所认为的，他们对社会、对人生的理解和体验还来不及深入和丰富。而我们则应该相信他们在将来的生活进程中，能得到更为丰富深厚的感兴。我们只是想劝导一句：当他们把自己的感受转化为文学作品时，千万不要丧失继续感受生活的气度和恒力。

有更多的叮嘱，也有更多的祝愿。我们没法代替他们，代替他们甚或有的偏颇和执拗。更多的话题，留给他们的将来吧。这是他们的文学梦想，更是他们的人生之路。

本文所述作者及部分作品：

迟子建：

《沉睡的大固其固》，《小说选刊》1985年第10期

《北极村童话》，《人民文学》1986年第2期

姚　霏：

《滇北故人重录》，《丑小鸭》1986年第10期

《学院六人图》，《小说月报》1986年第12期

陈　染：

《嘿，别那么丧气》，《青年文学》1985年第11期

刘西鸿：

《你不可改变我》，《小说选刊》1986年第12期

《黑森林》，《小说界》1987年第3期

孙惠芬：

《变调》，《小说选刊》1987年第3期

李　逊：

《河妖》，《上海文学》1985年第11期

余　华：

《十八岁出门远行》，《北京文学》1987年第1期

《西北风呼啸的中午》，《北京文学》1987年第5期

《1986年》，《收获》1987年第6期

程　青：

《那竹篱围隔的小院》，《小说》1985年第2期

写于1987年

论"60年代出生作家群"

几年前，我们曾在一家刊物上粗略评介过一些新近涌现的同龄青年作者，那时候他们还并不引人注目。几年之后，这些小说作者已是让人刮目相看了。回过头来，我们再次审视他们时，就更加清晰地看到，这些作者的确都处于一个大致相同的创作年龄层面上。我们要说的是20世纪60年代出生的这一茬青年作家。

按我们的理解，先后进入新时期的文学作者（这里指新中国成立后出现的作者），至少有这样三个层面：一是50年代开始文学创作、70年代末80年代初在文坛产生重大影响的中年作者群，一是伴随新时期而出现的以知青作者为主体的泛知青作家群，再就是我们在本文里所要着重评议的60年代出生的新青年作者群。这样形成的三个层面，按年龄可以归属为"文革"前、"文革"中和"文革"后（指其主要社会生活经历的发端）三个不同时期。需要特别说明的是，结合新时期文学的发展实际，在1985年之前和之后出现的泛知青作家群，因其走上文坛的先后不同，所受文化潮流的影响前后差别，表现出明显有异的文学趣味和品性。

三茬作家有着相互依存的递进关系。第一茬作家开拓了新时期文学的表现区域，并做出了最初的建树。他们从50年代开始建立自己的价值观念形态，同时对六七十年代社会的重大变化有着深入其间的感触。因而他们在新时期创作中笔触更多地伸向社会政治生活领域，凭借他们的感受和经历评价他们所描写的生活和所表述的生活内容，意志上坚定不二，情感上是非明确，表现出强烈的使命感和责任心。努力支撑文学创作的时空环境，被他们认为是自己必然的责任和使命。第二茬的泛知青作家群，起初也有和第一茬作者相近的思路，即在其影响下的一条拨乱反正的思路，但很快他们转向自己的生活领域了。他们要树立自身的社会形象。这些知青作者，十七八岁由"有文化"的城市走向了"少文化"的农村，命运出现转折。等到他们离开农村重返城市时，已是而立之年。因此，他们最初的感触是这一茬人经历了委屈，他们要向世人倾诉这种委屈。然而这些委屈与仍然生存在那块土地上的人们相比，毕竟还不算是沉重的。因此，另一番情感，对农村生活的回味和咀嚼也从他们内心里泛出。这两方面的因素加起来，使他们强烈感受到塑造这一群体的主体人格形象的极端重要性。他们要用农村生活的所得，完成一道"泛英雄"的人格主题。他们中的很多人都自称"理想主义者"，尽管在这一词语的限定上，有着不同的色调。1985年之后，出现的本属知青行列但起步较晚的作者和其他阶层的作者，在对社会和文学的理解上更为从容通脱一些，但同时急切地走进了"片面的深入"。我们曾用"天上""人间""地下"来描述这一茬作者的文学努力，现在看来似乎还有些道理。走向"地下"的是"寻根"。寻根的主体是1985年之前出现的知青作家，但他们的视角已不再是自己的知青生活领域，而是要对历史和现实做出文化意味上的整体判断。"天上"的一支后来则被时常指认为"先锋""新潮"。他们对个体的人的社会处境表示出强烈的兴趣，乃至于对文学的语言、文体、结构也进行了重塑。更多的"人间"作者还是紧守在自己的生活表层上，说着现实生活的酸甜苦辣。这些作者中的一部分人后来逐渐变得"不露声色"了，"纯然客观"了，"原汁原味"了，于是文坛上就有了"新写实"这面不大不小的旗帜。总的说来，第二茬作者中，既有80年代初在文坛崭露头角的实力作家，也有80年代中期涌现的新生力量。他们构成复杂，意趣不一。"各人头上一重天"，大概是对这一茬作者的创作没有说法的说法。目前在文坛上显示出创作体量的，也主要是这些作者。

而我们所说的第三茬作者呢？他们在80年代中期开始破土而出，与前两茬作者的区别在于，一个是走近舞台中央，底气十足，气宇轩昂；一个正徘徊在舞台的边缘上，东张西望，跃跃欲试。

应该说，1985年左右，60年代出生的第三茬作者就已经开始被文坛看重。如写过《女大学生宿舍》的喻杉、写过《你不可改变我》的刘西鸿，她们因获得全国优秀短篇小说奖而出名。前者囿于年长作者的路数而短暂一现，倒是后者初开风气，反响持续。

但真正引起文坛广泛关注的，则是余华、苏童、格非等人。他们把第二茬作者的主观臆想和语意结构上的思考进一步推向极端，一时间，文坛议论纷纷。其实，在第三茬作者中，据我们所知，至少还有这些作者值得重视：迟子建、程青、李逊、姚霏、吕新、北村、陈染、孙惠芬、刁斗、赵琪、陈怀国、石钟山等等。他们与前面提到的作者一起构成了目前我们所能看到的第三茬作者群的基本阵容。他们在发表《北极村童话》《十八岁出门远行》《你不可改变我》《妻妾成群》《毛雪》《人家的闺女有花戴》《空的窗》等有影响的中短篇的同时，也已出版或即将出版自己的长篇处女作。他们已经或正在引起文坛的广泛关注。

这些更为年轻的作者到底为新时期文学添加了哪些新的色彩，而有别于前两茬作者呢？

生活阅历

我们先从这些 60 年代出生的作者不同于前两茬作者的生活阅历说起。毫无疑问，相对前两茬作者色彩斑斓的生活阅历，这一茬人显得单薄。他们对六七十年代的那场社会动荡远没有深入其间的磨难，而只是留下了一些直观而粗浅的印象。他们的主要生活经历的开始，正好是与社会进入新的时期同步的，而这一点又不可能比前两茬作者感触更深，他们没有对社会生活的更多比较，在文学表现内容上并没有明显的优势。再加上改革开放后，社会提供给了个人发挥能力的各种机会和渠道，他们也不可能再有前两茬作者曾经有过的磨难和艰辛。即便如此，在生活阅历上，这一茬作者比起前两茬作者仍有自己独到的地方。他们没有前两茬作者的那份历史，使得这一茬人对这份历史更多只能是理解，而不是担承。没有这么一份历史负担，或许他们的心灵更轻松一些，因而对社会的每一份新的进展就更为关注。如果说前几茬作者是因为那么一段历史而形成自己的群体性格特征的话，那么这一茬作者的精神面貌、个性特点，明显受益于中国社会的改革开放。在新的情势下，这一茬人普遍受到了良好教育，这有可能使他们的生活质量优于前几茬人。无疑，就是在是否选择文学作为自己发挥才能的重要手段上，他们也比前两茬人来得主动而有余地。在相同的社会场景下，他们生活的兴趣点明显与前两茬作者不同，这一茬人有着前两茬作者不可替代的独特的社会经历和生活阅历。

所有这些，还不是这一茬人生活的全部。更关键之处在于，他们的心理感受能力往往并不是前几茬作者所能企及的。他们不为生活的复杂丰富所累，而对自己生活经历中的每一个细腻的感触特别在意，也特别敏感而有触动。与此同时，这一茬人对前两茬作者的遭遇和经历并不是熟视无睹，他们不同程度地感受着前两茬人的遭遇，只不过这些遭遇并不是直接发生在他们身上，而是间接地作用于他们正在生长中的内心。这使得他们的心理感受变得特别发达、特别敏锐：不管人们是不是这样以为，他们在心灵上是过于早熟了。写出中篇小说《毛雪》的部队作者陈怀国，有着与作品中的"我"大致相同的童年经历。他出生在湖北的一个封闭山村里。童年时的家庭遭遇给了他深刻的印象，但他又不能为父兄们分担些什么，只能用心去感受，眼巴巴地看着发生的这一切。类似的经历，在其他同龄人中也不少见。这样的经历培养了他们一种很自持的禀赋，他们敏感、早熟、善解人意；同时他们又无法认同周围发生的这一切，因而显得执拗，带有一种认真的愣劲。所有这些，大概是这一茬作者在经历上最大的财富。

在对已有的生活只是理解而不是担承时，他们更相信自己的感觉和感受力，力图在自己的心理感受能力上靠一种领悟和穿透力建立自己的文学世界。这也决定了他们对人物、性格、情节等要素缺少必要关注，因而他们给文学提供的更多是对这个世界异常丰富的感受内容。这一点从他们的文学目的上也可看出。

文学目的

前两茬作者的文学目的，显然是复杂的。他们有着参与社会变化的复杂经历，当社会出现新的转机时，他们怀着复杂的心理动机选择了文学。在他们看来，文学是改变自己的现实处境、表现自己对生活的感受和理解的最有效的手段。尽管事实上他们做出的选择并不是最有效的，他们中的很多人被这种选择所支配，反而加重了自身的心理和精神压力，而显出言不由衷的写作苦处。相形之下，与改革开放同步的这一茬60年代出生的作者，他们的文学目的就显得单纯多了。他们从自己的感受出发去靠近文学。随着社会生活的不断丰富，文学不再被他们认为是改变自己境遇和体现自身价值的主要或唯一途径。不同于前两茬人最初选择文学的情形，社会已为这一茬人提供了更多可能性。比如说，生长在大兴安岭的迟子建如果不去写她的"北极村童话"，她仍满可以在大兴安岭师范学校做一个受人尊敬的好教师。而事实上，在迟子建1986年后外出就读于鲁迅文学院文学进修班、西北大学作家班和鲁迅文学院创作研究生班这长达四五年的时间里，她工作的学校仍然是把她当作一个好教师而不是一个将来会有某种出息的小说家来看待的。显然，这一茬人进行文学创作的目的，不是出于生计的考虑，也不是出于外在的责任的挤压，而是出于自己内心的需要。他们有了一份不同于他人的体验和感受，他们就把这体验和感受表达为诗，为散文，为色彩斑斓、感觉鲜活的小说。他们在文学上表现出自己的感触，在加深对文学的理解的同时，深化着自己对人生、对社会的认识。一句话，他们在和文学一起走向成熟。

　　这样一种文学目的，确乎有些自给自足的味道。他们不会强迫自己去硬写，去不断重复自己。否则，他们就干脆罢笔了。在我们的印象中，这一茬人中至少有这样一些作者基本上少有作品发表了。如曾经写出《那竹篱围隔的小院》的女作者程青。在这篇较早涉及中国学生和外国留学生生活交往的作品里，作者以其恬静灵秀的笔触，从中国陪住学生"我"与外国留学生的交往中体现出了谦和大度、善解人意、不乏进取并富有内蕴的本土文化气质。另外，写出过《被遗忘的南方》《河妖》等一类似真似幻作品的李逊，具有强烈超前意味的姚霏等，似乎也多年不发表文学作品了。按照他们的才情和悟性，他们的创作禀赋并不弱于如今红火的同龄作者和其他作者，但他们似乎甘于沉默。

这一茬作者关注的重心不在于是否被他人所认可，而是如何更好地展示社会进程中复杂而丰富的内心世界的波澜起伏。这成了这一茬人最基本的文学目的。

创作心态

出于这样的文学目的的驱使，这一茬人的创作心态，较之其他年龄的作者发生了深刻的变化。由于前两茬作者自身文学目的复杂，因而在创作心态上难免浮躁，渴求张扬和被承认，促使他们中的一些人时常陷入背水一战的窘境。即使在一些颇为优秀的作者中，如何"修炼"也成了他们对文学、对内心都十分必要的补救和解脱方式。而第三茬作者则不同。他们拥有一种颇为自得而自在的创作心态。他们毫不掩饰自己的创作心态与表述内容的一致性，以及与其感觉方式的一致性。

这种创作心态是沉静的，当一个个感觉涌出时，他们的内心得到了激励，万物皆备于我的沉着、静寞，使他们在表述上不再迫不及待，而仿佛是一汪水平静地从心泉中自然涌流而出。它是平和的，它保持着一种内心的自得和心灵的自在，可以专注而由衷地表述他们自己所要表述的内容，而不受外物的支使和搅扰。同时，它又更是灵动的。其他作者所要渴求寻找到的某一份感觉，他们不经意地就具有了，他们善于用一连串自然朴实而富于质感的感受，构成创作的情绪脉络，具有张力和弹性。它还是富有色彩和个性的，带着一定年龄上的诸多色调，他们表述着自己特殊的所闻所见、所思所想。无疑，这种创作心态是可贵的，当然还有待于进一步健全，有待于进一步成熟和强大。

表现内容

受着这样敏感、早熟而多少有些执拗的生活感受的支撑，和这种平和自在而富有个性色彩的创作心态的影响，这一茬作者的表现内容也有与前两茬作者明显的不同之处。

首先，前两茬作者遗忘掉的童年生活感受，第一次被60年代出生的这一茬更为年轻的作者不约而同地提起。少年时期，正是这一茬人用自己的目光有意识地打量世界的时候，少年天性与社会环境的制约，给这一茬人留下了极其深刻的印象，尤其正值中国社会欲从封闭走向开放之时。苏童的《乘滑轮车远去》，没有像其他年长作者那样去正面描写社会的混乱，而是通过童年视角写当时的社会混乱在"我"心灵上的印痕；吕新的《人家的闺女有花戴》写"我"坐在房顶上晾晒南瓜时，看到的隔壁王五家的嫁娶风波；李逊的《河妖》，写的也是那些陈旧的暗褐色的童年记忆对心灵的困扰。这类作品中的"我"还不是生活的参与者，他们还没有干预生活的能力；而"我"又正处在感受活跃的年纪，因而这些通过童年视角写出的作品有着它特定的认识价值。它不是一般意义上的少年文学，它主要表述的是成人生活在少年心中的投影；它又不同于其他年长者的作品，没有去正面展示现实社会的丰富内容。这一方面，在迟子建的创作中尤其突出。迟子建的成名作《北极村童话》，说的是"我"七八岁时来到爷爷姥姥住的村子。在一群老年人的内心里，都藏着不可示人的秘密。爷爷知道"我"舅舅死了，但不愿告诉姥姥，让姥姥临死前还留着一腔善良的心愿；那位俄罗斯老太太在枯寂之中终于迎来了"我"这位异族小伙伴，她带着一丝慰藉和更多的憾恨孤独地离开了人世……"我"感受着这些祖辈的人生。在本应盛下童年欢乐的心灵里，"我"过早地接触到了这些行将走完生命历程的老人们的内心，过早地体解了这块苍老土地所积淀的人生兴衰。在迟子建的其他作品里，作者也似乎特别在意这些老人、成人们的生活经历中所积累的具体人生内容，同时也特别关注它们给自己童年留下的烙印，继而她借对这些人生内容的关照引发了自己对所处的那块土地的个人感触和独到理解。直到余华小说《十八岁出门远行》中"我"出现时，"我"才迈过了少年的门槛。等到他们能够出门远行时，他们本有的那份早熟和对光怪陆离的世界表现出的困窘，也就变得容易为人们理解了。在陈怀国的《毛雪》里，在祁智的《反面角色》里，"我"一定要混出个人模人样来衣锦还乡，就变得特别好接受了。

其次，他们站在自己的经历上，写出了伴随社会发展而出现的青春遭遇和情感波折，以及这一茬青年人的生活处境和心理变迁。这是这一茬中的大多数作者所着力的。他们的作品真实地表述了社会改革开放之中个体心灵的每一份丰富和长进。这尤其体现在一些女作者的创作中。在刘西鸿的作品里，这一茬人中的"我"居然是以大姐的身份去留心下一茬人的生活了，与其说"我"在有意识拉开"我"这一茬人与下一茬人之间的距离，不如说他们正用心理解更为年轻更为青春的人们。下一茬人"你不可改变我"的愿望震撼着"我"，同时也震撼着其他年龄的人的内心。在其他年轻女作者的作品中，个人的情感遭遇被表述得任真、直率。如果说前两茬作者对爱情的描写更多的还是一种精神寄托和心理安慰的话，那么这些女作者作品中的"我"却正在行动。她们少了顾忌和遮掩，能够坦然正视自己的感情冲突。即便是带有很强的自传色彩，她们也在所不顾。社会的松动和开放让她们受益匪浅。她们不再畏手畏脚，至少在这一点上，她们的作品比其他年龄作者的言不由衷，更值得敬畏和尊重。这是一份蓬勃而有生气的青春和生命的珍贵记录，体现了社会的开放对这些年轻女作者内心的触动。

再次，他们探入了历史。历史不再以固有的面目出现，而掺入了这一茬作者年轻的感受和理解。他们用开放的心态去理解他们的祖辈父辈，也去理解和重铸个体心灵的历史。苏童的《妻妾成群》《红粉》等，以其独到的视角，重塑了一段幽暗的历史，让历史有了心跳。赵琪的《琴师》写的是一位盲琴师在旧时代与一位富家小姐的情感遭遇。作者不是从外在的社会联系上去评价这两个人物的所作所为，而是从这两个人的交往中去折射更为开阔深远的社会历史内容。显然，这里所具有的审美价值与其他同类型作品明显不同。

此外，在这一茬的一些年轻作者中，意识超前的小说主题屡屡出现，它们代表了这一茬人在意识内容、思维方式上新的进展。这一茬人对文体、结构、语言等文学要素的新的探索和追求，也十分亮眼。尤其值得注意的是，他们把这些也看成是小说创作的基本内容。他们重视的并不仅仅是生活内容本身，更看重的是对生活内容的独到感受和个性表述。

感觉方式

感受内容的不同，必然带有感觉方式上的差异。

前两茬作者习惯于用规范的、有目的性的陈述来表达感受，而这一茬作者则普遍显得随意和散漫，他们用自己的感觉将规范和目的性揉碎，让人心里的东西像水一样流出来，因而显得鲜活而有生气。"我觉得，我周围的生活充满造作。这令我苦不堪言。我并不喜欢这种虚伪的行为，可我慢慢发现不少人喜欢把生活当作化装舞会，习惯把自己的眼睛和嘴巴挡在一张面具后面。我曾经费劲巴拉学习透视别人的面孔，可是我看到的还是各式各样的面具。假如我不知趣地裸露出自己的眼睛和心，那么不是被视为异物就是被说成'缺心眼'。"（陈染《定向力障碍》）"这是一个寒风凛冽的圣诞夜，我在这举目无亲的城市里徘徊。环城车的窗玻璃冰凉地贴着我的脸颊，叮叮当当地响着。明的、暗的光在玻璃棱角上闪烁。车到崇文门，我对自己说：'就这里吧。'"（黄矛《上帝的光》）这两段文字是我们从众多同类作品中随意摘取的，它们自然远不是这一茬人写出的最精到的文字，但这种任真而又不经意的感觉方式，在这一茬作者的创作中却有其代表性。它们表述的不是客观的内容，而是"我"的参与、"我"的感触。这一茬作者不是为了某一目的性而表达出自己的感受，而是在很自在、很诚恳地说他们感受到了什么。在其他年长的作者从人生体验上丰富文学，努力用新的叙述方式和技术手段去复述一些原已呈现的经验内容时，这些年轻作者提供的是自己此时此刻的心理感受，并体现出了一种质朴而单向的叙述口吻。"我"成为这些作者中的大多数人在小说创作中不可或缺的参与者，"我"连接了生活环境中与之相关的人物，"我"是一个基本的叙述口吻。即使在没有"我"出现的作品中，透过作品中的人物关系的细部，仍然顽强地让人感受到有"我"的目光在支撑着人物产生这样的感受而不是那样的感受。苏童的《妻妾成群》写的是宗法制度下的两性关系，它完全可以纳入"五四"以来反封建的母题之中。但作者采用了一种抒情而富有感触的个人化表述，这种感觉方式与故事形成的反差，使故事获得了新意。从自身的感受出发去重塑故事的内容，这种鲜活而有生气的感觉方式属于这一茬人，如同服从于情节、人物、结构的规范的、有目的性的感觉方式属于其他年龄的作者一样。

到此为止，我们从生活阅历、文学目的、创作心态、表现内容和感觉方式等方面，评议了60年代出生作者与其他年龄层面作者的差异。我们的目的是为了说明，这一茬更为年轻的作者为今天的文坛带来了一些新的气象。我们无意于掩饰其他年龄层次作者的艰苦劳作和已有的文学建树，且事实上，这一茬更为年轻的作者无论在人生感触、生活阅历、文学实绩上至少在今天还不足以与之抗衡。我们的用意也只是希望更多的人对这一茬人给予必要的关注，包括帮助他们弥补自身的不足。我们想，我们的文学创作正是在这样的相互触动和推进中保持其旺盛势头的。一茬人的特点何曾不是这一茬人的不足，60年代出生作者往往能独到地把握、表述自己的感受内容，但文学毕竟要面对现实和心灵世界的整体，他们获得的新的感受内容固然值得珍视，但它毕竟不是生活的全部。如何对生活做出结构性的同时又富有个性的完整把握，并能游刃而余，这迟早是这一茬青年作者所要面对的话题。好在这一茬作者年轻，远还没有丧失感受生活的锐力和韧劲。在已知的或未知的这一茬 60 年代出生作者中，他们定会做出无愧于自己时代的文学实绩的。我们为他们祝福。

在此，我们为这一茬 60 年代出生的青年作家，郑重地提出这样一个说法："60 年代出生作家群"。

写于1992年

一个新的文学层面

1994年1月，《青年文学》编辑部召集部分在京中青年评论家，对"60年代出生作家群"这样一个话题进行了研讨。随后，从1994年第3期开始，《青年文学》开办了"60年代出生作家作品联展"这一主打栏目。栏目开办至今，产生了很好的反响。这主要表现在："60年代出生作家群"这样一个说法，得到了文学界和广大读者的相应认同，得到了同龄青年作者的广泛响应，栏目推出的作品不少被其他报刊转载，获得了相当程度的好评。这一栏目，作为刊物的一个重要的工作内容，从目前的运作来看，还有着良好的发展前景。

提出"60年代出生作家群"这样一个说法，开办"60年代出生作家作品联展"这样一个栏目，我认为有这样几个方面的原因。

首先，80年代中后期和90年代初期出现了一个新的文学创作层面，这些更为年轻的作家的创作给文坛带来了新的生机和活力。我们知道，在80年代中后期的"新潮小说"或"先锋小说"

中，余华、苏童、格非、北村等人的创作，给文坛带来了耳目一新的感受。同时，迟子建、陈染、吕新、刘西鸿等人的作品也开始产生影响。这样一种新生力量的出现，预示着将有更多的青年作者走上文坛。进入90年代后，毕飞宇、徐坤、关仁山、陆颖墨、赵琪、陈怀国、石钟山、祁智、须兰、刁斗、邱华栋、韩东、鲁羊、述平、刘继明、东西、凡一平等人相继走上文坛，引起人们的关注，客观上形成了一个颇为壮观的创作群落。与此同时，评论界也先后出现了李洁非、李书磊、王干、张颐武、吴俊、郜元宝、张新颖、汪政、晓华、王彬彬等颇具锋芒和实力的青年评论家。他们自觉或不自觉地在关心着同龄人的创作状况，对这一创作群体的形成和发展，起到了一定的促进作用。因此，在一个新的创作层面已然出现的情况下，提出"60年代出生作家群"这样一个说法，是存在着它的客观基础的。

其次，这一茬作家大体处在一个相同的年龄阶段，在生活经历、文化背景、精神遭遇和写作方式上有着相对的一致性。按说一定的年龄阶段，对文学创作并不具有必然的意义，很难说某一年龄层面就会出现某个作家群体，就能够产生一定的文学效应。但是，中国当代社会发展的阶段性特点，直接决定和影响着一茬又一茬人的生活阅历、生存环境、思维方式和价值取向的同构和聚合。这是不争的事实。至于为什么把这一茬作家以"60年代出生"来界定，并不是简单地因为他们大体在60年代出生，更重要的原因在于他们精神的同代性。一个作家社会生活经历的开端，对他的创作而言，有着重要的影响。中年作家群他们的社会经历开始的时候，是在"文革"之前；知青作家开始他们的生活经历之时，是在"文革"之中；而这一茬作家走上社会，则大体在"文革"之后，即中国社会出现新的转机，正值改革开放之时。可以这样说，我们所说的"60年代出生作家群"是随着中国社会的改革开放的不断展开和社会的不断进步而成长和成熟的。因此在他们的创作中，就明显带有新时代的特征和年龄阶段上的特点，而用"60年代出生作家群"来进行概括，应该说是有着一定的合理性的。

再次，提出"60年代出生作家群"这样一个说法，也是着眼于《青年文学》本身。把一个说法与一个刊物的作为结合在一起，是一件很有意义的事情。关键在于这个说法本身具不具备可操作性，能不能进一步体现刊物的定位、价值和发展前景。从这一点上说，"60年代出生作家群"与《青年文学》的宗旨、特点和要求是完全吻合的。这首先在于，《青年文学》本来就是一份发表青年作家作品、以青年文学读者为主要阅读对象的原创文学刊物。创刊十多年来，它是以不断推出被文坛认可并能影响文坛的青年作家而体现出自身价值的。从铁凝的《哦，香雪》、史铁生的《我的遥远的清平湾》，到刘震云的《新兵连》、刘醒龙的《凤凰琴》，《青年文学》发表过不少青年作家的重要作品，这些活跃在文坛上的作家成了刊物的骨干作者。同时，一个刊物要继续发展，就必须要重视对文学新生力量的培养，必须要有一种战略眼光。因此，一方面对既已知名的青年作家依旧要给予充分的重视，同时，对作者队伍的新的变化和发展，也要有足够的关注。这也正是提出这样一个说法、开办这一栏目的重要原因。

在"60年代出生作家作品联展"这一栏目开办近两年的时间里，《青年文学》已刊发过三十余位作家的作品。其中，发表过有一定知名度的作家如余华、苏童、迟子建等人的作品，也发表了正在引起人们关注的作家如毕飞宇、徐坤、邱华栋等人的作品，还发表了不少至今尚不大为人所知但却有着良好势头的青年作者的作品。可以说，这一栏目，兼容了这一茬作者的不同层次和不同侧面，是对这一个正在蓬勃发展的创作群体一次规模性的集中展示。这些作品有着不同的写作风格、不同的表现侧面、不同的思维方式和不同的阅读效果。可以说，这些作者的努力，对今天的创作是一种可贵的丰富，给我们提供了新的思索领域和审美价值。

从已经发出的作品来看，这一茬作家突出关注的话题，是发生在自己的生活领域里的事情，说到底，也就是年轻人在社会转型变革过程中的生存状态问题。中国社会新的变革和发展，给青年人的成长和进步提供了新的机遇，也提出了新的课题。中国社会在转型时期所呈现出来的多元性和多样化特点，使人们在思想观念、情感内容、行为方式和精神面貌上都发生了很大的变化和差异，这些差异和变化，相对于观察力和感受力正值敏感、活跃期的青年人来说，就显得更加突出、更加醒目。作为这一年轻群落中的一分子，青年作家们显然对同龄人的命运和遭遇，有更切身、更贴己的感触和体会，在表述中也更为由衷和自觉，投注的关心和思考，也更加独到和有力。祁智的中篇小说《水仙疯长》，写到了一位削尖脑袋想要改变自身命运的年轻人的故事。主人公由教学岗位借调到教委帮忙，从此开始了他追求高人一等的虚荣的人生里程。作者写到了他在现实生活面前的碰壁，也写到了他如何利用现实达到自己目的的心机和谋划，在这个人物身上，一方面有个人品质上的问题，另一方面，也可看出社会价值失衡，使一个人内心深处的私欲恶性膨胀，得不到及时疗救，而像无人打理的水仙一样恶性疯长这一更深层的社会问题。这一人物的遭遇是发人深省的。作者通过这一作品，表现了对某一种类型的同龄人的认识，同时也寄寓了自己对青年人的生长环境的思考。如果说祁智的《水仙疯长》传达的是对社会的思考，那么，钱玉亮的中篇小说《毛桃的故事》，则透过毛桃的遭遇，直指个人成长过程中的纵深背景，写到了缺少父母的关怀和家庭生活的温暖给年轻人的正常成长带来的负面影响。一个单相思的故事，却是以对他人带来的伤害和自身的毁灭而告终。作者用平实质朴的语调款款道来，写得凄恻感人，让人深思。钱玉亮的短篇小说《进军城市》，对青年民工在城市的遭遇，也有独到的表现。尤其值得称道的是迟子建的中篇小说《洋铁铺叮当响》，洋铁匠一家几位年轻人想摆脱贫困走进外面世界的努力，尤其是在外面的世界里经受磨难、不改心愿的奋斗意志，以及在异常艰辛的生活中保有的对生活的热情和信心，表现了中国社会的变化对年轻人内心的触动，和他们在新的生存环境下所应有的生活品质和精神状态。这些作品，丰富了文学在今天的表现领域，对我们理解和认识新的一代人的生存环境和精神面貌，有着不可替代的价值。

在"60年代出生作家作品联展"这一栏目中，出现的一些新作者也显示出了不可掩饰的才华和对生活敏锐的感受力和表现力。徐坤的短篇小说《鸟粪》借"思想者"的雕塑在城市广场的遭遇，写到了思想、文化和精神在当代生活中的真实处境，以独特的角度和细腻的感性素材，把一个十分抽象的话题转换成了可感可知并能迫近人的内心的形象话语，显示了作者出众的表现功力。邱华栋的短篇小说《新美人》，深入"都市新人类"这一新的表现领域，对现代都市文明中出现的新的人物品类进行了直观而迅捷的表现。邱华栋的小说与我们共有时空的同步效应，不能不使人对这样一位年轻作者的感受和表现能力多出几分新的期冀。毕飞宇的《雨天里的棉花糖》，把形而上的哲思与细腻的生活感触交融在一起，也给人留有深刻的印象。此时，王怀宇的《家族之疫》、蔡秀词的《戏子园》等，把触角探入历史领域，给我们带来了新的感悟。这一栏目包容了一些带有实验性质的作品，如刁斗、李逊、韩东、朱文等人的作品，体现了这些作者把握语言的能力和对小说艺术新的认识。

与此同时，对"60年代出生作家群"的认识，我觉得有两个方面的倾向值得注意。一是写作的边缘化问题。一些作者的写作兴趣多在生活边缘游走，往往容易把生活情绪化，避开了生活的主体部分。这种倾向的出现跟作者的生活阅历和人生体验有关，恐怕也跟我们的价值评价乏力有关。把自己的写作局限在狭窄的个人趣味上，对创作来说总不是很好的事情。比如我们去触摸历史，如果总是在历史的间隙和裂缝里徘徊，就很可能丧失对历史的整体观照而变成一种轻巧的把玩。与此相关的，是写作的私人化的问题。以个人化的方式进入到文学创作之中，这可以说是90年代文学新的发展和进步。但是，也有作者沉湎在私人的写作兴趣上，过于关心和表现自己的一举一动。如果自身不具备一定的代表性和先进性，就很可能把写作变成一场文字游戏，变成无意义的絮叨或对他人的强制。一个人这么做，无可厚非；但如果变成一种集体行为，变成表述上的近似、一致和内容上的大同小异，那只能说是创造力的绵弱和苍白。

我曾撰文推介"60年代出生作家作品联展"这一栏目："完全可以预期，随着这一专栏在时间上的延续，作家作品的阵容将不断扩大，其自身的特点和丰富性将不断得到展示，《青年文学》这一跨世纪的工程，将会成为一场旷日持久的盛大的'阅兵式'，为中国当代文学的发展增添一道意义深远的壮丽景观。"（《中国青年报》1994年9月16日）我们相信，"60年代出生作家群"既已出现在世纪之交，那么，在迈向新的世纪时，必将有着更加出色的表现。"60年代出生作家作品联展"这一栏目，也将得到更多朋友们的关注和支持。

写于1996年

青年作家打造文学新世纪

从上个世纪70年代末发轫的新时期青年文学创作，一路风尘、一路艰辛地走到了今天。其间，经过了文学题材上的有力拓展和掘进，经过了文学创作主体意识的觉醒和深化，经过了文学表现手段的探索和实验，经过了无数的"热""风""浪""潮"的冲刷和洗礼，经过了文学效应从社会关注的文化重心向所谓的文学边缘转移的艰难行进，终于，在我们走进一个新世纪的时候，我们的青年文学创作也同时进入了一个新的发展时期。

20多年的青年文学历程，给我们留下了许许多多值得回味、咀嚼、感慨和反思的内容，这里有一茬又一茬青年作家的不懈追求和艰苦努力，有太多的青春梦想，有太多的生命激情。这是把握中国社会文化发展进程的一个特定角度，也是一笔弥足珍视的精神文化财富。在我们十分审慎地考察青年文学创作现状之时，可以这样说，目前的青年文学创作状况是积极的、健康的、乐观的，是充满信心和希望的，目前的青年文学创作正处在一个作者队伍日益壮大、文学发展比较平稳、创作心态比较正常、文学成果比较显著的新的发展时期。

60年代和70年代出生的两个作家群体，使我们有了一支素质准备充分、阵容齐整强大、充满朝气活力的青年作家队伍

目前青年文学创作状况的一个显著标志，在于我们有了一支素质准备充分、阵容齐整强大、充满朝气和活力的青年作家队伍。这支队伍，按目前的状况，大致包括60年代和70年代出生的两个作家群体。由于这些作家走上文坛在时间节点上的差别，创作阵容本身呈现出阶梯式的发展态势。

目前的青年作家队伍中，最早于80年代中期走上文坛、引人注意的是迟子建、苏童、庞天舒等人。随后，程青以《那竹篱围隔的小院》、余华以《十八岁出门远行》、刘西鸿以《你不可改变我》、吕新以《人家的闺女有花戴》、格非以《褐色鸟群》、孙惠芬以《变调》在文坛初露头角，加上北村、陈染等人的小说和韩东等人的诗歌创作，形成了目前青年创作队伍的最初阵容。这一阵容最初是试探性的，连同同时出道的同龄评论家李洁非、李书磊、王干、汪政、晓华等人的评论，也还没来得及找到自己年龄上的恰当定位。但是，他们已经初露锋芒。随后不久的"先锋""实

验"小说———以语言的颠覆和重构为先导的叙事革命，开始以一个群体的形式引起文坛的广泛关注，成为上一世纪 80 年代末最引人注目的文学现象。

进入 90 年代，1992 年 1 月，李师东、毛浩在《当代文坛报》发表《第四茬作家群》的长文，提出"60 年代出生作家群"这一概念，首次以出生年代划分作家群体。1994 年初，《青年文学》开辟"60 年代出生作家作品联展"的主打栏目，持续时间长达 4 年 46 期，发表了余华、苏童、迟子建、徐坤、毕飞宇、祁智、刁斗、关仁山等 55 位作家的作品，有意识地聚合了目前的青年作家队伍。同时，东西、叶弥、述平、西飚、刘继明、李洱、鲁羊、朱文、赵琪、陈怀国等人的创作，进一步壮大了"60 年代出生作家群"的阵势。

90 年代中后期，柳建伟、红柯、曾维浩、刘燕燕、李冯、邱华栋、许春樵、凡一平、张继、王方晨、王跃文、石舒清等 60 年代出生的作家和随之而起的 70 年代出生的作家魏微、丁天、周洁茹、戴来、郁秀、朱文颖等交相辉映，进一步壮大了青年作家队伍的阵容。近年来，尹丽川、巫昂、马伊、陈蔚文、金磊、雷立刚、韩寒等一批年轻作者的出现，给青年文坛带来了新的生气。

与此同时，青年评论家的阵容也在进一步加强。李敬泽、何向阳、吴俊、郜元宝、张新颖、王彬彬、施战军、吴义勤、谢有顺、阎晶明、林舟、张燕玲、张柠、张清华等青年评论家，以新的眼光关注文学的创作进程，与青年作家们同步相向、并驾齐驱，有力地影响了青年文坛的发展态势。

在目前的这支青年作家队伍中，既有创作经历较长的年轻作者，也有崭露头角的文学新人。这些青年作家在不同的时段、以不同的背景走上文坛，汇聚成了我们目前所能看到的这样一支充满生气、蔚为壮观的青年文学创作队伍。而且这支队伍还在不断地发展和壮大之中，并呈现出了低龄化的趋势。

青年作家们有自己独特的感触和领悟，最善于捕捉社会进程中新的变化和进展

这些1960年以后出生的青年作家，以其强大的阵势，丰富了现有作家队伍的构成，为文坛增添了富有朝气的新生力量；同时，他们的创作也为今天的文学注入了新的生气和活力，让我们看到了新世纪文学的希望和前景。

这些青年作家，是在改革开放中逐步成长起来的。中国社会改革开放之始，正是这些青年作家开始走上社会之时。与前几茬作家相比，他们普遍受过良好的教育，知识结构较为完善；他们少有历史的包袱，更善于捕捉社会生活新的变化和进展；文学创作是这些青年作家的内在需求，写作目的相对单纯；在创作中，他们更注重从个人的角度表现自己的感受和思考，也更富有创新意识和开拓精神。

通过他们的作品,人们可以看到,不少青年作家对普通人的生存处境,给予了较为深入的关注。徐坤对当代知识分子生存命运的审视,毕飞宇对人的生活状态和精神处境的着意,东西、刁斗对百姓人生的独特发现,都是可圈可点的。更为难得的是,一些很年轻的作家从自己的感受和经历出发,开始涉猎更为开阔的社会生活领域,展示了较好的写作实力和发展前景。

描写改革开放对青年人心理、生活和观念的影响和作用,展示成长经历,表现心路历程,成为不少青年作家不约而同的主要创作主题。前些年影响较大的余华的长篇小说《在细雨中呼喊》、陈染的长篇小说《私人生活》,还有叶弥的中篇小说《成长如蜕》等,都是通过一个人的生活经历,折射社会的发展进程,都是很出色的作品。近年来,一些更年轻的作者,在此方面着力更勤,他们的创作敏感地触摸着我们时代的神经,真切地记录着社会生活对他们内在的激发和触动,引起了社会的广泛关注。可以说,从自己的生活感受和写作实际出发,艺术地、建设性地表达对社会、对生活、对人生的理解,正在成为青年作家们的自觉追求。

此外,青年作家们对历史的挖掘,如迟子建的长篇小说《伪满洲国》等,石舒清、刘亮程、陈继明等对地域文化内涵的拓展,还有不少作家在语言、叙述等方面的有益探索,也都是令人刮目相看的。

青年评论家们把握时代脉搏，拓展文学领域，及时反馈对青年文学创作动态的认知，进行学理性的理论梳理，为当代文学发展发挥了重要作用

与此同时，学理性的、建设性的批评风气正在青年文学中形成和发展。一批更为年轻的青年评论家，以新的眼光把握青年文学创作的发展动向，为文学评论赢得了新的声誉。他们开阔的研究视野，扎实的理论功底，对新的文学现象的捕捉和把控，以及对个人评论风格的自觉追求，都显示出了青年评论家们的价值取向和创新活力。

作为青年作家展示文学才华的重要平台，各类文学期刊发挥了不可或缺的重要作用。以发表优秀文学作品、培养优秀文学人才为责任使命，文学期刊坚守主业，甘于寂寞，慧眼识珠，着眼国家民族文化长远发展，为全国青年文学创作的繁荣发展，为文化事业原创力的渊远流深，做出了润物无声般的专业贡献。

在展望青年文学创作的前景时，人们感到，如何更好地处理个人写作与社会效果的关系，依然是青年文学创作的一大课题。在展示个人的独特感受和思考的同时，如何获得更多的读者，发挥更大的社会效果，这是摆在青年作家们面前的一个不可回避的话题。

此外，传统的文学表达方式与新的文学表现手段的关系也是不容忽略的。过去，文学的传达方式主要以书面文字为主，今天，文学作品的图像化和网络化，则是新的动向。它很可能会对青年文学创作的发展，产生深刻的革命性影响。在社会生活日益多样化、全球经济一体化的大背景下，要求文学仅仅以一种传统的方式存在，是不现实的，它必然要随着社会和时代的变化，在表现内容和表达方式上做出相应的调整。在这方面，青年作家们已经迈出了步伐，人们期待着他们更加自觉，更加成熟。

　　应《光明日报》之约为全国青年创作会议而作，写于2000年

为什么要提出"60年代出生作家群"

1992年春节临近，接到学兄潘凯雄打来的电话，问我回不回湖北。潘学兄说，广东《当代文坛报》的陈志红要篇重头稿件，他春节回武汉没有时间，问我能不能赶写篇文章。临了他还叮嘱一句："要有分量哦！"学兄的吩咐，自然不敢怠慢。那时候我和同学毛浩试着联手写过一些评论。所谓联手，学的也是学兄陈思和（李辉）、李洁非（张陵）、潘凯雄（贺绍俊）他们的样子。既然答应了，就得当回事。写什么好呢？我很自然地想到了一个一直思考着的话题：60年代出生作家群。

这是一个值得一说的话题。提出这样一个话题，不是心血来潮、一时冲动，这与我在《青年文学》从事的编辑工作不无关系。

1984年7月大学毕业，我被分配到中国青年出版社从事古典文学的编辑工作。21岁哦，那时真年轻！正因为年轻，就在《作品与争鸣》上发表了一篇对刘索拉《你别无选择》的评论；刚从文学编辑室分出去的《青年文学》杂志，也约我为陈染的小说处女作《嘿，别那么丧气》写过同期短评。

1985年10月的一天，出版社领导王维玲对我说："你不是喜欢做当代吗？"我说"是"，就这样离开文学编辑室，去了《青年文学》编辑部。

不必再去编冷冰冰的古典文学读物，而是与活生生的青年作者打交道，心情自然大好。何况那个时候正是文学刊物的鼎盛时期，方方面面的青年作者们还特别倚重文学刊物的编辑，仿佛他们有什么真经似的。那个时候各种文学活动也多，做文学刊物编辑真是如鱼得水。我到《青年文学》不久，领导就派我去长沙，为编辑"湖南青年作家专号"打前站，让我在韩少功家里不识深浅，高谈阔论。1986年7月，我回复旦参加完学校召开的新时期文学十年研讨会，返京途中，和学长宋遂良老师同行，当晚在宋老师家里与李贯通一醉方休，第二天在张炜家中神聊一天，晚上乘车返京。1986年8月，编辑部的同事们在办公室里谈论王朔发在《啄木鸟》上的中篇小说《一半是火焰，一半是海水》，都觉写得好。"好什么好，"一位编辑说，"以前的都让领导给毙了！"我心直口快道："你就再拿一篇呗。"后来，王朔的《橡皮人》到了编辑部。因篇幅过长，领导破天荒地决定：在11、12月分两期刊发。正值全国青创会召开，人手两册《青年文学》，王朔更是让人侧目。1987年，《青年文学》发表了刘震云的早期代表作《新兵连》，我一时兴起，在《文艺报》发了篇短评。震云读后还特地寄来封"表扬信"……那个时候，在《青年文学》做编辑，还真有亲身参与当代文学运行的在场感。

但我很快发现：我所结识的这些正在成名或尚未成名的作者，都比我年长。他们都是 60 年代之前出生的。平日里阅读他们的作品，很本能地向四处打量：我的同辈人在哪里，在做什么，有谁在写，写了什么。所以，在 1986 年年底的全国青年创作会议上，见到姚霏、孙惠芬、迟子建、刁斗、庞天舒，就有一份期盼已久的亲切感，即便有的才初次相识，也觉心灵相通已久。

那个时候，编辑部里总是人来人往。在全国人大常委会办公厅研究室工作的评论家张兴劲，也常来编辑部聊天。1987 年的夏天，我对他说起：现在有一批很年轻的作者势头很好，他们都是 60 年代出生的。他很感兴趣。张兴劲是张炯先生的研究生，张炯先生时任中国当代文学研究会会长，张兴劲在协助研究会办一份叫《当代文学研究资料与信息》的内部刊物。他嘱咐我写一篇关于这些青年作者的创作综述。于是在 1987 年第 10 期的刊物上，出现了我写的一篇文章，还被放在了头题，文章的标题是《属于自己年纪的文学梦想》，副题为"1960 年代出生作者小说创作述评"。这是我有关 60 年代出生作家的想法，第一次见诸文字。

"1960 年代出生的作者"这样一种提法，应该是首次出现。所以要以出生的年代划分作家群体，更多的是《青年文学》的定位使然，是我作为《青年文学》的一名青年编辑、作为青年文学创作活动的参与者，对同代人的创作出于本能上的关注，并没有太多学理上的顾虑。当时流行的说法是，作家在哪个年代成名的，就被称为某个年代的作家。比如说王蒙、刘绍棠、李国文，他们就被大家习惯地称为"50年代的作家"。梁晓声、韩少功、史铁生、王安忆、张承志等因为当过"知青"就被大家称为"知青作家"。甚至还有"右派作家"之说。我所以有以出生年代来划分作者的想法，现在想来，可能还有点儿愤青的意思。最直观的感触是，1960年代出生的作者是随着中国社会的改革开放，而走进社会、走向文学的，与其他作者在生活经历上有明显不同。初衷和本意也就在于：希望文坛关注更为年轻的作者和他们的作品。

在《属于自己年纪的文学梦想》这篇文章里，我提到了迟子建的《北极村童话》《北国一片苍茫》、余华的《十八岁出门远行》、程青的《那竹篱围隔的小院》、孙惠芬的《变调》、李逊的《被遗忘的南方》、刘西鸿的《你不可改变我》，提到了陈染、苏童、钱玉亮等人，并对他们的创作做了简单的归纳和初步的分析。文章发出后，有多大反响我不清楚。记得随后不久，我在我们所住的集体宿舍团中央灰楼里，很偶然地遇到了评论家曾镇南先生。他对我说："你的那篇文章，想法有点意思。"这是我所听到的反馈之一。

时间过得很快，转眼就是1992年年初。60年代出生的作家已然从个体扩展为层面，由隐转显。尤其是从80年代中后期开始的"先锋写作"，在文坛独树一帜，广受关注。而它的代表人物余华、苏童、格非、北村、吕新等，均为60年代出生。60年代出生的青年作家，已经形成一个新的创作群体。我一直琢磨着想个说法，好好做篇文章，说说他们与其他作家的不同，谈谈他们展现的新的特点。这个时候，我在《青年文学》做编辑也已有年头了，对同龄人的创作比其他人更留意、上心，也更了解和熟悉。《青年文学》要不断面对更新、更年轻的作者，我作为《青年文学》的编辑，我的作者队伍里早已有了一批60年代出生的作者。我觉得我有责任为同龄作家摇旗呐喊，甚至还以为非我莫属、义不容辞。更何况，凯雄学兄盛情相托，那我就好好写写这个其他人尚未关注的话题吧。"60年代出生作家群"的说法就这么应运而生。

我认为，60年代出生作家有着与前几茬作家明显不同的特质。这既是我在《青年文学》的实际观察，也是我设身处地的个人思考。在我当时的认知里，前几茬作家，指的是60年代成名的作家、知青作家和后知青作家。所以，我用"第四茬作家群"来特指"60年代出生的作家"。我给《当代文坛报》写的文章，题目就叫《第四茬作者群》，中心话题是60年代出生的作家与前几茬作家到底有什么不同，核心概念是"60年代出生作家群"。《当代文坛报》（双月刊）在1992年第1期上，把这篇文章放在很显眼的位置，还把文章的一些主要观点拎出来，放在文章前面。看得出来，评论家、副主编陈志红是很重视这篇文章的。我也算是对得起潘学兄的托付了。这篇8000多字的文章，在当时好像并没什么反响。我有印象的是，这份刊物没多久就停刊了，应该是经费困难的缘故。

1994年1月13日上午，我们在京组织召开了"60年代出生作家群"研讨会。我记得雷达、陈骏涛老师，李洁非、王必胜、潘凯雄、陈晓明、格非、蒋原伦、李兆忠等参加了研讨。大家都觉得话题很新鲜，值得探讨。这次研讨，实际上是为《青年文学》要开辟一个有关"60年代出生作家群"的主打栏目，在进行专家咨询。研讨会后，我把会议的成果和我个人的想法，写成文章《新说法：60年代出生作家群》，发在《中国青年报》上，《文汇报》《文艺报》《文学报》等很快做了转载。"60年代出生作家群"的说法，开始受到文坛和社会关注。在《人民日报》海外版的连续介绍中，我还补充过一些观点。"60年代出生作家群"的说法，被简称为"60后作家群"，这是不是海外版编辑杨鸥的贡献，我没有求证。我的印象中，"60后"这一后来被广泛沿用的概念，最早就是出现在《人民日报》海外版上。

1994年，《青年文学》第3期出现了这样一个主打栏目："60年代出生作家作品联展"。此后每期推出一位"60后"作家及其作品，一直到1997年第12期。4年46期，一共推出了55位"60后"作家，并且这些作家均为当期的封面人物。

在一个有一定影响的文学刊物上，持续推出一个年龄层面上的青年作者和作品，它所受关注的程度，显然不是我当初的一个想法、一篇文章所能达到的。不同年龄层面的人们对此会有不同议论，"60后"自身也会众说纷纭。就像打开了一个盒子。

我记得，时任《北京文学》副主编的兴安随后编选过一套60年代出生作家的作品合集，评论家洪治纲后来出版过《60年代出生作家群研究》的专著，媒体人胡野秋还做过"60后"作家群的系列访谈，并出了书：《六零派》。1998年7月，《作家》杂志推出"70年代出生的女作家小说专号"，应该是继《青年文学》"联展"之后的顺势所为。随后的一段时间里，对"'70后'美女作家"的议论，越出了文学和文学刊物的边界。直到"80后"作家韩寒、郭敬明的"横空出世"，所谓"后"的说法，从文学全面推衍到社会，"某某后"衍化成社会习惯用语，成为一种公共认知。

提出一个概念，并不重要；是谁提出，也不重要。何况一个即便是很职业、很专业的说法，会有什么样的社会遭遇，也从来由不得自己。现在回过头来看，人们所以能接受从出生年代划分群体这样一种认知，关键还在于中国社会发展的阶段性所起的深刻作用。中国社会发展的阶段性特征，对一代人生活经历、社会阅历的规定和塑造，是以出生年代划分人群这一逻辑得以成立的最坚实的社会现实基础。40、50年代出生与上山下乡，60年代出生与改革开放发端，70年代出生与市场经济，80年代出生与信息社会，90年代出生与强国梦想，新生的青年群体走上社会舞台时所对应的社会发展节点，铸就了这一代人的基本群体特征。这是不争的事实。

提出"60年代出生作家群"，有充分的缘由；而"某某后"的出现，是社会认知所必然，不以个人意志为转移。

回到以出生年代划分作家群体、提出"60年代出生作家群"的初衷和本意上，我们只是希望文学和社会关心、关注文学新人们的成长，期盼社会不断发展进步，仅此而已。

不断关心、关注更为年轻的社会群体的成长，这是社会发展的前景和希望使然。文学亦然。今天看来，这也正是我们起意以出生年代划分作家群体、提出"60年代出生作家群"这一说法的本意和初衷。

我们的社会，在不断发展、不断进步之中。面对新的变化、新的进展，提出新的思路、新的说法，从来就是题中应有之义。

写于2020年

"泛英雄"的人格主题分析

　　一个时代的远去，并不会使与之相应的社会文化心理荡然无存。当还没有广泛普遍的社会自主意识具备相应的能力进行抗衡时，新时期文学得以发展，就势必要从这种意识存留中分离出体现个体色彩的人格主题，来突破这种被动心理的制约和束缚。我们看到，新时期的年轻创作者在用心强化个体心灵对社会现实内容的体解和把握，重在确立和完善自身的人格地位，并以这种人格意识来关照现实和现实中的精神活动。这是一个由被固化的社会意志力量，转化为个体人格化的"泛英雄"气质的当代进程。在这一进程中，我们发现有一道敏锐而躁动的神经，塑造着新时期的文学面貌，并影响着文学的发展。我们尝试把这样一种意识确定为"泛英雄"的人格主题。这一主题的萌发、展开，对新时期文学发展具有重要的意义和作用，对新的文学前景也富有启示性。

　　我们同时看到，这一主题的萌发、呈现和转化，与社会现实生活的丰富展开是同步相向的。我们有必要对这一主题在新时期文学中的表现和演进，做出进一步的观察和分析。

一道敏锐而躁动的神经

一个时代的巨大阴影，无疑成为众多思考的前提，并导致个体人格意识的萌动。文学表现上的功利图解，由此而派生的"高大全"模式，全社会集中心力所塑造的硕大无朋的超个人、超现实的形象观念及其危机，让严峻的社会现实凸现在人们面前，对以往的否定和反思、对现实状况的不满足和力求改善的愿望，彰显着"泛英雄"人格的个体觉醒。努力在人格意义上走出过去时代的阴影，创作者开始探入个体人格意识所能灌注的各个现实角落。这种浓厚和热烈的超现实色彩，集中了年轻的躁动、忧患和热情。

社会的开放精神，强化着创作者的个体人格意识。创作者顽强、执拗地坚守自己的领地，坚信自己眼光、视角的可靠和独到。这种执着、自主的精神有力地支持了面对凝重的历史身影、复杂的现实状态所做出的文学表现和探索。它着力强调建立自己各自的感应世界，并发展成注重自己创作个性的普遍心理意识。

另一方面，内省和反思成为这种人格努力的一种调节方式。创作者深化对社会、自然、生命的认识，同时也深化着对自身的认识。这样，他们一方面在确立人格个性的存在价值，同时也在积极关注进行着的社会现实，努力保持一种清醒豁亮的目光和姿态去认识发展变化中的社会和人生。社会的现实状态和人的生存状况，通过创作者的传达、表现，成为创作主体人格表现中的丰富内容。这种努力超越现实的个体人格意志和创作主体对叙述本身的内在要求，就构成了"泛英雄"人格主题的思想特色。"泛英雄"被融入创作者的心灵和心灵中的现实，具有了空前的人格意义和主体精神。

我们还发现，创作者站在新时期文学的同一起跑线上，呈现为面临同一世界的各个心灵之间的关照呼应，体现出一种普泛的意识要求。兴许只有当这一主题由于构成要素的改变而产生散化和转移时，我们才会发现一种新的眼光，将灵动地跨越一个时代的巨大身影给一代人留下的主观印记，逐步确立与生活相向并行的状态关系。这种建立和确定的意义之所在，即是全社会普遍自主的个性意识的强化和深入。

主题的萌发、呈现和转化

"泛英雄"的人格主题，历经了萌发、呈现和转化的发展过程。

一、萌发（1979 年前后）：倾诉与困惑

这是针对过去和进行中的现实所展开的直接而近迫的反映。主题的觉醒者以代言人的姿态，对过去的历史表示出异常强烈的碰撞意味，悲壮而又无辜的情绪基调，直接依附在对过去的批判、控诉和对现实的举步维艰上。以"伤痕文学"和"朦胧诗"为代表的对过去时代的思考，使"揭露"和"控诉"成为文学的时风和潮流。一些产生轰动效应的文学作品，都在极力倾诉一位英雄、一位代言人、一位受难者的情绪心理。这种心理诉求在于，用文学的方式对社会发言，以破代立，"我"反对神化的超然力量，证明"我"就是英雄。"英雄"仿佛只有在痛苦的呐喊和撕裂中方能得到毁灭后的快意，才能得以满足个体内心的平衡。萌动中的人格化英雄气质在这里具有这样的特征：他们理直气壮、义无反顾地埋葬了过去，同时又无法建立新的支撑系统，体现出的是掩抑不住的思想锋芒和内心乏力的精神困窘。

这一以倾诉和困窘为主要特征的时代情绪，呈现出人格精神和思想视野的初步轮廓。"泛英雄"的人格主题在否定和疑惑中逐步显现，步入了一个新的时期。

二、呈现（1983 年前后）：躁动与沉思

社会的转机，心智的开启，毫无疑问使创作者意识到展示自己内心世界的必要。同前一阶段与社会现实的强烈碰撞相比，新近的写作者更切身体会到，一味的倾诉并不能代替现实的改观，更不能显出内心的强大。不再像前一时期那么理直气壮、直抒胸臆，相反，他们认为，建立文学的个体人格世界，更能证明自身的思想深度和精神厚度。我们看到，强烈而浓重的主观意识在急切地迎候、捕捉着社会变革中流露的新的光彩，文学的超前意识

在这里体现为一种期待。在这样的寻找、期待中，伴随着疑惑、孤独和躁动，"泛英雄"的主题携带着创作者本身的沉重负荷，艰难地向前迈进，还不时回头张望过去经历中的万般滋味。对过往历史的回瞻和强有力的主观参与，似乎使创作者洞穿了自己所有的感受和经历，达到了某种沉静中的感悟和理性上的觉察。然后他们便以一种自信而又自得的神情向人们示意：这是"我"亲身感受过的，并被"我"所塑造的世界。这个世界有着这样的特征：人格精神的力度和深度，建立在对生活的体验、对现实的把握和理解的基础之上，进而极具主观意味地强化自己对社会现实的个性化的思考，并融合为主体人格的精神内容。至此，"泛英雄"的文学人格主题得以清晰呈现。

这一时期的张承志，认定自己与土地、与人民、与自然的血缘关系，努力升腾起一种沉重而有青春热望、深厚而有突破力、孤寂而又温暖的思考和想望。作者的一系列作品始终贯穿着一种个性的眼光、一种人格精神的力量，成为得助于历史、土地、人民的滋养，同时又升华着自己的心灵向往。这种躁动、急切的生命情绪、人道精神和理想色彩，在其他年轻作者的笔下，得到了不同侧面、不同程度的体现。他们重视的不是土地和人民的实际遭遇，而是受到土地博大生命力的精神慰藉，从这种现实感触中生发出的自己的内心世界。等到他们察觉只是在轻盈而匆忙地确立自己的人格价值时，发现这块给他们以感触的土地并没有回应而更多是表示出一种沉默，他们还会再进一步深入下去。到那个时候，有一个口号就叫作"寻根"。

力图把传统文化意味引进新时期文学的阿城，显得十分沉静和淡定，他把自己对生存状态和现实遭遇的体解平白道出，同时又十分着意传统文化意识对现实人生的渗透和作用。从他的取舍选择、整体把握和文化姿态上，不难看出他塑造自我主体情怀在悠远、广博、精深上的用心。也正因为他的持重，作品所具有的人文色彩对现实生活境遇的透视，体现出在现阶段难能可贵的重要文化特征。

梁晓声、韩少功、王安忆、史铁生、贾平凹、张辛欣等人，也各从自己的实感和意念出发，努力建立一个在精神气质、表现方式、人格力量上与社会的现实状况相对举的主观世界。随着这一世界的展开，我们读到了《这是一片神奇的土地》《今夜有暴风雪》《我的遥远的清平湾》《本次列车终点》《黑骏马》《北方的河》《棋王》等优秀作品。

"泛英雄"的文学人格主题，在超拔高迈中昂首挺进，散发出英雄般的思想风采和人格魅力。《北方的河》在未来、现在、过去上升腾出的情绪意志，确乎把这一人格主题推向了一个制高点。同时，我们发现，作品在传递实际感受中明显缺少更多的现实理解因素。以至在作者另一篇小说《山之巅》里，我们看到了人格意志越过一定高峰时所目睹到的"苍白""贫瘠"的现实。

可以这样理解，当社会的变革正鼓动着全体人民的自主创造精神得到全面发挥时，"泛英雄"的个体人格在高歌猛进之后，出现散化和淡化，将是大势所趋。

三、转化（1985 年前后）：封闭与开放

这一阶段出现了一些让人注目的新人：莫言、刘索拉、徐星、马原……他们似乎更在意对现实生活的文学表现，他们所表现的领域更带有个人的感觉和色彩。他们不再围绕公众话题展开文学思考，而是潜入自己个人的独特生活领域，往往是以一种决绝的姿态，在呈现方式上极尽夸张、变形之能事，突出个人感觉的奇异和感受的独到。果然，他们一出现，就让文坛有了异样的光彩，标新立异，追新求异，更有了个体写作实践的实际支撑，并成为后来者想要走上文坛的不二法门。他们不再像前两个阶段的创作者直抒胸臆，坚称自己是代言人、思想者，代时代和社会发言、抒怀，而是在用心证明自己的文学思考如何与众不同。"泛英雄"的人格主题，散化、转化为既少"英雄"气概、也少"泛英雄"气质的与生活对应的心灵观照和普遍自主的个性意识。我们看到了这样的一种情形：与现实并行不悖的每一个体所呈现的艺术世界的较为完整、独立，决定了它对其他系统只是采取一种折射、参照的方式，形成各自为阵或"各人头上一重天"的文学场景。这一场景表明，文学从社会化的效果实现，在向个人的文学表述转化，从文学影响社会内化为用文学证明自身。

我们还看到，张辛欣、桑晔的《北京人》等作品，完成同社会不同心理的交流，平列出现实的态貌，把自己的主观意识潜存于人群之中，不动声色地摹画出社会的世态心理。韩少功的《爸

爸爸》《归去来》、张承志的《黄泥小屋》等"寻根"作品再一次把触角探入过去熟悉的领域，以确立对集体无意识的群体精神的挖掘，达到现实状态上的警醒和领悟。

而对 1985 年部分新作者作品的莫衷一是，也似乎恰恰是"泛英雄"的人格诉求转向个体意识时，在观念上的必然反应。这些作品正是体现了"泛英雄"气质的散化和转移。在《你别无选择》里出现的是一群"精神贵族"——作曲系学生。但作者并不像前两个阶段，以"泛英雄"的主体人格气质强有力地占据、统摄视野之下的现实生活。它只是在描述一特定人群的精神状态，希望社会理解他们，同时希望这种精神状态能够和我们的现实状态有一种共通、呼应的关系。《无主题变奏》在这一个时期问世，正是在呈现追求人格意识的独立和实际生活处境的矛盾。现实生活对超人的"泛英雄"气质的挤压，让作者流露出苦恼的情绪，寻找主体人格意识在现实生活中的可能性存在，让《无主题变奏》引人注目。这一时期，人格意志转化为个体意识，不再显出一种居高临下、理直气壮的优越感。而这一现状表明，文学创作开始从它在现实的精神高地上的驻足，向平实的现实生活处境贴近。

如果说先前时代有一个社会意志化的"英雄"气概，新时期之初呈现出一种"泛英雄"的个人气质，那么 1985 年以后，我们看到的是主体与主体、主体与现实之间的复杂而绵密的关联和纠结，思想和精神的飞升，回到了文学的现实土壤之中。关注创作者各自眼中的现实处境和人生遭遇，成为文学的创作重心。

从"泛英雄"人格主题的流变过程中，我们不难看出，文学作品中所流露的情绪意志在逐步由激愤、躁动转化为清醒和理性。如果说创作者起初是用心情感受来逼视现实，体现文学的社会表达，那么愈到后来愈是注重用自己的心灵方式来面对客观的现实，建立自我的认知世界。文学与现实的关系随着人格主题的演化，从强烈转向通融，从单一走向复合，从清晰转向苍茫，从主体人格意识的确立转向人与现实世界的纠缠和交集。"泛英雄"的人格主题经过萌发、呈现到正在散化的现状，体现出逐步走向对个体心灵世界的自觉把握和对人与现实世界关系的清醒认识。我们看到，围绕着人类的生存状态和社会的现实状态建立起来的心灵化的艺术世界，正与现实世界的无限内容同频并振。"泛英雄"人格主题的散化和转化，说明从个体上"以过分的重量搅乱人类命运的平衡"的可能性正在减弱。我们面对的终究是一个不断发展变化中的世界，是一个交织着矛盾和冲突，同时又不以个人意志为转移的充满无限生机的存在。毫无疑问，这是社会发展变化的强大作用。

主题的意义及其转化中的前景

在"泛英雄"的人格主题萌发、呈现和转化的过程中，对历史和传统进行文学意义上的社会价值评判，对社会现实的心理探究和情绪超越，以及对自然与人相互观照的注重，对人类生存和生命意义的索求，构成了"泛英雄"人格主题的丰厚内容，使新时期文学有了更为宽广的表现视野。

"泛英雄"这一主题所呈现的主体意识，作为个体人格的力量体现，以一种独到、深邃的目光，烛照了文学新的发展。当所有的焦点都集中在现实之上时，我们对目前的文学现状更加关注。文学与现实建立起同步相应的联系，这是当前文学创作对"泛英雄"人格主题新的觉悟，它在预示一个更为持续的文学前景。

与此同时，我们看到，"泛英雄"的人格意志与所能得到的现实理解因素之间，存在着不可回避的差异性。原因在于，文学的功用已不再具有以往灼人燎心的社会目光，而更多是在文学的审美观照中波澜起伏。当创作者过于看重自己的能力，对社会生活内容产生一种自我神话般的个体表现时，很可能是名噪一时而后续乏力。

这种主体与客体、主体与主体之间的关系问题，在转化中尤其明显。文学创作上主体如何进入客体，体现具有客体意义的主体意识，这是"泛英雄"的人格主题转化为普遍自主的个性意识后所必须解决的问题。

回过头来，再重新审视"泛英雄"人格主题的意义和价值，就不难发现它集中体现在"超越"之上，即从社会层面的思考上树立个体人格形象标识，从个体的文学思考中逐步意识到个人艺术世界的价值和可能性，体现出人格意义上的主观深入。而在目前，这种人格的超越，已逐步演变为文学个性上的自主自立。

文学必须超越和自立，必须建立与现实世界错动、矛盾、分异、协调的个性化的艺术世界。这理应是一种张力和能量上的体现，任何一厢情愿的超越和自立，如果缺乏相对的容量和力度，只会导致文学生命力的苍白和贫乏。我们看到"泛英雄"人格主题的实绩，正是在于它从一种艰难的躁动中，升腾出了人格化的文学力量；同时这种力量更多是局限在个体的人格化上，重在证明自己。而目前的情形是仅在关照各人头上的一块天空或脚下的一片地域，而缺少包容和通透。

关键在于，"泛英雄"气质的"超越"曾经是一种人格上的审美考虑，而不是作为生活和实践的本体的呈现。也就是说，"泛英雄"气质看重的是人格的内在心理模式，而不是把自己融化在群体中，从生活的原生状态上做出一种容量和力度上的呈现。

"泛英雄"的人格主题对新时期文学的演进发挥了不可替代的深刻作用。它不是非此即彼的，而是在层层递进，不断向文学的本体深入。这一主题的散化和转移，正是因为创作主体的个性意识在不断加强，与现实生活的进展同构呼应。这种相向并行的趋势，展现出文学发展的广阔前景。在这样的基础上，我们提出作为实践本体的超越和自立，而不单单是人格化的现实超越和个性意识上的自我分立，以求得到创作者们的重视。

写于1986年

小说与报告文学的现状考察

拿报告文学与小说进行比较，并不是一件十分恰当的事情。质的规定性，构成了两种不同文学样式的基本差异。我们比较当前的小说和报告文学，是为了加深对文学现状的理解和认识。

毫无疑问，"报告文学热"正在成为社会广泛关注的文学现象。近年来，不少重要报刊纷纷推出对报告文学现状与前景的系列讨论，相关作家作品的讨论会在陆续举办，有关的报告文学征文，也正在激发创作者的文学热情。全社会正在有意识地围绕着报告文学这一文学样式形成热点。而现状中的小说创作，却只是寂寞而孤傲地目视着报告文学的一举一动。它当然忿忿不平，但是它又力不从心。它眼睁睁地看到自己在各刊物中的篇幅越来越少了，而且它还要忍受重点报告文学在报刊目次编排上对自己的不敬。以往小说在个性张扬、情感表达、语言创新、形式探索上的诸多努力，被人们就这么轻而易举地忽略了、漠视了。作为文学重镇的小说创作风光不再，这究竟是哪里出了问题？

的确，现时期的小说和报告文学创作都面对着这样的事实：中国社会正在发生深刻的历史变革，每一社会成员深深处在变革的旋涡之中。人们在面对周遭的剧烈变化时，显然需要一定的情感沟通和价值关联。很显然，小说和报告文学的创作要对社会状态和个人心态发生一定的影响，这是应有之义。我们的现状是，当小说家还囿于旧有的视域来不及做出新的调整时，报告文学作家则实现了报告文学这一文体的及时效应。

这样说来，似乎是现实选择报告文学，而怠慢了小说。

做出这样的判定，只是复述了社会现实表层的反应。我们还必须从文学活动本身去考察小说与报告文学所出现的反差，从而更切实地理解小说与报告文学各自深入的程度，以及将来的可能情形。

今天的报告文学利用了以往小说的成果，而今天的小说则舍弃了从前

当我们就小说与报告文学目前的反差进行文学分析时，看到了这样一种情形：前些年的小说创作，突出的是创作者对社会和人生的理解，张扬的是创造过程的主体意识；而今的小说家视点平移和下沉，以平常心写平常事、平常人。前些年的报告文学，注重对人物和事件的社会政治评判，就人论人，就事论事；今天

的报告文学则开始了上天入地的"全方位跃动"。如此强烈的反差和错动，确实令人深思。

我们清楚地知道，在报告文学正非此即彼、黑白分明时，小说创作则把得到张扬的主体意识视为圭臬，这曾经被认为是新时期文学创作的重要实绩。"伤痕"，"反思"，"改革"，"寻根"，主体性的一步步深入，为世人所共睹。那时候的小说多是居高临下的，作者们多用人生、世事来证明自己，他们力求在小说中塑造自己"泛英雄"的主体人格。他们以对社会和人的整体评价为标准，不求微言大义，而求大言深义。他们把一个人的感受强制性地推向读者，影响读者，以期引起共鸣。这是小说家们在那时的习惯做法。今大的小说家们却不再高谈宏论，而变得举步轻缓，目光胶注。今天的报告文学和小说，与几年前的报告文学和小说作法，完全调了个个儿。小说家们放弃了自己苦苦获得的，并使自己产生过轰动的那些主体性自信，报告文学作家承继这份财产，获得了广泛的社会声誉。这恐怕是报告文学家和小说家都始料不及的。

在我们探寻导致这种反差的文学原因时，不能不面对让小说家们更为难堪的事情：报告文学所获得的运思方式，并不是报告文学作家们自行生发的，而是出于小说家们的主动呈递。

小说家们怂恿报告文学运用小说的运思方式，甘心让自己陷入困境

报告文学与小说在运思方式上相互转换的完成，这是一个复杂的话题。但究其始作俑者，着实是小说家们自身。我们不难想起小说家刘心武曾经写过的几篇"纪实小说"，但我们很难想到写过几篇"纪实小说"的刘心武，竟会是转换点上的第一人。的确是他把小说家的一番作为，介绍、引进给了当时的报告文学。那时候的报告文学仍然习惯于一事一议，一人一议，非此即彼，褒贬分明。刘心武把对个体心灵的心理描述和对社会人生的整体关照的小说精神，带进报告文学，用来剖析"5·19"和"王府井"。不过那时他并没来得及获得后来报告文学作家的那份主动，而是用虚构加客观事件的方式，把报告文学与小说强行扭结在一起。这当然很难说得上成功。但他至少是把得到小说家认同和张扬的主体心理意识，主动注入报告文学，尽管他沿用的仍是当时报告文学的习惯做法：一事一议，一人一议。

功劳当然不能单单归于刘心武一人。分享这份功劳的至少还有张辛欣。张辛欣在稍许的沉默之后，推出了引起轰动的口述实录文学《北京人》。在今天看来，张辛欣放下自己习惯于虚构的活计，仍然让人不可思议。但是，在《北京人》的众多篇幅中，在

它铺排十来家重要文学刊物的盛况中，在它新进的写作思想和操作程序中，同样聪敏或许更为聪敏的报告文学作家一定意识到了小说家们对报告文学这一样式的强烈暗示。于是，新进的报告文学作家们，在文学的外部环境有所变更时，发动了新的巨大的文学冲击。小说开始失去十年以来的一贯优势。其中包括一些本应属于小说作者队伍和曾力图挤入小说作者队伍的人，纷纷拥入潮头翻滚的报告文学作者队伍。

纯粹的小说家是越来越寂寞了，以至有评论家在说："传统的、纯粹的文学专业精神可能已不适应今天的中国文学，至少对中国报告文学是如此。"更有报告文学作家在做这样的断言："人们对文学的功利性需要已经渐渐超过纯粹的审美需要，文学以其优美征服读者的时代可能就要结束了。"

寂寞中的小说家们自然也没有停止自己的思考。在关照他们之前，我们有必要先看看今天的报告文学已经做到了什么。

报告文学在运思方式和阅读效果上的实用性选择，
正向人们描画一幅沟通、和解的美景

今天的报告文学沿用了以往小说的运思方式。报告文学在认定自身的文体特性的同时，熟练地操作起了活跃在小说创作主体中的内在精神和运思特征。这表现为，今天的报告文学不再为某一个别的事件和人物处心积虑，它在类比会通的状况上力求涵盖全体；它不再凭借单一的、非此即彼的评价标准，而是在历史、文化、现实、社会之间做灵活跃动；它不在于解决和认同某一问题，而在于以某一问题为引发，迫使人们对问题本身的复杂结构做广阔而深邃的探寻。这使得报告文学更为策略、更为机警。它开始习惯从"大"而"高"的视点上透视事象了，而不再是为了取得单纯的胜负之分；它在现实提供的诸多现象、线索面前，不再以为解决一个问题就能解决全部，它串连起类型化的事象，努力寻找一条可以把握全体的开通思路。一句话，报告文学开放了它的主体性。于是，报告文学的操作者们，如同以往小说家所做过的那样，他们把人物和事象，仅仅作为手段来进行调配，以达到塑造和展示创作主体的思想和才智的目的。这是今天报告文学所普遍掌握和使用的基本运思方式。

同时，今天的报告文学是这样对待它的读者的：它一如以往的小说，仍然把阅读者看成是一个被动的接受体。报告文学作家把经过选择的话题，强制性地推给读者，他们仍然是希望读者走入自己的话题，在一己的思路中得到开阔的解答，以求认同作者思想的活跃阔大和才智的聪慧机敏。

不过，今天的报告文学作家，并不单是胁迫读者走进作品，而是更为用心地发现读者。他们做出了这样的实用性选择，他们看好了一些长久向人们封闭的领域，如"恶""性""金钱"等。这些领域一向受到传统和文化的贬责，而他们率先导入，并力主宽容和中庸，而这又极易引起人们的关注。他们还迫使受不同社会分工和职业兴趣限制的读者有可能、有机会去了解其他的人们以及他们的内心。世界不再像人们想象的那么辽阔和远大了，它原来是一个整体，我们的内心、我们的情绪原来能够在一个更为开阔的视野里获得理解和共情。

相比之下，今天的小说家们却受到了更多的限定，他们的感触和情绪必须维系在自己牢实的生活体验上，他们的思想来不及做出远逸和游移。他们的才智本已显露得再充分不过了，他们的做法也难再勾起人们的新奇和惊喜。有什么能够比得上一种我们并不了解而又特别想要了解的事实更吸引我们呢？所以，小说家们势必要继续寂寞。报告文学更多的作为，或在期盼中。

报告文学在操作过程中发现了话题，在话题上正对我们进行引导，但"奇迹"并没有发生。而小说作家的新的调整，则让人注目

报告文学作家对小说运思方式的认同和借鉴，必然体现在报告文学的操作过程之中。如同小说探入了新的题材领域，报告文学发现了话题。对话题的发现，改变了报告文学的运思方式，同时也成为获得阅读效果的基本前提。无疑，这同样也是一种实用性的选择。

话题的提出，这的确是报告文学的优势。它及时、敏感地捕捉到出现在人群中的现象、心理和矛盾。提出问题有时候比解答这一问题更有价值。试想，《性别悲剧》如果不把握"纳妾"现象，并由此透视出社会的矛盾心态，它能引起人们强烈的震动吗？而《白夜》对性问题的提出，让我们有可能认清在人群中身心的实际阻塞。报告文学提出的话题，极大地影响了读者的阅读心理。话题在作家们的解说和评析中，作为一种综合性的考察，凝聚了社会的多重矛盾心态。对这一广泛心态和复杂结构的揭示，正显出报告文学的创造活力。而小说对急剧变化的现实及其观念则远远来不及产生如此灵动的回应。

报告文学不单提出了小说一时尚无法得到的话题，同时还开始了对既已提出的话题的建设和深入，报告文学作家准备调配人人事事来说明自身及其思想。我们期待着更大奇迹的发生。然而，更大的奇迹并没有发生。

我们倒是看到，今天的报告文学极其敏锐地提出了话题，但经过思想和理性的再三犹疑之后，最终还是被迫放弃和回避了话题本身。我们并没有看到对话题应有的深入。我们还看到，话题在不断改换和更迭，而内蓄的思想光芒和理性力量并没有得到必然的延伸和拓展，呈现出主体不变而客体变动不居的尴尬情形。我们不能不忧心忡忡：当渐趋贫弱的主体思想被动地应对不断涌现的话题时，而当读者们对提出的话题失去了往常的兴致时，报告文学将走向何处？

在今天报告文学的深层结构里，涌动着类似以往小说躁乱而焦灼的心态，这极大影响了报告文学对实践本体的深入。我们是应该有必要细心打量断然舍弃习惯运思方式之后的小说创作了。它对当代整个文学活动的展开，或许会有更多的启示。

小说创作正在进行新的调整，小说家在取得新的运思方式，而报告文学作家尚不清楚他们新的作为

事实上，如果我们不被报告文学的轰烈潮流裹挟而去，能静眼关注今天的小说，我们将看到小说的现实并不像我们想象的那么悲情，小说家们新的作为正期待得到人们新的认同，也正需要报告文学作家们认真审视。

曾经有论者用"喧哗与骚动"来涵盖前些年的小说创作和产生的广泛社会影响。说"喧哗与骚动"，是为了标明以往小说创作的主题、创作的主体情绪及在读者层中的反应。但是，"喧哗与骚动"实际上也预示了小说及其阅读喧闹与窘迫的深层困境。显然，小说创作必须要做出自觉调整。因此，我们评价今天的小说，应该是从小说是否摆脱"喧闹与窘迫"上进行立论。

那么近年来的小说进行了哪些新的调整呢？

在我们看来，今天的小说与前些年的小说的最大不同，在于小说的运思方式有了新的改进。在所表述的内容上，以往的小说，

如同今天的报告文学，习惯于用人物、事象来塑造创作者的主体性格，强调主体人格对证明自身价值的极端重要性。人物、事象，包括活跃在故事情节中的内在冲突，都被创作者符号化。创作者的思想和才智，被认定是小说的客观描述内容。创作的危机也恰恰潜伏在这里。

今天的小说，开始了把创作运思回归到现实及其存在的"原生"状态中。朱晓平、李锐、李晓、刘震云、刘恒等一批小说作者，在创作中，力图淡化创作主体本身，让读者直接面对个体的生存状况和社会的现实状态。一种努力克服创作主体本身的局限，让读者有可能较为完整地思考个人和社会现状的运思特点，出现在小说创作中。创作者依靠小说事实在与读者建立一种平易、亲和的联系。我们看到，《新兵连》所要复现的是过去人们曾经有过的一种生存状态，而不仅仅是作者对过去生存环境的评价态度。这种做法较之以往，更易让读者从容而清醒地看待历史和现实。再如刘恒的《伏羲伏羲》，不再像以往的小说用一个话题夸耀自己的经验、阅历，而是冷静地检讨个体与社会的纠葛，让人读后能平和地获得开放的视野。近年来的小说，强调小说呈现的事实本身，而不是独独看重自己的主体人格的呈现，正在为更多的小说家所接受，这不能不说是小说家们的一种理智的抉择。

另一方面，今天的小说家们也正在改进作品的传达方式。以往的小说受主体人格的驱使，习惯于用才思代替对经验的占有，因而在传达方式上易于用"自言自语"的技艺来胁迫读者阅读。

今天的小说在强调读者接受小说事实的同时，注重了对事实的通俗传达。在李晓、刘恒、周梅森等人的作品里，我们不难见出强烈的通俗化意味。所谓"通俗化"叙事，其实是以读者的视角进入叙述。例如《天桥》，作者的立意在于，通过对母亲遗骨的寻找来探究个体人生命运发生的契机。作者让我们饶有兴致地走进了"我"的寻找过程，以及"我"为什么现在才开始寻找的历史反顾之中。在我们追随作者完成这一系列寻找的同时，一种对个体命运、生存价值及其应有评价的感慨便油然而生。作者在描述寻找过程时，无疑体现出了浓厚的通俗化意味。当然，通俗化意味只是作为一种叙述手段在起作用的。运用它的目的，在于用这样一种传达方式，使读者更主动地体味作品的内涵，是为了使小说的事实及其立意得到最广泛的认同。这一传达方式的特点在于，用读者乐于接受的叙述手段，去复现对现实状态的完整感受。

同时，我们清晰地看到：今天的小说创作，强调了创作姿态上的改进。以往的小说家习惯于居高临下，着意强调主体与叙述内容的主从关系；同时也习惯于作旁观状，有意疏远主体与叙述内容之间本已产生的联系。今天的小说家则强调创作视点的平移和下沉，强调对人群和现实的关注和渗透，他们力图重建与人群曾经有过的联系，力求通过主体这一支点承载起现实的丰富内容。今天的小说家所要完成的不再是自身，而是一份包括自身在内的事实。

创作视点的转换，创作姿态的变化，叙述内容和传达方式的改进，这正是今天的小说不同于以往的新变。而当我们反顾今天的报告文学时，就不能不认为它从以往小说中所承继的负载过于沉重，它也必须做出新的调整。

必要的启示

今天的小说与报告文学在社会效果上的反差，有着内在的文学动因。我们必须从文学活动本身来把握这种反差。否则，我们将无从理解它们各自已有的深入和窥测各自发展的文学前景。

在小说与报告文学的表层反差之后，存在着文学深层结构上的认同和调整。我们对反差的分析，不能过分倚重文学的外部效果，从而丧失文学批评的分析特性。

当我们深入到文学活动之中时，我们看到报告文学对小说在运思方式上有着明显的继承性。这是社会现实的客观需求，但对报告文学的这种实用性选择，文学自身应该有其清醒的认识。

文学的现实效果与文学活动自身的演进，存在着深刻的矛盾。我们展开对今天小说的正面评价，旨在强调报告文学应该进行文体的自觉调整。

报告文学和小说的创作者，应该完善其更内在于艺术的创作心态，从而走向一个更为宏阔的发展前景。

写于1988年

"新写实"的流行

关心当代文坛的朋友，自然会对近年来小说创作中出现的"新写实"留有印象。这是一个至今仍强烈影响着文学创作和理论评价的文学现象。

大致说来，"新写实"是近年来一些有文学才华的青年作家在创作中不约而同地以不突出主观评价（所谓"不动声色"的"客观叙述"）、着力表现社会生活的原生状态（所谓"毛茸茸的"）为主旨的文学创作倾向。这一倾向中被公认的代表作品有《厚土》（1986年）、《风景》（1987年）、《烦恼人生》（1987年）、《新兵连》（1988年）、《伏羲伏羲》（1988年）、《天桥》（1988年）、《家属房》（1989年）等，代表作家有李锐、刘恒、刘震云、李晓、池莉、叶兆言等。拿叶兆言的中篇小说《艳歌》（1989年）来说，就可见"新写实"之一斑。这是一篇写一位大学生毕业后生活遭遇的作品。在小说中，年轻人建立家庭前后所要承受的社会和个人心理上的诸多问题、婚姻双方性情上的融合和冲突、家庭解体时的困窘和选择等，均得到了较为艺术的展示。与我们经常读到的小说不同的是，在处理恋爱、婚姻、家庭这种有着浓郁生活情感的题材时，作者显得那样冷然、那样无动于衷，分明是以一个旁观者的做派静悄悄地关注着他人身上所发生的事情。大家或许要问，曾经锋芒毕露、情感充溢的当代小说创作，何以要表现出这样的情势，更何况是一批优秀的年轻小说家都在作品中露出同样的表情和口吻？

在我们看来，"新写实"的兴起，至少有下面几方面的原因。

我们知道，新时期的小说创作，特别注重表现作者的主观情感和作者对生活的评价态度。1985 年兴起的小说探索热，使创作的主观化倾向达到了高潮。类似韩少功的《爸爸爸》、刘索拉的《你别无选择》、莫言的《透明的红萝卜》，大都强调了作者的主观生活感受和对生活的领悟能力。随后更有马原、洪峰等人把这一趋向推向了一定的极端。文学创作的主观性做法，成为时尚。

与此同时，这一趋势给新的创作势态提供了可能。当一种风尚强劲之时，另一种"矫枉"其实已呼之欲出。打一个形象点的比方：我们看到海上起潮时，一阵风浪涌过来，让人惊悚之时，另一阵风浪已正在酝酿之中，而且其阵势一点也不弱于前者。我们常说"长江后浪推前浪"，这并不只是一个形象性的说法。如果身临其境，感触定然更深。很显然，强调文学作品中的实际生活内容和客观价值呈现，就成为创作中的应有之义。这里说的是第一层原因："新写实"的兴起是对主观表现型小说的一种反拨。

我们也知道，新时期文学中尽领风骚的是小说创作。1985年，在小说创作正在进行主观性深化的同时，一向被视为就事论事的报告文学却"异军突起"，"全方位跃动"了。它以系统、宏阔的架势，似乎要直指社会生活中的所有重大事项，并且很快赢来了声名。而日益走向主观的深化、逐步失去"轰动效应"的小说创作，不可能不回瞻生活。与此并行的通俗文学销路大畅，使纯文学的创作大惊失色。其他文学样式带来的新的冲击，不能不给小说创作带来一定的启示。这也是促成"新写实"兴起的一个原因。

我们还可以注意到，1985年后，人们的实际生活和社会心态发生了新的变化。一段时期内，各种"热""风""浪""潮"盛行，人们似乎越来越难以把握住自己。我们的现实生活状态到底如何，这需要小说家们十分冷静地对社会生活的基本情形做出客观的表述。也就是说，小说家们必须重新正视生活的实际内容。因此，强调对日常生活和生存状态的逼真、逼近的客观表现，就成了小说创作的必然内容。

此外，我们还可以从文学与读者的关系上去看。文学培养了自己的读者，同样读者也在培养着文学。如果不是过于主观地强迫读者走进自己的创作视野，甚或是根本不去顾及读者的感受存在，那么势必就要给读者必要的理解和尊重，让读者自然而然地进入作品，然后认可作品所表现的内容。

"新写实"的兴起还有其他的原因，比如它如何认识传统的现实主义，它对生活所选择的不同观察角度等，这里不加详述。

"新写实"的兴起，是1986年后的事情。尽管我们可以从在此之前的朱晓平、阿城等人的作品中找到"新写实"的影子，但它的兴起，恐怕还得从山西青年作家李锐的短篇系列《厚土》算起。1986年底，《厚土》系列在几家重要文学刊物同时刊出后，反响强烈。作品写的是知青生活，但写法与以往的知青作品大不相同。作品力图摆脱今天对过去生活的主观评价，直指人的生存状态，尽管并没有彻底抹去主观评价的痕迹。随后，池莉、刘震云等人推出了"新写实"的力作《风景》《烦恼人生》《新兵连》等。这些作品为文学创作关注现实、直面人生带来了活力。1988年1月，《青年文学》和《小说选刊》联合召开"刘震云作品讨论会"，与会的北京批评家们对正在兴起的"新写实"给予了热情的关注，认为这是一种值得重视的新的文学现象，并做出了理论上的初步阐述。此后，《天桥》（1988年）、《伏羲伏羲》、《单位》（1989年）、《白涡》（1989年）、《艳歌》（1989年）、《远方来的青海客》（1989年）、《宣传队》（1990年）、《毛雪》（1990年）、《半边营》（1990年）、《一地鸡毛》（1991年）等作品，使"新写实"蔚为大观。文坛上既有了"二李"（李锐、李晓）、"二刘"（刘恒、刘震云，后加上刘庆邦，合称"京城三刘"）的说法，同时也使一些新作者引人注目。

　　大致说来，"新写实"至少有如下两方面的特点：一是力求在作品中消隐掉作者本人对人物和事件的主观评价。"新写实"作者不同于其他作者不放弃任何可以生发个人感触的机会的做法，而是尽可能把自己的主观意愿和评价消融在作品的结构、语言、细节和人物设计之中，让读者做出自己的评判。他们的作品往往给人冷眼旁观、不动声色之感。也因此有人认为这是一种冷静客观的"零度"叙事。

另一个特点是着力于对生活的原初状态的表现。所谓"原生态"，说白了，就是指生活本来有过的和正在有的样子。有人曾用"毛茸茸的"来加以形容。他们不强调对生活的样子做因果关系上的构建，而是突出生活的偶然和随机、平凡和琐屑，强调生活事实和实证效果，重视生活细部的价值。

"新写实"在不同作家的创作中，又各有不同。比如刘震云的作品就明显带有社会政治文化的色彩，而刘恒的作品更偏重于对个体生命的人性发掘。李锐的作品理性思辨色彩较为浓厚，自控能力很强。李晓的作品则多幽默和调侃，充满平民意识。池莉的作品又不一般，这是一个都市女性对人生世相的经验感知，并且带有世俗化的温情和诗意。

由于"新写实"仍在发展，人们对它的评价仍有待深入。"新写实"的客观倾向，易于让读者重温日常的生活处境，并产生共鸣。与此同时，也有人认为他们自动放弃了应有的形而上的艺术努力，从宏整的主体把握走向了对生活事实的罗列和展览，由于力求客观化，作品本身的感情色彩淡漠，容易使读者产生审美感受上的厌倦和疲乏。更有人说，"新写实"作品只是对生活状况的实证和现象性描述，部分作品在整体上缺乏一定的思想深度和理性光芒，而这又是一切优秀文学作品所不可短缺的。

目前，老的"新写实"作者，仍在推出新的作品，如刘震云在近期发表了长篇小说《故乡昨日黄花》、中篇小说《一地鸡毛》和《官人》，池莉的中篇小说《你是一条河》也颇有新意。"新写实"的新作者也在不时涌出，近年来不断推出佳作的青年作者陈怀国，尤其引人注目。他的中篇小说《毛雪》和《农家军歌》就很值得一读。

写于1991年

从生活的内里写起

过去我们总是认为，作家们写什么、怎么写，是作家自己的事。如今看来，其实未必。一个受读者欢迎的作家，在考量自己的同时，必须揣摩读者。作者的写作兴趣，最终还是要交给读者去完成。这个时候，作者选择什么样的话题，写什么，用什么样的姿态去写，就成了沟通作品与读者的一条重要路径。至于怎么写，那就要看作家们如何调动自己的积累，更要看作者调动读者阅读兴趣的本事。

用这样的尺度去看最近一段时间的小说，你会发现一种现象：过去那种肤廓喧躁、自说自话的写作，似乎少了；一种富有内蕴的、平实的、力图获得普通读者认可的写作姿态正在确立。不知道是作家们的写作兴趣发生了变化，还是这些作家在自己的写作实践中不约而同地走到了一起，我的意思是说，作家们不知不觉地把自己逼进一个特定的视角，一个十分生活化的视角：他们在由衷地关心普通人的现实人生，尤其是底层人们的生活境遇。我们看到，作家们的视域正在下沉之中。"底层写作"正在形成一种创作风尚。"从生活的内里写起"，已然成为作家们自觉的创作追求。这应该被认为是一种成熟的写作自信，也可看作是作家们对读者的尊重和信任；而作为普通读者，我们也似乎正在找回阅读的信心。因为作家们所表现的内容，正是我们所面对的生活本身。

说到底层生活，人们会自然而然把它与受苦受难、不幸而又不争联系在一起。底层就是底层。人们或许还会欣慰地感叹自己如何如何地走出了生活的底层。但是，如果意识到我们都是在生活的内里，那么你对所谓的表层、底层就不会那么着意了，事实上这就是你的生活，你的人生。你的人生里有苦有难，有不幸之处，也有不争之时。而这一切，并不因为你不在所谓的底层就可以幸免；同样，你的快乐，你的幸福，你的满足，也洋溢在社会生活之中，如同就在你平平常常的生活里。有了这样一份宽释的心境，再读本书中的这些作品，就会多出一些领悟，多出一些认同。我想，我们所说的"收获"，大体也就是这个意思。

由我编选的最新底层生活小说集《生活秀》（昆仑出版社，2001年5月版）这部书，由七个中篇小说构成。它们分别是池莉的《生活秀》、严歌苓的《谁家有女初养成》、刘庆邦的《神木》、陈源斌的《到处都是谎言》、白连春的《拯救父亲》、陆涛的《翅膀硬了》和樊小玉的《在阿拉伯打工》。很显然，这些都是能够贴近生活内里的作品。可以说，这些作品体现了我们的文学创作在关注普通人生存处境上的最新进展和表现水准。

首先，这些作品在表现普通人生活这一大的前提下，对作家们各自熟悉的生活领域做出了有效的挖掘和拓展。社会生活的多样性，必然体现出人的生活领域的丰富性。这一点，同样会在底层生活中得到反映。本书中的这些作品，涉及个体职业者、外出务工者、被拐卖的妇女、下岗职工、海外劳工等各类人的生活。这些普通人的生活，大多处在变化和流动之中。努力改变自己的生活处境，这是他们做出选择、得以流动的目的。当一个人离开了他固有的生活领域和职业范围，也就意味着他开始了充满个人经历的新的人生。而这种生活的流动和变化，也正是在社会转型时期人们普遍的生活处境。作家们对这一生活处境多方面的揭示，给我们的阅读提供了鲜活的文学内容。

其次，面对不同的生活领域，作家们充分调动了自己的生活积累，让我们领略到了丰富的现实人生。读过池莉小说的人，都会对她笔下平民百姓的生活留有十分深刻的印象。而《生活秀》来双扬这样一个专卖鸭颈的女人，为什么那么引人注目，既在于作者写出了这一普通人对生活的选择和她不寻常的人生，也在于作者道出了这一人物在现实生活中的真实性情。这一真实性情，既是承受生活的能力，同时也是引领生活的自信。而这也正是作为一个普通人所应有的生活品质。刘庆邦的《神木》，如果不是作家自己说这是以案例为素材写成的小说，大概谁也不会往这里去想。要把一个简单的案例，转化成一篇出色的小说，其间作者要投入多少经验、情感和思考，我们可以想见。正因为作者早年当过矿工，同时至今仍与最底层的生活保持着密切的联系，才能写出这样厚实的作品。很显然，仅仅靠一份才情和悟性，是无法使作品如此沉实厚重的。包括本书中收录的其他作品，都在给我们这样一个启示：一部作品的好坏，取决于作者的投入程度；充分调动了个人的积累，才有可能给予读者更多的感动。而近一段时间的文学创作中，作家们对现实人生出自内心的关注，的确是十分可喜的情势。

由此看来，一个作家能否做到对现实人生客观、真切的表现，起码要取决于他对生活内里的体验和感知的程度。作者和他所描写的生活，不应是外在的、隔离的，而应是沉潜于内心的。作家的姿态，不应是对生活的仰视和盲从，更不应是居高临下的颐指气使。这里要有不可或缺的尘世关怀，也要有超拔大气、平和从容的文学气度。只有这样，我们的文学才能传达它应有的魅力，重现它既有的自信。

把这些表现社会底层生活、从生活内里写起的小说作品编辑成书，推荐给更多的普通读者，这要感谢写出这些作品的作家们和出版本书的出版社，尤其要感谢作家池莉"生活秀"的精到说法，它使本书有了一个十分妥帖而又精准的冠名。

底层生活小说集《生活秀》序，原题为
《在底层：你我共有的现实人生》，写于2001年

时代生活与文学新生面

　　进入 20 世纪 90 年代，文学创作的一个显而易见的现象，在于一群具备实力和锋芒的青年作家走上了文坛。当我们还来不及做出应有的心理反应时，这一茬人就出现在了我们的面前，他们显得是那么突兀，那么不可思议。但是更多的读者发现，他们把我们正在经历的生活表现得更直接了些，把我们正在发生的心理传达得更贴切了些，把我们这个时代的遭遇、情绪和精神处境表现得更准确、更率直、更真切了些。人们有理由这样认为，他们是一群与我们的时空同步的作家；他们的创作，是 90 年代的一道新的文学景观；而他们的出现，也正是一个新的文学层面的诞生。

　　这是一茬在 60 年代出生、90 年代前后在文坛上出现的青年作家们。

　　经验告诉我们，一位作家或一茬作家的出现，与当下的创作态势、文化处境和精神遭遇有着密不可分的联系，这往往就构成了他们存在的秘密和发展的前提。如果说，在 80 年代或更早出现的作家们，是带着思考各自话题的习惯和寻求新的变化的愿望而走进90年代的话，那么，这一茬新出现的青年作家，则无疑是文学进展到90年代时的最新成果。准确地说，他们正是90年代的产物。在90年代新的时空下，这一茬更为年轻的青年作家得以走上文坛，正在于他们明显疏离了前几茬作家习惯关心的话题，而与社会的新的变化和进展保持了同步相向的趋势，这也是他们能够脱颖而出，并正在引起人们广泛关注的根本原因。

我们知道，80年代的文学，是以对表现疆域的拓展和掘进、对表现手段的探索和实验为其显著特征的。与前几茬作家相伴随的是冲突和对抗、肯定和否定、张扬和摒弃、试验和沿袭、超前和滞后、创新与守成、反拨和建立等源远流长的话题。直至今天，我们仍然能在文学创作和文学批评中感受到来自不同思想观念、文化背景的碰撞和对举。这是一个不断被文学创作中的"风""热""浪""潮"所裹挟着，同时又不断地试图回归文学本体的文化过程。而我们所说的60年代后出生、90年代走上文坛的这一茬青年作家，则明显缺少这一方面的文化经历和精神遭遇。他们得以从旁观者的姿态去面对这一切，看待这一切，而保持清醒的认知。这种高蹈的姿态，决定了这一茬青年作家的新的文学属性。在这一茬作家的创作中，被前几茬作家所看重的，往往是他们的不经意之处，而为他们所重视的，又往往是前几茬作家的经历所不逮的；同时，前几茬作家所创造的思想和精神成果，正是他们进行文学创作的起点和前提。——文学的主题就是这样在他们这里得到了理所当然的传承、接替和变异。

因此，把个人的情绪和遭遇与时代的生活面貌和精神处境勾连在一起，谋求与 90 年代社会的契合，体现中国社会新的进展，这正是他们的文学努力。以一种消解的姿态，达到对文学的整合；以反先锋的方式，回归到朴素的情感状态；以个人化的方式，进入到文学创作之中，这正是这一茬人的文学用心。

一茬人有一茬人的生活遭遇和精神处境，一茬人有一茬人的情感内容和表达方式，一茬人还有着自己难为他人所能道出的生存秘密。更何况，这一茬作家站在世纪之交的边缘上，他们注定是要走向一个新的世纪的。他们的感触、他们的体验、他们的思想就有着更为生动、更加特出的内容。这样一个特定的时期，必将在人们的心灵史上留下深刻难忘的精神印记。而这一茬青年作家的创作实践，也将焕发出特有的艺术魅力。

并且，从他们的身上，体现了一种难能可贵的锐气和活力。他们还来不及重复自己，还来不及建立自己的套路和模式，而更多是把自己质朴的感受和年轻的体验展示给人们。因此，他们的作品带有着一种鲜活、一种清新、一种无拘无束。而这正是我们的文学创作所应该珍视的活力。毫无疑问，他们给文坛注入了一种生气，提供了一种新的可能性。

当然，他们也有自己这样或那样的不足。他们还来不及拥有更为丰富的人生体验，但是他们在与文学一起成熟。关注他们，就是关心我们文学的现在，就是对我们文学的新的发展所应该保有的一份必然的信心。

　　"新生代小说系列"，李师东主编，中国华侨出版社 1996 年 1 月版，收有徐坤的《热狗》、张旻的《犯戒》、毕飞宇的《祖宗》、何顿的《太阳很好》、鲁羊的《黄金夜色》、韩东的《我们的身体》、邱华栋的《把我捆住》、刘继明的《我爱麦娘》共八部作品。

　　　　　　　　　　"新生代小说系列"总序，写于1995年

一百个年轻的理由

时间不知不觉就会走远。在生命最活泼、感触最活跃之时，有意识地留下一些文字来，这是对时间最好的念记。眼见着一个世纪走过去了，眼见着一只脚就要踏上另一个世纪的门槛，我们想到了要编辑这样一套丛书——"新新女性情调散文书系"。

有人说，本世纪中国的最后一道文学景观，在于一批风华正茂的青年女作者走上了中国文坛，并引起了人们的广泛关注。这是有见地的。这些在中国社会的改革和开放中成长起来的青年女作家，在她们的创作中，表现自己的成长经历和心路历程，展示自己的内心世界和精神面貌，明显有着不同于其他年代女作家的文学特性和思想质地。这是我们把这些作家定义为"新新女性作家"的理由。

走进我们这套丛书的，是八位风头正健的青年女作家。她们很年轻，也都很有才情。她们的写作，在同代人中应该是有代表性的。这些作者用她们细腻、敏感、温婉、清澈的笔调，向我们倾诉着她们的情绪、遭遇和感触，向我们展示出她们青春的人生际遇和生命感悟。在我们这个由前卫、时尚、网络、休闲与传统和现实的交融所混成的世界里，我们看到了一个化文字为心情、视风格为气质的才女群落。她们代表了新的文学审美情趣，代表了新的生命渴望和追求。

这些书、这些文字首先是写给她们自己的。她们的生命光彩，她们的感伤和忧郁，她们的欢欣和激动，她们的所思和所感，就如同显现在个人珍视的一帧帧照片上，活泼而有动感，真切而有性灵，隽永而有底蕴。也正是这些文字的个人性，所以才显得如此率真、自然和生动。

同时，这些作者与我们在共同经历一个疾速变化着的社会和时代。她们的可贵更在于她们敏感地触摸着这个时代的神经，真切地记录了这个时代对她们内心的激发和触动。在她们的作品里，我们能够感受到不断发展、进步着的社会对她们的成长过程和心路历程的深刻作用。

《青年文学》以青年的视角关注现实，以文学的姿态参与人生，长期致力于推举青年文学新人的工作，与不同时期的青年作家建立了广泛而密切的联系。受出版社之托，我们在策划、编选这套丛书之时，得到了上述八位青年作家的热情支持，在此谨致谢意。同时，我作为主编，也对出版本书系的团结出版社、中国妇女出版社和我们编辑部参与此项工作的同仁表示感谢。

"新新女性情调散文书系"，李师东主编，中国妇女出版社、团结出版社 2001 年 1 月版，收有巫昂的《正午的巫昂》、马伊的《淋湿》、陈蔚文的《随纸航行》、蓝蓝的《夜有一张脸》、王芸的《经历着异常美丽》、水果的《让灵魂摇滚》、钟鲲的《地铁里的眼睛》、陈融的《不一样的飞翔》共八部作品。

　　　　　　　　"新新女性情调散文书系"总序，写于2000年

印记

《红岩》的出版和意义

各位校长、各位老师：

大家下午好！

66 年前的今天，1949 年 11 月 27 日，是一个特别的日子。这一天下午 4 点，也就是现在这个时候，国民党反动势力开始了对关押在重庆歌乐山白公馆和渣滓洞的革命者的集体大屠杀。我们今天在人大附中，召开长篇小说《红岩》阅读教学现场会，有着特殊的意义。

《红岩》(中国青年出版社，1961 年 12 月版) 是一部影响过几代人成长，而且必将产生持续影响的红色经典。我很有幸，大学毕业后，就被分配到了《红岩》诞生的地方——中国青年出版社，从此沐浴在包括《红岩》在内的"三红一创"(《红岩》《红日》《红旗谱》《创业史》) 的文学光芒之中。在中青社的时间越长，就越能感受到《红岩》的分量。这几年，《红岩》的每一次重印、再版，都是我在最后签字，但我从未感觉到下笔的轻松。因

为《红岩》是一部心血之作。它写出的是烈士们的心血，吐露的
是作者们的心血，倾注的是老一辈编辑家们的心血。《红岩》就是
这样的一部奇书、大书。

在这里，我从工作的角度，向大家介绍《红岩》的成书经过；
同时，我结合个人的阅读情况，向大家汇报我对《红岩》的粗浅
认识。不当之处，请大家指正。

《红岩》的成书过程

在说《红岩》成书过程之前，我们先了解一下"红岩"的寓
意：到底什么是"红岩"。

对"红岩"的一般理解是："红岩"的出处，是源于重庆的红
岩村（也叫红岩嘴）。它曾经是党中央代表团的住址、中共中央
南方局的所在地。毛主席重庆谈判时，就住在这里。这里是黑暗
中屹立的灯塔，有如"红岩"。另一种解释是何建明、厉华先生在
《忠诚与背叛》一书中提出的，他们认为歌乐山渣滓洞有一片灰色
的山崖，被敌人用汽油焚烧过，用枪弹洗劫过。烈士的鲜血染红
了灰崖，灰崖象征着烈士的铮铮铁骨，它是烈士的化身，所以叫
"红岩"。而我们结合《红岩》这部小说，可以这样理解："红岩"
是实指，也是比拟，更是坚贞不屈的共产党人精神、意志和人格
的象征。

一、《红岩》的成书过程，有两条线索可循。

1.作者的线索：从"三人组合"到"两人组合"

《红岩》最初有一个"三人组合"，这三人分别是：

罗广斌，1924年生。他受著名作家马识途影响，走上革命之路。1948年9月被捕时，他是刚满两个月的中共候补党员。他先被关押在渣滓洞，后改押在白公馆。他意志坚定，决不为自保而出狱。1949年11月27日大屠杀时，他策反看守杨钦典，带领18人脱险。出狱后，按烈士们生前的嘱托，罗广斌向组织写出2万多字的报告《关于重庆组织破坏经过和狱中情形的报告》，特别是整理出了烈士们提出的8条建议。"狱中八条"其中包括：防止领导成员腐化；注意党员，特别是领导干部的经济、恋爱和生活作风问题等。这是在有那么多中共重庆地下党员被捕之后，烈士们在狱中反思、总结出的含泪带血的建议。这对我们今天仍有强烈的警示意义。

刘德彬，大屠杀时从渣滓洞逃出。他是江竹筠的战友，他对江姐非常了解。两人在同一地方、同一时间被捕。在《红岩》的初稿《锢禁的世界》中，《江竹筠》的章节是由刘德彬执笔的。成书后的《红岩》仍保留了刘的部分文字。

杨益言，原名杨祖之。1948年被敌人错抓入狱，1949年4月由家人花钱保释出狱。新中国刚成立，他发表《我从集中营出来》一文。刘德彬与杨益言之兄杨本泉为中学同学，刘德彬介绍杨益言同罗广斌认识。三人后来均为重庆共青团干部。1952年，杨益言经刘德彬等人介绍入党。

1950 年，"三人组合"首次联名发表了《圣洁的血花——献给 97 个永生的共产党员》一文。他们针对当时的政治形势，出于对青少年进行革命传统教育的需要，陆续在工厂、农村、机关、部队、学校做了几百场报告，活跃在重庆、成都、内江、泸州等地，并写出了《在烈火中永生》这部纪实作品。与此同时，1956 年秋，三人开始了《锢禁的世界》（后改名《禁锢的世界》）的写作，并在《重庆日报》《中国青年报》发表了这部书稿的部分章节。1958 年，刘德彬被错划为"右派分子"，失去了创作权利。随后，《禁锢的世界》的创作，由罗广斌、杨益言二人完成。

2. 出版社的线索：中国青年出版社文学编辑室（俗称"二编室"）

为了落实共青团中央关于培养一代社会主义新人的要求，着力抓好描写英雄人物的传记故事和传记小说的出版工作，中国青年出版社文学编辑室在 1956 年成立传记文学组，开始广泛组稿。来稿中，他们发现能够直接成书的作品很少，有的部分可取，有的篇幅不够，于是决定仿照鲁迅、郭沫若、茅盾、邹韬奋在抗战和解放战争时期出版丛书和丛刊的形式，出版丛刊（以书代刊）。这份取名为《红旗飘飘》的丛刊，专门发表领袖传记、英烈事迹和革命回忆录，于 1957 年 5 月出版第一辑。1958 年 2 月，《红旗飘飘》第六辑发表了罗广斌、刘德彬、杨益言联合署名的革命回忆录《在烈火中得到永生——记在重庆"中美合作所"死难的烈士们》。1959 年，中青社出版单行本《在烈火中永生》。该书在原有基础上进行扩充、拓展，成为《红岩》小说的雏形。

1958 年，《禁锢的世界》被中青社列入向建党 40 周年献礼的图书选题计划。从此，编者与作者之间你来我往，磋商不断，笔谈不止。1961 年 3 月，书名正式确定为《红岩》。1961 年年末，《红岩》作为献给党成立 40 周年的生日礼物，正式出版发行。

从 1950 年罗、刘、杨三人合写《圣洁的血花》涉及"红岩"题材，到《红岩》正式出版，长达 12 年之久。其中包括几百场的报告，上千万字的原始素材，300 万字的稿件，5 次重起炉灶、返工修改，出版社数次派人去重庆协调改善创作条件、交换书稿意见，作者们 4 次进京改稿、定稿等。真可谓"艰难困苦，玉汝于成"。

二、从漫长的成书过程中，我们可以发现，《红岩》的出版，至少有这样两个明显特征。

1. 两个飞跃

第一个飞跃，是由故事到小说、由真实记录到艺术创造的飞跃。

《红岩》中的每一个人物都有原型，但又不同于原型。

许云峰的原型：罗世文、车耀先、许建业、许晓轩；

江姐的原型：江竹筠、李青林；

成岗的原型：陈然；

刘思扬的原型：刘国志、罗广斌；

华子良的原型：韩子栋；

甫志高的原型：刘国定、冉益智、蒲华辅、李文祥；

徐鹏飞的原型：徐远举。

罗广斌把自己在狱中绣红旗的经历，放在了江姐身上，很好地烘托了江姐的艺术形象。而《我的自白书》本是罗广斌在狱中所写，但为了人物塑造的需要，经过修改加工后，作者变成了成岗。陈然烈士是成岗的原型。今天我们翻开同样是中国青年出版社出版的《革命烈士诗抄》，这首诗就放在陈然烈士的名下。艺术的真实，有时候比现实中的真实更为真实。经典的魅力，正在于此。

第二个飞跃，体现在写作基调上。从通过沉闷、压抑的狱中生活来揭露敌人的残暴、歌颂英烈的抗争，到把狱内外的斗争关联起来，展示革命者的乐观和坚定，这是一个难度更大的飞跃。实现这一飞跃的契机，出现在1959年6月。出版社再次请作者来京改稿，并安排作者在京参观、学习了一段时间。新中国日新月异的发展变化，让两位作者从内心里产生了触动：为了今天的幸福生活，烈士们的牺牲和付出，是那么有价值、那么有意义。作品从此面貌一新。

2.集体智慧的结晶

集体的智慧，首先体现在罗广斌、杨益言两人的通力合作上。强烈的责任心和使命感，让作者们没有丝毫的懈怠。他们查找资料，走访相关人员，夜以继日，全力以赴。

其次，中青社文学编辑团队发挥了不可或缺的重要作用。从社长、总编辑、编辑室主任到责任编辑，乃至整个部门，十多人的投入、组织、协调、安排、落实对作品的结构、故事、情节乃至细节的意见和建议等，中青社确实是功不可没。还有重庆方面老作家沙汀、马识途等人对作者的悉心指导，更有重庆党组织的高度重视和关怀等等。所有这些，充分显示出五六十年代集体大协作的战斗精神。《红岩》的问世，是集体智慧的结晶。有学者认为，在中青社五六十年代的文学出版物中，中青社文学编辑团队往往是隐在文学作品身后的另一个作者。这种说法，不无道理。

《红岩》的价值和意义

刚才人大附中的同学们在介绍自己的读书心得时说:《红岩》是一部永远不会下架的老书。说得真好！为什么永远不会下架呢？我理解：

一、《红岩》是一座文学丰碑，更是一座精神丰碑

《红岩》的思想价值和艺术价值在于，它以文学的形式，用鲜明生动的文学形象，艺术地展示了"红岩精神"的深厚内涵。对"红岩精神"，有不同的解读。结合《红岩》所塑造的江姐、许云峰、成岗、刘思扬等共产党人的形象，我以为，"红岩精神"包含了信念的坚定、事业的忠诚、意志的坚贞、家国的情怀和人格的力量等内容。信念和奋斗是"红岩精神"的核心。从这样的角度看《红岩》，可以加深我们对中国近现代社会发展进程的认识。

《红岩》真切地、客观地、雄辩地揭示了中国共产党领导中国人民推翻反动统治、实现民族复兴的历史必然性。在实现中华民族伟大复兴中国梦的征程中，我们仍然需要包括《红岩》在内的这种思想熏陶和精神支撑，需要这种精气神。

二、《红岩》是一部人生教科书

从民族振兴和社会发展的层面看，《红岩》是一座民族精神的丰碑；而从个人成长的层面看，《红岩》无疑是一部难得的人生教科书。

一个人的成长，不可能回避掉理想、信念、意志、品质、人格、境界这些关键词。而《红岩》正是理想、信念、意志、品质、人格、境界之书。同时，在成长过程中，我们难免会遇到困难、挫折乃至磨难和艰辛。怎么办呢？看了《红岩》，就能增添勇气和信心。心理素质的培养，人格意志的锤炼，《红岩》会让我们受益；先烈们在绝境中的所思所想、所作所为，能给我们以启迪；而对人生的考量、对生命价值和意义的权衡，《红岩》会抻长我们的思绪。

三、《红岩》是一面鉴别真善美与假恶丑的镜子

阅读《红岩》，能提高我们的鉴别能力，分清什么是真善美、什么是假恶丑。大是与大非、奉献与享乐、忠诚与背叛、高尚与卑劣，这是大的原则问题，不能含糊。而一个人在这些原则问题上的取舍，又往往是从一个个具体而细微的事情上积沙成塔、集腋成裘的。细心的读者可以从《红岩》里找出几个有代表性的人物，如江姐，如刘思扬，如甫志高，细细分析他们的人格和境界

是怎么一步一步演进和呈现的。一个人的高下之分、好坏之别，从来都不是一蹴而就的。在社会生活飞速发展的今天，我们具备了良好的鉴别能力，就能更好地做事和为人。

《红岩》自 1961 年出版以来，印数已过 1000 万册。它是发行数量最大的中国当代长篇小说。仅小 32 开的简装版《红岩》就已印刷 126 次，这还不包括当时无偿租型的印次。现在北京市中考语文《考试说明》把《红岩》列为必读书，这对弘扬"红岩精神"大有好处，同时这也是对我们中青社的巨大鼓舞。5 年来，人大附中要求初中一年级学生集体阅读的第一本书就是《红岩》。刚才师生们通过场阅读、立体阅读和深度阅读等有效手段，用视频、微报告、师生访谈等多种形式，生动地展示了《红岩》阅读教学的过程和成果，很有创见和新意。相信在座的北京市 18 个区县的各位中学校长和老师们，在推进《红岩》阅读的过程中，还会有进一步的创新举措。

最后，我向大家通报一个数字：从今年年初到今天，中青社两个版本的《红岩》共发行了 51 万册。这充分显示了红色经典的独特魅力。在为广大青少年"传播正能量，弘扬真善美"的出版实践中，中国青年出版社将做出更大的成绩！

谢谢！

在中国人民大学附属中学

"《红岩》阅读教学现场会"上的主题发言，写于2015年

轰动与阅读

一个特定时期产生出的作品，有着它特定的涵义。因此，它的意义也是相对而言的。此一时期相对于彼一时期，读来的感受更是千差万别。一本 15 年前出版的书，15 年后再去读它，那会是一种什么样的感受呢？毫无疑问，它首先属于它曾经拥有过的历史。我们今天所做出的任何评价，脱离不开对它的历史的温习和问询。它的价值或许就产生在从这一特定历史出发，遥遥指向今天的漫漫时间过程中。对曾经轰动一时的长篇小说《第二次握手》（中国青年出版社，1979 年 7 月版），也应作如是看。

一本书与一个事件

15 年前《第二次握手》的出版，是一起惊动世人的重要事件。甚至在这本书问世之前，它本身就是一个令人瞩目的事件。

据作者称，该书初稿完成于 1963 年春，此后又三次重写。在此期间，几乎每一次的手稿都流传开去，并无法收回。而且，"第二次握手"此一书名，也是在外界的传抄之中为他人所创。作者因此而历经磨难。在这里，我们无从比较这湮没在民间的多个手抄本的故事差异，也无法去斟酌原稿与传抄稿的实质区别。值得我们注意的是，这部书稿当时为什么只能在民间流传，这部书稿到底写了些什么，显示出了哪些能在当时流传的价值。

15 年后，我们很难认同一部书稿和一个作者在此之前的处境和遭遇。我们知道，《第二次握手》的成稿和它的传抄过程，正处在中国社会的动荡时期。《第二次握手》的成稿，可谓生不逢时。它写了爱情，写了知识和知识分子，写了海内也写了海外，而且作者不遗余力在正面表现这些内容，成为一个事件，说明了它内容和思想上的不合时宜，同时也证明了它不被承认的特定价值。要认可它的价值，这里要有一个前提，即只有在我们开始对过去的历史进行反思和超越的时候。

1979 年，《第二次握手》的出版，所以能令人瞩目，就在于它突破了前一个时期的瓶颈，在迈向一个新的时期之时，迸发出了掩抑不住的光彩。它是那样炫目，以至人们深深地被它的光亮所吸引。这是一个特定的时刻，由它和其他的文学作品所确定的一个文学时期，从此拉开了帷幕。

《第二次握手》为什么能够引起轰动

《第二次握手》能引起轰动，是时势使然。一部小说较长时间在民间流传，这本身就说明它生命力的顽强。因此，在社会生活出现转机的时候，它从民间走向前台，这是必然的事情。它带有一定的风险性，同时它对于当时的人们来说，又是一种不可回拒的诱惑。它对一个过去的时代具有挑战性，对一个正在到来的新时代又有一种感召力。

这显然不单单是文学方面的原因。实事求是地说，在我们今天看来，《第二次握手》并不是因为文学价值的重新发现而产生轰动效应的。那时候引起轰动的，并不单是文学自身的因素，而是通过文学传达出来的能够作用于人们的思想和情感的社会政治内容。后来的人们有一个错觉：新时期之初的文学创作引起了全社会的震动，就由此认定一定是此时的文学到达了一个什么样的高度，进而责备今天的文学不能取得如此的效果，是文学自身出了问题。这种错觉脱离了现场和语境，对文学的发展并没有好处。

对 15 年前的文学轰动没有多少印象的人们，确实是很难想象一部作品因为写了一些什么就能引起那么大的反响。然而这的确是曾经有过的事实。我们今天仍需正视这一事实。

《第二次握手》还不仅仅在于此。即便社会发展到了今天，它仍然还存在可以评价的可能性。但它又的确是因为写了什么，才在当时引起那么大的反响的。在《第二次握手》这本书里，正面地描写了一批知识分子。正面描写知识分子，这在当时一个特定时期是不被允许的，因为这一阶层正是需要"革命"的对象之一。肯定和歌颂他们，这本来就是"大逆不道"的事情。更遑论作者还要着力去表现他们的生活遭遇、事业追求和人生努力。作者写了，这自然是需要一种过人的勇力。其次，作者写到了海内外关系。一个国内的科学家与一位在海外的科学家有着爱情上的瓜葛，这在当时来说，是不可思议的事情。现实中的人，沾上点儿海外关系都要受到影响，更何况作品中还要大肆渲染海内与海外的情牵梦绕，这在一些人看来，至少是别有用心。还有，小说中出现了国家高层人士的形象。这在当时是讳莫如深的，也无疑是一个禁区，写了，不管成功与否，本身就是一种歪曲。这就是当时的逻辑。至于《第二次握手》这部书中反反复复渲染，表现的苏、丁二人所谓的爱情，大可看成这本书里高奏的"主旋律"了，这显然是与当时的价值评价背道而驰、水火不相容的。所以，《第二次握手》在1979年的正式出版，它产生轰动是必然的。必然在于，它突破了前一时期一些人为的禁区，它对一个特定的转折时期来说，帮助人们摆脱了思想上的禁锢；同时，它的出版又是社会及其思想开始开放的产物，因此它的面世，又不能说不是一种幸运。

　　《第二次握手》给社会和读者带来的巨大影响，是多方面的。

它和同时期的其他作品一道，为新时期的文学做出了最初的建树，开拓了文学作品表现社会生活的应有疆域。文学与社会、与读者的联系，开始得到了重建。这是我们今天在评价这些曾经为文学的发展做出过努力的文学作品，所不应该忽视的。

《第二次握手》与今天的阅读

即便如此，15 年前出版的《第二次握手》与我们今天的阅读有没有什么直接的关系呢？这是一个需要我们细加探究的话题。我们清楚地知道，新时期之初产生的大量轰动一时的作品，如今并不那么可读了。文学的进步、社会的发展已使我们的阅读发生了很大的变化。今天的人们也不可能沿袭过去的阅读标准和接受能力行事，因为历史早已毫不留情地越过了一个以批判和开拓为主的文学初期。尽管这样的一个时期曾经是那么激动人心。用我们今天的眼光去看《第二次握手》这本书，它到底存不存在一个基本合理的文学内核呢？也就是说，它在今天还有没有其一定的阅读价值呢？

《第二次握手》中有这样一句话，叫作"过去的事情，就让它永远过去吧。"这句话后来成了一段时间里，在各类文艺作品中不可缺少的一句"标准用语"。它为什么会有这样巨大的典型意义呢？小说中出现这句话的背景是：分别多年、天各一方的丁洁琼来到了苏冠兰的寓所，苏冠兰不敢相见，事后才对妻子说出了这样的一句话。这句话所以让一个时期的人们难以忘怀，肯定是它道出了人们一份铭心刻骨的共同感受。在这句话下涵盖的是苏、丁二人相思不能相见，相逢不能相守的爱情遭遇。这样一句普普通通的话，在苏冠兰的陈述中隐含着不能为人所道出的人生感慨和生命喟叹。而这不可道出的内容，是不是和读者经过一个时代的遭遇所产生的感触有一种同构的应合呢？这显然是肯定的。这种同构，应该是一种深刻的情感在起作用。由这样一句话所揭示出的丰富情感内涵，应该有其深沉的寓意。

由此看来，对于我们今天来说，《第二次握手》这部作品的价值，并不仅仅在于它对当时社会表层的冲击所带来的影响，更在于它的故事内核本身。这一内核即是苏、丁二人爱情上的坎坷遭遇。一个美好愿望所遭受的磨难和不幸，这本是足以打动人的。这本书所以有如此大的反响，无疑和这一深层次的因素有关。而且，一个美好的爱情故事，又往往被社会和文化的因素所改写和中断，这怎么能不令人扼腕叹息呢？它或许就可以成为人类情感的一个寓言，一次有意味的揭示。它完全可以得到不同时期、不同人们的共同呼应。可惜它承载的诸多突破题材禁区的使命，要对当时人们的思想情感做出必要的应合，包括它采用的必须为当时人们所接受的话语习惯等等，损害了它可能达到的艺术高度。这就像一出悲剧故事中的主人公，它的思想和行为体现出了一种昭示未来的力量，但是它又必须为它所生存的环境做出让步。

《第二次握手》是 15 年前的一个重要文化事件。它为当时的社会和文学做出过自己的努力，影响了社会公众的心理，也从更深入的层面上影响了文学和读者。我们今天读到它，仍可感受到它在一个特定时期所传达的思想感受和情感内容，尽管它有着这样或那样的不足。

写于1994年

书眼：图书出版的逻辑起点

古人为诗，有"诗眼"之说；今人做书，似乎也应有"书眼"之论。

一

对于图书编辑来说，一本书的成色品相，与确定什么样的选题、选择什么样的作者有着极为密切的关系。一个很有价值的选题，没有找到能够胜任的作者，再勉为其难，也只会事倍功半；作者水准很高，但让他完成的选题并不是他之所长，即便勉力为之，效果也不会理想；出版社最感兴趣的，同时又是作者最想写也最有能力写出的，写好了，出好了，不产生影响都不可能。而我们实际工作中经常遇到的，往往是作者一厢情愿，劳心费力，却不被出版方看好；出版者要倾心打造的，作者却达不到要求。最不济的是，编辑没想法，作者不高明。我们看到的大量平庸书就是这么造成的。

从这个意义上说，能否找到好的选题，物色到好的作者，是对编辑眼光、水平、能力实打实的检验。编辑敏锐觉察到作者专心致志在做的事情，正是自己梦寐以求的——如果发生了这样的事情，正说明编辑扣住了"书眼"。

当然，作者首先要有实力。至于作者是否知名，并没有必然的意义。说不定声名并不很大的作者的这一起步，可能有这样那样的不足，但其所蕴含的创造活力和开拓能力、所具备的原始创新性，很可能打开一片新的天地。很多作家就是这样从无名走向有名的。我编《青年文学》，深有感触。

在这里，"发现"至关重要。所谓"发现"，一是指出版者对作者才能的发现，作者的写作方向、写作兴趣、写作效果是必须考虑的，作者对图书选题的准备程度更是重中之重；再有一层意思，是作者对自身的发现，借助出版的肯定，对自身能力和信心的发现。作者的一部"成名作"，确立的是他今后著述的起点，表明的是现已到达的程度。显然，作者未来著述的走向，是值得期待的。还有一层意思，是作者对编者的发现。一部书就是作者的一个孩子，他要把它交给一个自己可以放心托付的人。作者希望遇到的是一个能对话、易沟通，可以提升他的作品品质、有能力抚养他孩子的人。这样一来，他把书稿和盘托出时，心里就多了一份踏实和安稳。

合适的作者、合适的编辑和合适的选题走到了一起，我们说，这就是"书眼"的生成。所谓"书眼",正是图书的核心生产要素期期然聚合到了一起。它是作者、编者和选题之间内在联系的逻辑起点,是图书出版的点睛之处。

"书眼"其实并不神秘,关键在于图书的核心生产要素是否齐备,能否桴鼓相应。要捕捉到"书眼",并非可遇不可求。心里装着事,有"求"的愿望和努力,就有可能"遇"。不孜孜以求,哪会不期而遇。准备充分了,机缘出现了,"书眼"也就会水到渠成。

二

我编《毛泽东的文化性格》(中国青年出版社,1991年12月版)一书,深化了对编辑出版的认知,尤其是对"书眼"的体认。

《毛泽东的文化性格》的作者陈晋,一直在从事文艺理论和文学批评方面的工作。他的专著《当代中国的现代主义》,还是高校的文科教材。他从原中央政策研究室调到中央文献研究室从事毛泽东文献的研究工作,在研究方向和内容上发生了很大的改变。在一年多后的一次聚谈中,陈晋谈到自己对"毛泽东与文化"这一话题的一些心得,打算写一本有关毛泽东的研究著作。

我内心里一下子不平静起来。在我看来,陈晋显然有能力完成这一方面的思考。良好的政治理论素养,在文艺批评上的学术建树,多年来工作上的开阔视野和实际感触,以及现在所处的特定的工作环境，都注定了他有着自己得天独厚的条件和独辟蹊径的学术前提。他很有可能写出一部有着自己个性和理解的毛泽东研究专著。尤其是，他从文学、文化批评的视角去研究毛泽东，肯定与其他研究者不一样，一定会让人耳目一新。

与此同时，80年代末90年代初出现的"毛泽东热"正方兴未艾。但我们稍微留心一下，就会发现："毛泽东热"主要是通过纪实文学、电影电视等文艺形式来体现的，它们也主要是着眼于毛泽东的生活琐事、人际交往、政史秘闻等。有一本热销的书，就叫作《走下神坛的毛泽东》。这一喷涌而至的"毛泽东热"，对人们认识、了解毛泽东的生活原貌是有帮助的，但又是远远不够的，而且有的著述还存在随意性或其他不尽如人意之处。问题的关键，还在于我们不但要理解日常的、生活化的毛泽东，更应该理解毛泽东为什么是毛泽东。毛泽东为什么能成为影响中国社会的巨人，为什么具有如此巨大的魅力，他对中国社会到底产生了哪些方面的影响，这也是人们要求予以解答的。而且这也是"毛泽东热"走向深入所必然要面对的课题。但是，学术界似乎还来不及转换既有的思维模式，还很少有人直接切入作为主体的毛泽东这一复杂的研究领域。作为出版者，我们有必要及时开发这一方面的选题，引导读者更深入地理解作为主体存在的毛泽东。

陈晋具备的条件和实力，可以帮助我们实现这样的出版愿望。通过他的努力，在某种程度上很可能还有初开风气的意味。我对陈晋的研究产生了浓厚的兴趣。所以，当他谈及自己的一些想法时，我自然比其他在场的朋友更上心、更留意。这是一种职业上的习惯，看到作者正在做的工作，马上就会本能地产生与自己工作的关联。同时，陈晋的研究课题也是我个人的兴趣所在。道理很简单，毛泽东影响了我们每一个人。

但是，毛泽东主体研究，毕竟是一个复杂、深邃的高端课题。我很认真地查阅过不少的资料，从主体性上追根溯源、解读阐释的文章和著作几乎没有。陈晋开展这一方面的研究，学术难度可想而知。后来我读到书稿，不能不由衷赞叹：正是陈晋作为文艺批评家所具备的眼光、学养和主体性思维，帮助他切入毛泽东的文化本体。

从毛泽东主体出发研究毛泽东，这是一个崭新的研究视角。用什么样的角度和路径才能走进毛泽东的精神世界，这对作者来说是一个个人的学术准备和学术兴趣的问题。对编者来说，这还是一个如何面对读者和社会检验的问题。

作者陈晋找到了一个非常好的角度和路径。他拈出来一个词，叫"文化性格"。这是一个新词。"文化"和"性格"都好理解，把"文化"和"性格"组合在一起，则是一个新的创意。

新的见解的提出，往往是从一个新的概念的诞生开始的。什么是文化性格？毛泽东的文化性格是怎样形成的？它在内涵上有哪些显著特征？毛泽东的文化性格对中国社会的进程产生了哪些重要影响，我们今天怎样去评价？所有这些，对我们来说，都是饶有兴味的话题。如果论述到位了，那么这本书就很可能要开毛泽东研究的一个先河。所具备的学术价值，不言而喻。

实际上，作者就是这么做的。书中用很大的篇幅论述了毛泽东文化性格的形成过程，包括青少年时期的毛泽东特别注重在实际生活中锤炼自己的意志品质，很早就开始了对"小我"和"大我"的辨证思考，以及在漫长的革命斗争中，他的文化性格在不断被打磨、被塑造、被重铸。毛泽东对个人与社会、人民与历史、革命与未来等有着深刻而独到的见解。这些因素为毛泽东成就一番伟业，奠定了坚实的文化心理基础。

紧接着，作者把写作的重心放在了描述和分析毛泽东在理论和实践上对一些文化问题的探讨和阐述上，侧重点是人格道德与社会理想、政治革命与文化变革的关系，传统与现代、中国与西方的关系，毛泽东的主体个性与他的实践活动的关系，等等。作者功底深厚，思路清晰，逻辑缜密，立论剀切，不少见解发人之所未发。我们从作者严谨的治学态度中，领略到了毛泽东文化性格的丰富内涵和独特魅力。正如中国青年出版社副总编辑、著名编辑家王维玲先生在终审意见中所指出的："读完书稿，不但受益，还有启发。"我也深有同感。

我再三审读书稿，一直处在兴奋之中，不时为书中新颖独到的见地击节称道。但渐渐地，我发现书稿中似乎还缺一块内容：毛泽东雄才大略，超拔高迈，他的个人性情、才能禀赋对其文化性格的影响，尤其他作为一个诗人本身所具有的文化魅力，他的个性世界和人格境界在文化性格上的具体呈现，说到底，就是作者在毛泽东文化性格的形象表征上，似乎着墨不多。我个人以为，这是全面理解毛泽东的文化性格所不可或缺的。

征得出版社和部门领导的同意，我把自己的想法和作者进行了深入的交流和沟通。作者充分考虑了我们的意见和建议，对书稿进行了认真的补充和完善，新写了两个章节，增加了对毛泽东文化性格魅力横向展开的内容，写到了毛泽东永远不满足于现状的超越情怀、游历山川之时的蓬勃诗情、敢于迎接挑战的斗争意志、随意本色的生活情趣等等，这样更直观地展现了毛泽东文化性格的形象特质。而且在我看来，新补写的部分更凸显了毛泽东文化性格的强大魅力，更具神采气韵。

《毛泽东的文化性格》一书，于1991年12月正式出版，初版印数为9000册，后来很快加印了3次。该书的出版，受到党史界专家和读者的广泛好评，《人民日报》《中国青年报》《新闻出版报》等都发有书评，《书摘》《畅销书摘》《党纪》等杂志做了转载和连载。1992年3月，该书在上海书市上被评为最受读者欢迎的十本社科书之一；同年5月，在北京社科书市上被评为十大畅销书之一；同年6月，被中国书刊发行业协会评定为第二批全国优秀社科类畅销书；紧接着还荣获了全国优秀青少年读物"金钥匙奖"。

一本学术趣味十分浓郁的著作能够畅销，这是方方面面促成的。从图书出版的角度来看，选择作者、确定选题，找到图书出版的逻辑起点，也就是我们所说的"书眼"，至关重要。这是前提和基础。在此之上，作者和编者的平等对话和精诚协作，保证了出版的最终完成。

需要说明的是，我是中国青年出版社的一名编辑，但我不是图书编辑，我的主业是编《青年文学》杂志，和当下的青年作家和评论家们打交道。我从我掌握的作者资源中，发现了"毛泽东的文化性格"这样一个图书选题，选题很有价值，作者又很优秀，而且我还很熟悉，所以我在单位领导、同事的支持下，做成了《毛泽东的文化性格》这本书。

无论是单篇的作品，还是一部书稿，只要认定它确有价值，就一定不能放过，必须倾心投入。我认为这是做编辑、做出版的本分。做好了，做到位了，变成大家的共同财富，就是一件非常快乐的事情。而捕捉到"书眼"——找到作者、编者和选题之间的内在联系，找到图书出版的逻辑起点，这将是一个艰苦的训练过程和长期的工作任务。

写于1992年

登高望远，举重若轻

对于今天的中国人来说，我们都是新中国成立70年来的见证者、参与者，我们每个人的心目中都装着新中国的历史。以一己之力，用不到20万字的篇幅，完成对新中国70年历史的表述，可谓"极简"；相形之下，所应具备的视野和高度、理智和情感、功力和视角，不免让人兴叹：要写好新中国70年历史，难度可想而知。

《新中国极简史》（中国青年出版社，2019年9月版）的作者迎难而上，独辟蹊径。他打破传统述史的既定模式，采用年度纪事的写作策略，从新中国成立的1949年写起，逐年一一道来，一幅幅的历史场景，让人身临其境。与此同时，作者颇费心思，为每一个年度找出相应的主题词，用它来串起这一年的大事小情。这些主题词，像一个个的脚印，连起来就成了我们观察和认知新中国成立70年的一条个性独特的路径。由此可见，作者的观察和写作的角度，真可谓匠心独运。

述史的关键处，在于态度。用什么样的价值评价体系来讲述历史，至关重要。新中国 70 年，是中国共产党带领中国人民不断探索、建设中国特色社会主义的 70 年，是时代不断进步、社会不断发展、综合国力和国际影响不断提升的 70 年，是充满艰辛坎坷而又满怀自信、不懈奋斗的 70 年。这是本书的基本态度。饶有兴味的是，本书的特别之处还在于它把这样的态度深藏在了书中的字里行间。作者力避空泛肤廓的议论和评断，让细节和故事走上前台，用事实和数据说话，去印证和说明新中国建设发展的内在逻辑和历史必然。这充分显示了作者在历史叙事上的理性和耐心、对读者的信任和尊重，更体现出了作者强烈的写作自信和思想自信。同时，我们从书中提供的大量社会历史信息，包括对信息的挑选和处理，又分明感受到了作者所持立场、态度的坚定支撑。

　　历史自带温差，好的述史一定要有体温。从这个意义上说，《新中国极简史》是一部有温度的情感之书。怎样看待新中国历史进程中的曲折坎坷、光荣梦想，要有一把情感的尺子。这里要有设身处地的理解，要有溢于言表的认同，也要有不容置疑的态度。从站起来、富起来，到强起来，新中国一步步走来的历程，在作者内心里呈现为静水流深的情感涌动。顺着作者的笔触，我们读出了新中国的发展和进步，自然也读出了作者潜藏于心的巨大情感认同。

　　情感的温度还体现在细节处。作者写到 1950 年时，提炼出的主题词是"告别"。在这一年度里，新社会与旧社会的诸多"告别"，被娓娓道来。临到篇尾，作者笔锋一转，这样写道："当然，这也是一场艰难的告别，告别故土的志愿军官兵，许多人再也没有回来，其中就有毛泽东的儿子毛岸英。他在跨过鸭绿江一个多月后便牺牲了，没有活到1951年。"在写到1953年时，书中有这样一段话："在这年召开的全国妇女大会上，毛泽东见到了用身体堵枪眼的黄继光烈士的母亲邓芳芝。一位是父亲，一位是母亲；一位是领袖，一位是农村老大娘，他们都在朝鲜战场上失去了自己的儿子。他们承受着共同的悲伤，也拥有共同的骄傲。"没有文学性的渲染，只有平静如水的表述。但是，当我们读到这样的文字时，内心泛起的一定是情感的涟漪。《新中国极简史》用笔极为简省，惜墨如金却好读耐读，正在于书中所葆有的内在的情感温度。

读《新中国极简史》，少不了要去一探究竟的，是作者对新中国70年中的一些重要社会现象、重大历史事件乃至重点生活时段的表述。每每掩卷，我们不能不由衷感佩作者掌控尺度和把握分寸的站位高度。

作者陈晋，长期从事党史国史和领袖人物研究。他出版的《毛泽东的文化性格》《毛泽东读书笔记精讲》《中国共产党一路走来》《速读新时代》等著作，产生广泛社会影响；由他担任总撰稿的大型电视文献纪录片《毛泽东》《周恩来》《邓小平》《新中国》《筑梦路上》等，至今仍让人记忆犹新。

作者深厚的政治素养和学术功底，宏阔的视野和精到的笔力，登高望远的情怀和举重若轻的姿态，铸就了《新中国极简史》的不同凡响、独树一帜。

一部书能够在难度、角度、态度、温度和高度上让人耳目一新，这样的书不可不读。

写于2019年

和平里九区 1 号

不经意间，会想到李泽厚老师。

2017 年我搬家，从京东搬到京西，一时忙乱。有那么一天，家里人说："记不记得你在家里放了一封信，想不想知道是谁写的？"

我一愣：不会是家信，也不应该是他信。

过去的年月，是书信的时辰。我从复旦中文系分配到中国青年出版社，每天见到的都是稿件和稿件里夹带的信，还每每能从信中考量出稿件的成色。我从不把任何信件带回家里。

可是，为什么家里还有信？

我想都不想，平缓地说："李泽厚的。"

果真是。

李泽厚的信，夹在一册上个世纪 80 年代初出品的笔记本的封套内侧里。那个时候笔记本的制式大小，就像是为了能塞进一个 80 年代的信封而专门设计的。我手头还有这样的笔记本，封面上印有这样的几个字：青年文学编辑部。这些天单位装修，要搬办公室，我居然找出了二三十册这样的笔记本。

我从来没去找过这封信。但心里一直有。拿起这封信，就像在经年累月的沉潜中陡然间冒出水面，活生生泛出李泽厚这么一个人来：

他笑着，他很开心。他开心时，把下巴很任性地往上扬起，露出双排带着乐感的牙齿。我从此知道，这用来咀嚼的物什，也是能带出喜悦的。他放任地哈哈大笑着，笑好了，身往前倾，带着笑后的余韵望向我们。他完全是因为我们的表述而如此忘怀。

在他爽朗的笑声里，我，还有在座的年龄不一的朋友们，平添了说话的勇气。说了什么，我想不起来。但他的笑意还留在那里。

我现在已过了见他时他的年龄，我问自己：我像他一样笑过吗？

那个时候，我 22 岁。

我是多么童言无忌啊！

李泽厚的信，很简短：

李师东同志：

来信收到。我支持你的研究，不必去管那些议论。

匆此

祝好

李泽厚

十二.廿三

这是 1984 年年底的事。那一年的 7 月，我从复旦大学中文系毕业，分配到中国青年出版社文学编辑室编古典文学读物。工作和生活安顿下来了，我就想给李泽厚写一封信。

对上个世纪 80 年初的文科学生来说，李泽厚是"神"一般的存在。在我眼里，更是如此。

当时复旦的书店，叫"复旦书亭"，书后盖有印章。我在那里买到了初版刚上市的《美的历程》。绛土色的封面，手书的书名。李骆公的题签，像是用火柴梗搭起来的，笔画关节处还带着手感和弹性。

打开书，首先吸引我的是李泽厚的笔触。他紧扣中国文化的发展脉络，绘声绘色地讲述中国文化的精要所在，用审美的眼光洞穿历史。多少年后，当我们说要讲好中国故事的时候，我本能地以为：李泽厚实在是讲好中国故事的先驱！

想啊，一个从湖北洪湖的沙口镇中学考上复旦中文系的学生，他能有多少文化，他能读懂什么东西？李泽厚太知道我们这一茬人的深浅了，无论是身处城镇还是乡村，谁能读上过多少书？

上"文学概论"课时，一开课，应必诚老师让我们书面作答读过哪些文艺理论著作，大家齐声回答的是：秦牧先生新出不久

257

的《艺海拾贝》。

李泽厚慧目卓识、有滋有味地把中国文化的精美处，对着当年的我们如数家珍。我一直很执意地认为：他的《美的历程》就是专门写给我们上个世纪 70 年代末 80 年代初走进大学的学生看的。用现在的话说，他是在"精准扶贫"。

很多年后，我在想：他为什么要写这样一本书？

在一个时代正在转寰的节骨眼上，在社会袒露"伤痕"、执意"反思"的时间刻度里，他居然超拔高迈地说到"美"和中国"美"的历程，直指中国传统文化的本源和脉络，这是如何浩大的心襟和豪情！！

他太有文采，太有才情。他要把它们放在一个地方，找到一个可依靠处。只有中华文化的山水人文、源远流长，才能让他情怀四溢，抑之不止。有叙述、有抒情、有议论，有视角、有层次、有站位，是大文章、大情怀、大写意。中国文化的美学阐述，开始探入它的蒂固根深和它的开枝散叶。从此，我们检视我们的民族文化遗产时，就多了一双审美的眼睛。

那是上个世纪 70 年代末、80 年代初啊，"黑夜给了我黑色的眼睛"，是一些写诗的人在说；写小说的说得更多了，以遭遇为触动，痛心疾首，捶胸顿足，以为文字可以一泻千里、不知终始。而哲学家李泽厚却把目光投注到民族和文化的历史长河里，他越过时间的沟沟坎坎，在满怀深情地述说着：美的历程！

那个时候的我，一边听着老师条分缕析的授课，一边回想着在《美的历程》里获得的文化图景。

我没想到，我进校时的系主任朱东润先生说，中文系的学生要学好三种语言：古代汉语、现代汉语、外语。

我更没有想到，后来接任系主任的章培恒先生，在给 81 级的学生上"魏晋南北朝时期文学"课的时候，我旁听到：章培恒先生评点《美的历程》。

他说：这本书里，在说到魏晋南北朝文学的时候，在一个知识点上有错误，把两个人的关系和作品所属弄错了。一时间鸦雀无声。章培恒先生停顿了一下，接着说：但是，即便我们有更多的知识，但是我们没有李泽厚的思想。

书中的图片也非常应景。看了书中的文字再看图，看了图再去比照文字表述，在相互印证中，你发现自己是在用一道别样的眼光，在爽心悦目地打量着中国的文化和历史，仿佛是在目睹着中国文化如何生成，如何壮大，如何流变，如何走到如今。

美啊！什么叫自信？李泽厚教导了我最初的文化自信！

我一直以为，《美的历程》影响了我的人生：让我从此善意地、友好地面对这个世界，用审美的眼光看待所经历的人生世事，纵有得失忧患，也一定要超拔高迈，踽踽前行！

我想见到李泽厚！

人一年轻，只要想到，就想做到。哪里去找李泽厚？找不到电话，也找不到可以问到的人，而且还不想让其他人以为自己是着意在问。学文学的人，注意细节，某一天在一篇文章中偶然看到过一个地址：和平里九区 1 号！

我查了一下地图：大处着眼，一望无际。失望之余，回到所在："和平里"，居然就在我上班的东四十二条北向的不远处！

咫尺之间，蓦然回首，那里早就亮有一盏灯。

应该是 1985 年的春节后，趁一天下午没什么要紧事，我骑着我们文学编辑室主任李裕康我师傅陪我买的一个杂牌子的自行车，就兴致盎然地出发了。那一定是一个春光明媚的下午，如果能看到花，花枝也一定是在招展着，仿佛所有的人和物都在顺应着我的愿景。

我很快找到了和平里九区 1 号。那是小区里的一栋砖楼，李泽厚的家就在一层。

李泽厚身着一套浅蓝色宽条的白色居家服。我后来多次去见他，看到的都是这样的穿着。

我说我是谁谁谁，给他寄了一篇叫什么什么名字的文章，他还回了一封信。

李泽厚笑了，但很快刹住，立马说道："你没有赵沛霖研究得深入。"笑意中带着严肃，好像我是被约好专门来听意见的。我说我写的不是研究，是认识。

李泽厚就又笑了，笑声有了延长：他头往后一仰，等到露出牙齿后，笑意也就收拢了。他很开心。

我在他的开心中，明白了领悟。

我说我是受他的文化心理结构和文化积淀的启发才写的。李泽厚笑着，头没往后仰，而是身体在往前倾。

我发现李泽厚在回应时，在起承转合中有一种不同凡响的厚力。他实际上更愿意倾听。

我现在回想当初的情形：他就是一个平静而又平常的有道之人。他不多话，更愿意倾听：你说到深入处，他把身子再往前探一点儿；等到你说到你自认为是有什么新想法、新发现时，他就身往后仰，大笑不止。其实，也就是一笑而已。

他为什么这么开心？

1985 年 10 月，我转到社里的《青年文学》工作。不必去啃硬邦邦的古籍和辞书，为能力不逮的编选者查找空出的原文注释，而是每天和比我年长点儿的青年作者们打交道，自然很是舒心。

我出差的第一站去的是保定，参加保定地区文联组织的青年作者小说笔会。那时候就有一种冲劲，见作者：我到了保定，干吗不去见铁凝？ 1982 年，铁凝在《青年文学》发表《哦，香雪》，获全国优秀短篇小说奖，我到了保定，凭什么不拜访一下呢？寻到了铁凝的家里，铁凝热情洋溢地向我推荐，河北有一个叫刘继忠的新作者很不错，她在《河北文学》上点评过他的习作。我就风尘仆仆跑到太行山深处的阜平县城去找刘继忠。刘继忠后来在保定电视台做台长。前些年偶遇，还说他要写长篇小说。

紧接着，编辑部安排我去长沙，筹办"湖南青年作家专号"。

到了长沙，听负责归总专号作品的蒋子丹说，韩少功在湘西吉首的团委挂职。我就去了湘西。等我到了团委所在的吊脚楼，就听说韩少功刚刚回长沙了。我又折回长沙，和从北京赶过来、刚刚上任的副主编赵日升到韩少功家中拜访。

那时候的热情和干劲，已然变成了从此以后的工作习惯，似乎从未消退：直到如今，只要看到好的作品，就能眼前一亮，照样炯炯有神，定然全力以赴。

记得韩少功的家是一处老旧的平房，我和韩少功畅谈李泽厚，说东方神秘主义、相对主义，说荆楚湖湘巫术文化。2004年在京西宾馆开作家代表大会，不经意在楼道里偶遇韩少功。他见我就问：李泽厚在忙什么？我说：我也不知道，很久没和他联系。

专号的组稿工作非常顺利。在《芙蓉》编辑蒋子丹的热情张罗下，整整一期"湖南青年作家专号"的稿件已然备齐。我们还请当时研究沈从文已有名声的凌宇老师写了同期的作品综论:《湘军的将校们》。

李泽厚是湖南人。我回到北京，把稿件编排好，已是1986年的春节过后，就兴冲冲去找李泽厚。那个时候，湖南的作家在文坛上风生水起，李泽厚也一定会关心。如果他能写一篇谈湖南作家的文章，这一期专号岂不更加完美？

年少的心事，只有用美好来形容。没料到，我一说出来意，李泽厚就又笑了："我从不写哪个人的作品评论。宗璞是我同学，还是好朋友，我也从没写过一个字。"

不写就不写吧，我居然一点儿失望都没有，反倒还很兴奋。和李老师聊起最近看到的一些文章。说到在西北的一位美学家写的文学评论，李泽厚很明确地说，他的评论写得好，感觉好，文字也好，但他搞美学研究不行，逻辑不通。他是一直笑着说的，好像不是在评价一个人，而是在说一件有趣的事。他还主动说起他最近读到过的一篇文章，叫《从"英雄"到普通人》："文章的前半部分写得好，后半部分的观点我不赞同。"我说，这篇文章我也读过，是我们中文系 78 级的学兄李洁非写的。

这一年的夏天，复旦中文系召开新时期文学研讨会，找回来不少从事当代文学批评的学长，也叫上我来学习。学兄李洁非先是去海南开了一个全国青年评论家的会，赶过来参加复旦研讨会的下半场。我对他说了李泽厚对他的那篇文章的评价。他说，明天下午李泽厚在华东师范大学就有一个讲座，我们一起去。

第二天赶到华东师大，在讲座开始前，我们见到了李泽厚老师。我介绍说，这是李洁非。李泽厚微笑着，而且依然很明确地说："你的那篇文章前半部分写得好，后半部分的观点我不赞同。"

讲座很快就开始了。印象里，主席台上还坐了其他几个人。我和李洁非在左侧前排坐下来。李泽厚讲了一段话后就不讲了，接着是其他人在说。李泽厚讲了什么，现在一句也想不起来。让我感到诧异的是，许多年后，一位在场的华东师大中文系三年级的学生居然把这样的场景写进了他的小说里，还获了"茅盾文学奖"。这个人是李洱，小说是《应物兄》。

小说里这样写道：

李泽厚先生是 80 年代中国思想界的代表。他的到来让人们激动不已。李先生到来的前一天，应物兄去澡堂洗澡，人们谈起明天如何抢座位，有人竟激动地凭空做出跨栏动作，滑倒在地。

后来，我在第十届"茅盾文学奖"颁奖那天，发了一条朋友圈：

今在颁奖前见到应物兄，我说你写李泽厚老师在华东师大讲座，我在现场。没错，就说了不到一刻钟。那是 1986 年。应物兄很得意："我没瞎写吧？"

1987 年初秋，我收到了大学同学张安庆寄来的两册书和夹带的一封短信。书是《美学》第七期，由中国社会科学院哲学研究所美学研究室和上海文艺出版社文艺理论编辑室合编，开本和杂志一般大，我在大学里读过，那时候我们亲切地把它称为"大美学"。我起初以为是在上海文艺出版社工作的张安庆在把他做责任编辑的书送给我。没有想到的是，我当初寄给李泽厚老师的那篇大学本科的毕业论文，就收在这本书里。文章有一万六千字，篇名为《论作为传统诗歌文化心理结构的"兴"的精神》（标题较长。现改名为《论"兴"的诗歌精神》）。我应该能意识到这一本以丛刊的序号出版的图书和李泽厚的关系，他其实就是在主编这份丛刊。

但是，从1985年年初起始，我多次到李老师家中拜访的时候，从来没有听他说过这篇文章会有怎样的出路，我也根本没去想这篇志大才疏的文章的归宿。我当初寄给李老师，只是因为少数几位看过的老师和同学评价不一。

现在我把这篇文章收到这本书里，是为了念记李泽厚老师对我的提携和包容。同时，也是在告诫自己：要像李泽厚老师他们这些长者一样，永远对年轻人葆有热心和热情。

我必须要去李泽厚老师家一趟。

是一个下午，3点来钟。我每次去也都是这个时候。我骑着那个杂牌子的自行车，十几分钟就到了李老师的门前。没有人应。也听不到以往常有的笑谈声。等了一会儿，听到一位进楼的长者说，他已经搬走了。我忙问搬到哪儿了，长者说不知道搬哪儿去了。我仍不甘心，问了几个人，其中一人说，听说是搬到西城的三里河那边去了。我后来应该还打听过，但是没有找到确切的地址。从此我和李泽厚老师断了联系。

后来听说他出国了，又听说他回来了，再听到的是他又出去了。他回国到华东师大讲了好几堂伦理课，他还写了篇短文说及金庸去世。这都是事后从报章上看到的。

算来李泽厚老师现在已是91岁高龄了。但我心目中一直存留的是他 50 多岁时春风满面、神采奕奕的模样。

这篇文章要结尾的时候，我骑共享单车去了一趟和平里九区 1 号。楼还在，眼前却不可能有李泽厚老师。

但窅然中泛出的，依然是李泽厚老师坦荡、实诚而又豁亮的笑容。

写于2021年

266

论"兴"的诗歌精神

"兴"的问题，是一个历久弥新的话题。由于它作为心物对应关系中主体的审美心理状态，伴随着中国古典诗歌的发展进程，已然成为中国传统诗歌文化心理结构中的最显著标志。"兴"的精神，体现了传统诗歌文化的基本美学原则和旨趣。

"兴"的美学原则的萌发与其歧途：实用精神与"赋比兴"手法

"兴"的美学原则的萌发，起始于"诗"的创作和对"诗"的社会认知。《诗经》出现后，对"诗"的理解，一直处在社会的现实需求与创作的文学努力的相互作用中。从社会的现实需求上说，存在着早期用"诗"（以《诗经》为主体）的实用精神与后代统治者对诗歌的政治利用之间的差别；从创作的文学努力上说，存在着同早期实用精神密切相关的"诗六义"与作为诗歌创作上的表现手法的"赋""比""兴"之间的区别。这是我们所看到的从实用到利用、从内容到形式的历史演进过程。

《诗经》是两千多年前的一部诗歌总集。"《诗》三百篇，囊括古今，原本物情，讽切治体，总统理性，阐扬道真。"（陈澧《东塾读书记》）"三百篇之神理意境，不可不学也。神理意境者何？有关系寄托，一也；直抒己见，二也；纯任天机，三也；言有尽而意无穷，四也。"（潘德舆《养一斋诗话》）在反映周代的社会生活和人们的精神面貌方面，《诗经》有着深远的影响。同时，《诗经》的作者们在审美认识和艺术表现能力上深受时代和历史的限定，他们在自然和社会生活中得到的只是一种游乐其间的感知和体认，并未来得及把这些感知和体认具象化、内在化。一方面，我们不能抹杀《诗经》作为一个时期人们思想、感情模态化的表现价值；另一方面，我们也应看到它是在一定时期里人们精神活动并不丰盈之下的产物。

在《诗经》时代，作"诗"的目的显然不是出于对审美的直接需要，而是为了实用："维是褊心，是以为刺"（《魏风·葛屦》），"家父作诵，以究王讻，式讹尔心，以畜万邦"（《小雅·节南山》），"君子作歌，维以告哀"（《小雅·四月》）；同时，春秋时期的人们也并不是从审美感受上欣赏"诗"，而是用"诗"来"比德""体用"，讲求其实际应用的价值。现在我们一般认为《风》多是反映下层人民生产劳动、婚姻恋爱等内容的诗歌，而《雅》

《颂》则多一些贵族士大夫反映社会政事风貌的讽颂之作。"天子五年一巡狩，……命太师陈诗以观民风"（《礼记·王制》），得到王风皞皞的冲和气象；"天子听政，使公卿至于列士献诗"（《国语·周语》），更视为讽颂以察。"诗"的为乐吟唱与政事巡察历史性地结合在了一起。随着社会生活的发展变化，乐歌原本是为了说明政治，现在却变成了对政治的"干预"。白居易所说的上"以诗补察时政"，下"以歌泄导人情"（《与元九书》）的两种社会效果发生变化，所谓的"群唱"转为个体的"咏诵"（朱自清《经典常谈》）。各类社会阶层中的人物，为了对社会现实的变故提出自己的补救办法，利用"诗"这个现成的武器来讽谏颂赞、触类旁通，渐就成为言说的习惯。这样，赋他人之诗以言己之志，即所谓"赋诗言志"，就成了春秋时期用"诗"的主要特征。

应该说，春秋时人的"赋诗言志"风气，相对于"诗"的创作活动来说，也是一种有着极具思想情感的再创造活动。"诗"多为周诗，它反映的是周代的社会风情。即是说，周代统治者的愿望要求和社会风尚影响了"诗"的创作。而且就"诗"本身来说，大部分诗歌是"经过不自觉的艺术加工过"的，并没有自觉提供清晰鲜明的艺术形象。"赋诗言志"显然是对这些概括性内容的灵活而具体的运用。

《左传》襄公二十八年载："……（卢蒲癸）曰：'宗不余辟，余独焉辟之；赋诗断章，余取所求焉。恶识宗？'"杜预注云："言己苟欲有求于庆氏，不能复顾礼。譬如赋诗者，取其一章而已。"断章取义"是"赋诗言志"的基本方法。利用大家熟识的诗句来说明深厚广泛而又切合实际的内容，这实在是一种再创造的活动。只是这种再创造活动的结果，这种与社会生活相比照的目的，也是为了实用，为了政事言行。在《左传》里，襄公二十七年"郑伯享赵孟于垂陇"赋诗各言其志，定公四年"申包胥如秦乞师……秦哀公为之赋《无衣》，九顿首而坐。秦师乃出"等记载，说明了这一点。

孔子归纳了陈诗、讽颂和赋诗言志的基本内容，概括出了学诗、用诗的原则规范："不学诗，无以言"（《论语·季氏》）；"诵《诗》三百，授之以政，不达；使于四方，不能专对；虽多，亦奚以为"（《论语·子路》）；"兴于诗，立于礼，成于乐"（《论语·泰伯》）。这是对早期用诗的实用性精神的高度理论总结。

战国时期，随着百家争鸣的隆盛和社会生活的变化，"赋诗言志"的内容日益淡化，用《诗经》来议论政治、言谈生活的风气逐渐消失。而"引诗证理"的习气则进入诸子百家的著述之中。孟子的"以意逆志""知人论世"的方法和荀子的"明道""征圣""宗经"的思想，并非帮助人们去认识《诗经》的审美价值，而是用《诗经》来宣传他们的教义主张。到了汉代，儒家思想成为统治阶级的指导思想，对《诗经》的解释和应用，完全被纳入为封建统治者服务的经学轨道。从此关联社会生活的生动而活泼的实用性的用"诗"精神，被封建统治者的政治利用所替代，对《诗经》的理解，也因此而步入歧途。

与此同时，诗"六义"中的"赋比兴"三义，开始逐渐衍变为"赋比兴"手法。

诗"六义"的提出是早期实用精神的产物。最早记载诗"六义"的是《周礼·春官》，但并未指明诗"六义"（文称"六诗"）各义的大意。《诗大序》也有"一曰风，二曰赋，三曰比，四曰兴，五曰雅，六曰颂"的相同排列次序。孔子曾多次提到"兴"。与其说孔子把"诗"当作一种精神性的观念实体，不如说他是把"兴"看作是追求这种观念实体的一种精神状态。这种状态是一种与政治道德和社会生活有密切联系、牵动主客观认识的能动状态。很显然，诗"六义"与孔子的"兴"有着内在的联系。孔子的"兴"是实用性的用"诗"精神的显著标志，而诗"六义"主要是立足于具体的社会功利内容，同样与用"诗"的实用精神不可分离。《周礼·春官》说，大师"教六诗，曰风，曰赋，曰比，曰兴，曰雅，曰颂。以六德为之本，以六律为之音"。提出"六诗"以"六德"为本，是对"六诗"作为诗体之用的内容要求。我们可以这样认为，诗"六义"是人们早期对"诗"实用性的运用途径和方式。（参见张震泽《〈诗经〉赋、比、兴本义新探》，《文学遗产》1983 年第 3 期）

汉代郑玄作《周礼》注，释"赋""比""兴"，认为"赋之言铺，直陈今之政教善恶"；"比，见今之失，不敢斥言，取比类以言之"；"兴，见今之美，嫌于媚谀，取善事以喻劝之"。对"今之政教善恶""今之失""今之美"而"直陈""取比类以言之""取

271

善事以喻劝之"，包含着对不同内容的不同说明方式。

到了唐孔颖达那里，"风、雅、颂"和"赋、比、兴"被完全分割开来。政教意义上的"美刺""讽谕"变为"风雅颂"的内容，同时带有政教意味的"赋比兴"成了说明内容的形式："《诗》文直陈其事，不譬喻者皆赋辞也。郑司农（众）云：'比者，比方于物。'诸如'比'者，皆比辞也。司农又云：'兴者，托事于物。'则兴者，起也；取譬引类，起发己心。""然则风雅颂者，诗篇之异体；赋比兴者，诗文之异辞耳。大小不同而得并为六义者，赋比兴是诗之所用，风雅颂是诗之成形，用彼三事，成此三事……"（《毛诗正义·序》）故有"三体三用"之说。

发展到朱熹，就完全把"赋比兴"解释为纯粹的表现手法、写作方法了："赋，敷陈其事而直言之也。""比者，以彼物比此物也。""兴，先言他物以引起所咏之辞也。"（《诗集传》）

"赋""比""兴"经过"用诗"到"为诗"的过程，终于被抽象概括为一种表达方式和表现手法。原有的意味丢失了，而"有意味的形式"里也只剩下了作为技巧和手段的"形式"。

我们看到，在"赋比兴"从内容到形式的这种衍变中，传统的思想教条成为金科玉律，概念的内涵被固化；文学观念的进步，给概念以一定程度的明晰，而又使概念本身平面化，失去了内在的实质内容。文学观念的进步，并没有给文学概念的形体以巨大的突破。即便是刘勰、钟嵘这样的大批评家，也守着"三义"（刘勰已经分离出"赋"与"比兴"，因前者已经成为一种体裁）进行解说。当然，他们的解读，把"赋比兴"的意义从经生的解说移接到文学批评中，多少注入了一些新的血液。刘勰说比兴"附理者切类以指事，起情者依微以拟议……比则畜愤以斥言，兴则环譬以记讽"（《文心雕龙·比兴》）。钟嵘说："文已尽而意有余，兴也；因物喻志，比也；直书其事，寓言写物，赋也。"（《诗品序》）尽管面貌不同、形态有异，但历史的进程毕竟是缓慢的，我们甚至怀疑，对"赋比兴"的理解，有没有"用世界来说明世界"的勇气和胆识。以致有论者认为，"赋比兴"问题上堆满锈斑古臭，不值得剥蚀出新。

"赋比兴"的内在精神，是心物关系中"兴"的状态

历史仍然在缓慢地行进。

作为实用性作"诗"与用"诗"的"赋比兴"，与作为诗歌表现手法（对《诗经》的外在表现方式的概括）的"赋比兴"之间，显然存在着差距。前人的疑窦也点明了这些矛盾。

"诗有赋、比、兴三义，然初无定例。如《关雎》，《毛传》、《朱传》俱以为'兴'。然取其'挚'而有别，即可为'比'；取'因所见感而作'，即可为'赋'。必持一义，深乖通识。"（毛先舒《诗辨坻》卷一）

惠周惕在《诗说》中说："兴、赋、比，而后成诗。毛公传

诗，独言兴不言比赋，以兴兼比赋也。人之心思，必触于物而后兴，即所兴以为比而赋之，故言兴而赋比在其中。"

姚际恒也曾叙道："第今世习读者一本《集传》，《集传》之言曰：'兴者，先言他物以引起所咏之辞也。比者，以彼物比此物也。'……郝仲舆驳之，谓'先言他物'与'彼物比此物'有何差别……"（《诗经通论·诗经论旨》）

疑问不时被提出，但是人们总是把应有的努力，固守在"赋比兴"各义的界说之中，似乎哪一天能征得一个圆满的释义。"赋比兴"的含义，不时被人们在不厌其烦的沿袭中抹上浅浅的异彩。终于，人们发现在"赋比兴"抽象为表现手法所筑起的高墙之外，居然还有一个以其自身面目现出的世界。

这是一个美学的世界。

"经生立言，只能泥守古说……文人论诗，不必限于《诗经》，所以眼光放宽，反而能看到诗的全貌。"（郭绍虞《六义说考辨》，《中华文史论丛》第7辑）社会思想的发展，审美意识的提高，文学观念的进步，诗歌创作的繁荣，所有这一切都使得中国古人进一步认识到一个诗的美学世界的存在。

"兴"是中国诗歌美学世界的核心。"兴"的美学原则萌发于"赋比兴"的实用精神中。"赋比兴"最初并不被认为是诗歌的表现手法，而更多是对"诗"的运用途径和方式——即是作为一个整体性的精神状态来认识。先秦时代的用诗风气是一种"类比"的方法，即寻求"诗"与社会政治生活的关联。而作为心物关系的审美主体，也必然是能动地处于审美关系之中。

事实上，中国早期的审美意识为"兴"的美学原则提供了一个"物感"的前提。《乐记》说："凡音之起，由人心生也。人心之动，物使之然也。感于物而动，故形于声。……乐者，音之所由生也。其本在人心之感于物也。"《诗大序》等著名文论也一直沿袭着"感物而动"的要义。魏晋以后，在心物关系中，重视了审美主体"感物而动"的特征，而且逐渐突出"兴"的作用。晋挚虞在《文章流别论》中提及："兴者，有感之辞也。"刘勰明确指出："原夫登高之旨，盖睹物兴情。情以物兴，故义必明雅；物以情观，故辞必巧丽。"（《文心雕龙·诠赋》）"观乎兴之托谕，婉而成章，称名也小，取类也大。……明而未融，故发注而后见也。"（《文心雕龙·比兴》）钟嵘的《诗品》一方面说："气之动物，物之感人，故摇荡性情，形诸舞咏"，一方面对"兴"作了这样的界说："文已尽而意有余。"许多年后，传为唐贾岛所作的《二南密旨》曾明确地为"兴"下了定义："感物曰兴。兴者，情也，谓外感于物，内动于情；情不可遏，故曰兴。感君臣之德政废兴，而形于言。"在宋代，《古今诗话》的作者也说："睹物有感焉则有兴。"正是由于有了"物感"的基础，"兴"作为一种状态特征，才有可能成为中国诗歌文化的基本精神所在。

必须说明的是，"兴"能凸显出来，成为中国诗歌的基本美学特征，而不是"赋"或"比"，这是在审美意识由实用精神向自觉的审美态度的转变中，逐步得到确立的。"比"几乎因"楚辞"而成为一种体裁样式（如王逸《离骚经序》言其"依诗取兴，引类譬谕"），而"赋"，已为"赋体"。辞、赋合一，使"赋""比"有了一个固定的封闭模式。许久以来，人们总是在排除"赋"的情感因素；而"比"，由于是"取比类以言之"，得到的更多是修辞手段上的意义。

相形之下，"兴"具有更多的活泼灵性。"兴"在实用和感物的前提下，聚合了"赋比兴"的审美特征，逐渐成为审美主体心理状态的基本表征，并因其在心物关系中美学内涵的不断明确，而日益受到古代诗人和诗论者的瞩目。

如果说"取善事以喻劝之""托事于物"作为一种"类比"和"对应"，是对诗作者与自然与社会（所谓"物""事"）的对举状态的朦胧意识，那么，魏晋南北朝时期的人们则更清晰地认识到"兴"在心物关系中的审美价值。"兴"表明了"感物而动"的审美心理状态。"兴，起也。"这一古老朴素的解说，把握了"感物而动"的本意；而"文已尽而意有余"，则强调了在"感物而动"过程中的主观能动性。尽管在"兴"的理解上，尚有"感君臣之德政废兴"的原初印记。

唐诗的繁荣兴盛，与前代诗人对诗歌心物关系的清醒美学态度是分不开的。同时，他们把"兴"的内涵借助于诗歌创作而显露得更加清晰。陈子昂《与东方左史虬修竹篇》说："文章道弊五百年矣！汉魏风骨，晋宋莫传，然而文献有可征者。仆尝暇时观齐、梁间诗，彩丽竞繁，而兴寄都绝，每以咏叹。思古人，常恐逶迤颓靡，风雅不作，以耿耿也。"李白《古风》："大雅久不作，吾衰竟谁陈？……自从建安来，绮丽不足珍。"白居易《读张籍古乐府》："为诗意如何？六义互铺陈。风雅比兴外，未尝著空文。"他们认为，诗歌应该充满兴寄，成为大雅之作，而不是彩丽竞繁、逶迤颓靡之态。因此，"云山已发兴，玉珮仍当歌""郑县亭子涧之滨，户牖凭高发兴新""东阁官梅动诗兴，还如何逊在扬州""忆在潼关诗兴多"（分别见其《陪李北海宴历下亭》《题郑县亭子》《和裴迪登蜀州东亭送客逢早梅相忆见寄》《峡中览物》）——杜甫这些诗句中的"兴"才显得兴致盎然，饱满健强。杜甫说"兴"，是诗人"兴"之发动，是"感物而动"的活泼灵动状态。

后世说"兴"可谓多矣！"兴象""兴味""兴趣""兴会"，随着人们对诗歌美学本质的展开，心物关系中的审美心理特质被人们不断看重。

宋葛立方说："自古工诗者，未尝无兴也。观物有感焉，则有兴。"（《韵语阳秋》）

宋郑樵说："凡兴者，所见在此，所得在彼，不可以事类推，不可以理义求也。"（《六经奥论》）

明胡翰说："抑古之比兴，非以能言为妙，以不能不言者之为妙也。此所谓发乎情也。"（《上文潞公献所著诗书》）

清王夫之说："兴在有意无意之间，比亦不容雕刻；关情者景，自与情相为珀芥也。情景虽有在心在物之分，而景生情，情

生景，哀乐之触，荣悴之迎，互藏其宅。"(《姜斋诗话》)

清李重华说："兴之为义，是诗家大半得力处。无端说一件鸟兽草木，不明指天时而天时恍在其中；不显言地境而地境宛在其中；且不说人事而人事已隐约流露其中。故有兴而诗之神理全具也。""写景是诗家大半工夫，非直即眼生心，诗中有画，实比兴不逾乎此。"(《贞一斋诗说》)

清薛雪说："无所触发，摇笔便吟，村学究之流耳，何所取哉？横山先生有云：'必先有所触而兴起，其意、其辞、其句劈空而起，皆自无而有，随在取之于心；出而为情、为景、为事，人未尝言之，而自我始言之。故言者与闻其言者，诚可悦而永也。'"(《一瓢诗话》)

清陈廷焯说："所谓兴者，意在笔先，神余言外，若远若近，可喻而不可喻。"(《白雨斋词话》)

……

从上面的引述中，我们可以看出："兴"是一种创作契机。它要求诗作者有感于物，把握对象。同时强调诗作者的直观性和能动性，充分表现出"有意"与"无意"之间的深厚内涵，在现实真实与情感真实的关连上，体现出多层次、多意蕴的审美心理境界。"兴"所表现的，正是心物关系中主体的审美心理状态。"赋比兴"的美学意味也在于此。同时，中国古典诗歌的创作实践和诗歌批评的丰富内容，也给这种审美心理状态以一个巨大的支撑。这就是中国古典诗歌文化传统的心理结构。具体地说，它是我国古人进行诗歌创作和鉴赏之先所应具备的审美心理基础，是进行诗歌创作的基本心理状态，是鉴赏诗歌、体味诗歌基本生命力的审美心理标准。传统诗歌文化心理结构的核心，是心物关系中主体的审美心理状态，即"兴"的状态。这是中国诗歌文化的基本美学精神。如果借用清吴淇在《六朝选诗定论缘起》中的两句话，"兴"的状态的内涵就是"惨淡经营"和"淋漓尽兴"。"惨淡经营"是诗作者就其社会现实和社会意识而经营，而"淋漓尽兴"所尽的是在此基础上的个人思想情绪的抒发。"兴"的状态表现的是人与自然与社会对举中的主体审美心理状态。《诗经》的审美价值，正体现在《诗经》所奠定的"兴"的状态上。"兴"的价值发现，正因为它体现了从而代表了"赋比兴"乃至"六义"的基本美学精神和特征。中国古典诗歌在审美价值上的美学进步，正是在这种"兴"的文化心理层次上的延展和递进。

《诗经》：心物关系的"情景"初现

心物关系上的"情景"初现，是《诗经》"兴"的状态萌发的主要标志。说它只是初现，是说在此之先的《周易》中，所载的歌谣和有诗歌艺术表现和审美认识萌芽的卦爻辞，还不能像《诗经》那样成熟地表现出诗歌的特点。有些歌谣，如《明夷》卦初九爻辞："明夷于飞，垂其翼。君子于行，三日不食。"《中孚》卦九二爻辞："鸣鹤在阴，其子和之。我有好爵，吾与尔靡之。"以及《屯》卦六二爻辞、《震》卦卦辞等，与《诗经》中的一些诗颇为接近，但存于卦爻辞中，在表现上还没有获得诗歌艺术的独立。而《大过·九二》《大过·九五》，还有《比》卦、《渐》卦，虽明显地呈现诗歌的某些美学风采，也不能算是诗歌美学意义上的情景初现，这些歌谣和卦爻辞只能说是"由原始歌谣过渡到《诗经》的桥梁"（参见郑谦《谈〈周易〉中的歌谣》，《山茶》1982 年第 5期）。

其次，说到"初现"，是因它还只是"初步"，只是对自然对社会生活较为纯朴静穆的反映。从主体认识上，体现出的是一种由人及物的浑沌质朴的"静观"特色。而所谓"静观"，表现在情景上，体现为人与自然与社会处于近迫的对举状态。

远古时期，在争求自身生存的过程中，人类实践活动的能力逐步得到加强。通过对自然力和社会力的崇拜，人们相信自己的行为和思想被"神"所主宰，开始了以自然对象和社会活动为主要内容的占卜求卦活动。《周易》在体例上虽然可说是后人整理的结果，但从其内容上则客观地说明了这种"神"主人的基本倾向。同时，很大程度上，"物为人之象"使人的心理状况成为一种被动；而人的意识在社会实践活动中的积极展开，又使得人较为能动地对待事物征象和生活本身。正是在这种意义上，《周易》自发地表现人们的社会生活和精神面貌，那些歌谣和富有诗歌表现力的卦爻辞才成为《诗经》诞生的前提。在《诗经》中，人们已经挣脱了身上被动的心理积淀，纯实地对待自然具象、对待社会生活。而情与景作为心物关系的突出体现，也正是这种静观认识的积极成果。

这一点，也可以从静观认识的发展进程中见出。《诗经》中的这种静观认识，逐步脱离了"天道观"的整体观念，完成了由"天道观"向"道"的过渡。老子认为，"道"是万物发展变化的根源，明显地取代了"神"的地位。但"道"又是混沌而不可知的。老子对世界的看法仍然是一种静穆的观感。"道，可道，非常道；名，可名，非常名。"人类主体认识的混沌一体，与《诗经》"兴"的过程中体现出的对自然对象的"静观"，无疑有相通之处。儒墨诸家都不注重对世界本体的思辨，而是随着社会动荡的加剧，更紧密地把人与国家治理结合在一起，在对世界的思辨之外表现出了积极用世的一面。人类的意识在"实用理性"的认识过程中得到巨大发展，带来了情感意识的复杂化。而老庄提倡的虚空无为境界，又给了这种复杂化以更大的活动范围，这样就进一步促进了情与景的相互渗透。

"静观"特征成为情与景能够初现的认识基础；《诗经》中对自然对象和社会生活较为纯一的反映，呈现了"兴"的状态的基本面貌。情景初现，表现在主观的情意与客观的景物的对应上。这对于审美主体来说，自然是一个复杂的交感过程。在《诗经》中，情景初现大致有两种情况，这两种情况实际上是体现了"兴"的状态的活动能力的强弱。一类诗歌是对卦爻辞中的歌谣和具有诗歌表现力的卦爻辞的审美能力和表达水平的直接继承。这类诗歌在《诗经》中占有极大的篇幅。它们把人的感知较为单一纯静地过渡到物上，用自然对象来比照、说明人的感知，明显留有原始歌谣作用的痕迹。这种情景初现（或者根本不出现"景"），往往多平板的叙述。"那时，在实际的创作过程中，人们有时未能或是还不善于从特定的具体环境中去选择和捕捉那些具有鲜明具体的感性特征的形象，或者是选择和捕捉到了，但是由于表现手段和描写技巧的缺乏而不能把它再现出来，总之不管怎样，最后摄入诗中的是那种缺乏具体感性特征而只有一般性状与特征的物象。"（赵沛霖《象征型兴象与解〈诗〉的分歧》，《河北大学学报》1982年第3期）

　　另一部分诗歌在"兴"的状态上有明显的进步。心物关系中人的感受与物的多义性的深层联系及融合发展到达了一定高度。诗作者的感怀情绪，借助于对应物的衬托，在一定情境里生成；同时也注意到自己与他人的对比关系以及情绪的流动和重叠。这些诗歌有着明显的艺术个性。在这些诗歌里，已经有了一个粗略而大致的意境轮廓。"昔我往矣，杨柳依依；今我来思，雨雪霏霏。"（《诗经·采薇》）王夫之说它"以乐景写哀，以哀景写乐，一倍增其哀乐"（《姜斋诗话》）。"陟彼岵兮，瞻望父兮。父曰：嗟！予子行役，夙夜无已。上慎旃哉！犹来无止……"（《诗经·陟岵》）朱熹在《诗集传》里评点道："孝子行役，不忘其亲，故登山以望父之所在。因想象其父念己之言曰：嗟我之子行役，夙夜勤劳不得止息。又祝之曰：庶几慎之哉，犹可以来归，无止于彼而不来也。"这些诗歌表现出了初步的情景（境）交融。但这类诗歌在《诗经》中并不多见，大部分的诗歌还处由人及物的静态观照中。

总之，《诗经》时代奴隶制的经济结构及社会环境（包括巫术时代的精神负荷），制约了人们的意识活动。也就是说，思维的范围还不够广大，只能停留在日常生活上。日常生活的较为古朴，使得人们意识的范围不能超出不很复杂的生活内容本身。人与自然的对举状况很自然地反映在情景初现上。由人及物的静观，使得情与景也处于一种相对静穆的状态。大部分诗歌在情与景之间现出一定的距离，只有一部分诗歌具有初步情景交融的特点。尽管还没达到"今夜鄜州月，闺中只独看"的交融程度，但《诗经》中借景（物）抒情的方式，初步形成了我们民族重于景与情、心与物的对应，强调情境合一的审美意识内容，确定了我国古典诗歌中"兴"的状态的基本特征。

《诗经》之后的诗歌文化

从《诗经》中萌发的"兴"的状态，伴随着中国古典诗歌文化的整个进程。从上面对《诗经》的"兴"的状态的分析中，我们可以明显地看到，《诗经》的创作是一种基于自发的意识活动。

他们用纯真的字句，留下了那个时代人们情感的传达方式和内容。诗作者感观自然和社会的纯朴心境，受到了中国古典诗人的尊崇。而《诗经》所培育的心物关系上的审美心理特征，随着社会现实内容的变化和人们审美认识能力的提高，更呈现出了浑融繁复、千姿百态的风采。

《楚辞》既具有我国南方民族的心理特色（浪漫的宗教神话基础和相应的思维方式），又具有那个纵横时代的意识特点，在系统反复地表现诗人的情感上有了长足的进步。《离骚》是"楚辞"的代表性作品。王逸《离骚经序》说："屈原执履忠贞，而被谗邪，忧心烦乱，不知所诉，乃作《离骚经》。"作者以起伏激荡而萦绕回旋的情感表现，通过神话性对应物的象征联想，来表达他的"拳拳之忠"和"皦皦之节"，因而体现了"兴"的状态的特色。

"汉赋"对人的外在活动的渲染性描写和人征服环境的广泛性表述，借助于侈丽繁衍的辞藻，体现了阔大雄伟的体格。由于儒家统治地位的确立，辞赋成了略述讽意的赞美长文。《诗经》萌发的"兴"的状态，较为单纯地体现在铺排中纵横的"比体"状物中，以及由此而得到的整体气势上。汉赋整体结构臃肿笨重，但在一些具体的写景状物上，却存活着阔大雄伟的气派，有"兴"的状态的积极成果。只是这些有机的描写被限制在一个没有多少生气的模式里，因而其生机也遭到抑制。

魏晋南北朝时期的文学，在反映人们的精神境界的水平和能力上有了新的突破。正如我们说《周易》中的一些歌谣因有"神"

主"人"的色彩，不能算是完整的诗歌创作一样，我们也认为，魏晋以前的文学作为社会生活的附庸，没有获得它独立的美学地位。只有这以后的文学才开始具有自己真正的独立价值，也就是作为美的价值。刘勰论建安文学说："观其时文，雅好慷慨，良由世积乱离，风衰俗怨，并志深而笔长，故梗概而多气也。"（《文心雕龙·时序》）慷慨之情成熟地运用于有梗概之气的现实生活中，"兴"的状态成为诗人们直抒胸臆的自觉表现。而真正使文学具有深远眼光的，还是从"玄言"走向"山水"。《周易》说："一阴一阳之谓道。"玄言家们在多体多状的自然山水中找到了"道"的丰富内容。认识自然是不易的。《诗经》抓住自然实景的某些特点，来观照自己的情感。屈原笔下的山水借助于宗教神话的浪漫色彩，用来比照现实。汉赋倒是平实宽泛地写景，但这种即景刻画只是一种就事说事的做法。建安文学"气势"磅礴，但并不清晰可人。而晋宋之际的文人，则人格化了自然山水，开始把山水当作人不可或缺的对应物和观照物。"物有刚柔、缓急、荣悴、得失之不齐，则诗人之情亦各有所寓。"（李仲蒙语，见胡寅《斐然集·与李叔易书》所引）物我关系的有效对应，拓宽和增厚了中国诗歌文化繁荣发展的基础。山水诗的情景融合，启发了后人在对社会现实、对人生的抒怀感叹中"兴"的情感调动。而且这种状态在整个魏晋南北朝时期也呈现了一定的实绩。在社会动荡中，人们的精神面貌有了缤纷斑斓的色彩，有着不同于盛世的零乱反映。这一时期，反映社会全貌的杰出人物并不多见，但许多诗人从自身的生存处境和思想感受出发，为"兴"的状态争取社会现实与审美主体之间的融洽契合做出了文学努力。

唐代文学在中国诗歌史上放出了异彩。唐代诗人的创作达到了高度的情景交融。这世所公认。值得说明的是，唐诗的发展在"兴"的状态上有不同的阶段性特点。初唐到盛唐，由于社会外部条件的稳定，精神面貌上的健康向上，促进了"兴"的状态的活跃。幽州古台上的深沉慨叹，春江花月夜里的怅然抒怀，边塞中的苍凉悲壮，诗人眼下的世界里有一种咏叹而不抑郁的格调、昂扬而又幽怨的气势。而中唐晚唐，孤芳自赏的自我得意和以哀怨、倾诉为主的自我意识的强烈，在诗人的创作天地里，体现出不妥协不和谐的趋势。也就是说，在"李杜"之前，诗歌内容上表现为对社会对人生富有创造力的感怀，有健朗流畅的表现特色；而"李杜"之后的诗歌创作，更重视对人与社会直接关联的遭遇注目，传达出恬淡自安、既慰且烦的闲适和感伤情绪。这自然与整个封建社会由盛转衰的趋势有着密切的联系。在渲染的主观情绪上，前一时期以片刻感受的精巧琢磨和铺张扬厉为主；而后一时期在不和谐的情景融合中，出现了议论化。这是对和谐的情景交融一种不寻常的突破。这一特点，发展到宋诗中，就有了"以文为诗""以议论为诗"的基本倾向。在抒发情感的过程中，情节性也得到了加强。这一方面表现为叙事性诗歌的多出，也表现在酿造"意境"的过程中有意识地伸展对情感的延续性的传达，而不像前一时期的诗歌意境那么纯净空灵。再次，在李贺、李商隐等人的诗歌创作中，曲折乃至隐晦的表现手段，被用来宣泄自己心中的郁积。物我世界处在复杂而又矛盾的状态之中，所能达到的融合，是一种不和谐的融合。

到了宋代，这种倾向更加明显。在评论宋诗时，人们有以实填空、以理代情的说法。儒、道、佛的相互渗透，发展到宋代，形成了一种优游不迫的人生态度。它们的交叉作用，冲淡了人们要真诚地表达自我情感的要求。反映在诗歌的创作中，是再没有唐代思维活动的积极、活跃，情景相融转化为事理所得。诗歌创作作为逞才和遣兴的工具，现出闲散、困乏的迟暮景致。诗歌所具备的能量，在被唐诗极度激发、挥洒之后，留给宋诗的更多是理性的余韵。陈子龙说："宋人不知诗而强作诗，故终宋之世无诗，然其欢愉愁苦之致，动于中而不能抑者，类发于诗余，故其所造独工。"（见缪钺《诗词散论·论宋诗》所引）《诗经》形成的"兴"的传统，被更多地从词那深微广远的境界里体现出来。宋词不像唐代诗歌那么流利平缓、空灵蕴藉。在"婉约""豪放"之中，普遍流露的是一种浅斟低唱、豪放不羁的有抑郁感和冲击力的情致。唐代中晚期诗歌创作中的议论化、情节化、曲折化，在宋词里，由隐转显。议论化表现在通篇铺叙和抒情议论中生出的感叹；情节化在于宋词整体构思上细节性的强化和情感表达的持续；而曲折化，则是意象的迭起和议论的糅合，并在情节化的基础上有情感表达的婉转和不可遏止的连珠似喷发。"醉里且贪欢笑，要愁那得工夫。近来始觉古人书，信着全无是处。昨夜松边醉倒,问松我醉何如?只疑松动要来扶,以手推松,曰:去。"心物关系的深层交流,随着主观精神的杂沓,诗人的世界处于克服不和谐所达到的和谐之中。

历史终于步入一个新的时期。先代的人们用自然对象移接自己对现实社会、对人生命运的直接感受,以求其和谐统一。随着社会现实生活的变化,元代以来,诗歌终于被小说、戏曲所代替。广阔的现实生活冲破了诗词精细窄小而渺远幽幻的边界。中国文学从重视与自然生活的对应推进到重视社会现实本身。中国古典诗歌文化结束了它的鼎盛时期。"兴"的状态开始辅助后世作者以更加系统完整的感观态度,无论是戏曲创作,还是小说创作(包括散文、小品等),都要求作者必须具备诗人素养和气质,首先是诗人。就戏曲而言,情景交融的戏剧格调,衬托出整个情节发展的风貌,表现了"兴"的状态的特色。中国小说极为重视人物在心物关系中故事性行为的展开,极为重视情与境的因素,极为重视在特定情景下人的内心活动和行为走向,并逐步形成了以白描为主的构思心理和叙述特点。作为中国传统诗歌文化的"兴"的状态的最完整体现,则是《红楼梦》的出现:诗歌以强烈的艺术表现力概括了人物形象在具体环境下精神世界的剧烈活动;同时人物性格进一步诗意化,人物形象所赖以生存的环境更具浓郁的诗情。所谓中国古典文学的完结,在某种程度上,可以说是这种诗文合流(即艺术意境与艺术形象的融合)的倾向在旧的内容和形式下的完结。中国诗歌文化的传统心理结构依附于社会现实生活和作者的主观感受，在主体与自然与社会的天地之中，完成了一个堪称典范的"人化自然"的历史进程。

中国古典诗歌批评的美学趣味："言志""缘情""兴象"

中国古典诗歌批评对作为传统心理结构的"兴"的状态的美学把握，有一个"言志""缘情""兴象"的认识过程。

"诗言志"问题是一个古老的问题。"诗言志"尽管与"赋诗言志"有所不同，但都与诗的实用精神分割不开。孔子以"兴观群怨"为核心的诗歌观，强调了诗与社会生活和政治教化的联系。尔后，孟子、荀子、庄子等都有"诗以言志"的说法，尽管他们所采取的态度不同。魏晋以后的文学批评中，"情"得到了重视和强调，但"志"的内容并没有被放弃。刘勰在《文心雕龙·比兴》中说："比则畜愤以斥言，兴则环譬以记讽。盖随时之义不一，故诗人之志有二也。"只不过在刘勰那里，"情"与"志"已有明显的距离。至于以后陈子昂的"兴寄都绝"，李白的"大雅久不作"，以及白居易的"文章合为时而著，歌诗合为事而作"，都有明显强调思想和社会内容的一面。直到王夫之也仍是说："'诗可以兴，可以观，可以群，可以怨'尽矣。辨汉、魏、唐、宋之雅俗得失以此，读三百篇者，必此也。'可以'云者，随所以而旨可也。于所兴而可观，其兴也深；于所观而可兴，其观也审。以其群者而怨，怨愈不忘；以其怨而群，群乃益挚。"（《姜斋诗话》）唐宋以后提出的"神韵""兴趣""余味"等审美范畴，其理论上的明显不足，是因为忽视了"志"这一复杂的文学社会因素。由于"言志"的问题，把握住了文学与现实世界的联系，可以说，它是我国诗歌文化的基本原则规定之一。

对"缘情"的广泛重视，是文学自觉后的产物。《诗大序》曾说："诗者，志之所之也，在心为志，发言为诗。情动于中而形于言"，"吟咏性情，以风其上"。但"情"是次要的，言"志"、"以风其上"才是主要内容。直到陆机才明确提出"诗缘情而绮靡"的观点。刘勰的《文心雕龙》谈到"情"更为普遍，如《物色》言"辞以情发"，《体性》说"情动而言形，理发而文见"。在《情采》篇中，他还进一步说明了"为情"的重要："盖风雅之兴，志思蓄愤，而吟咏情性，以讽其上，此为情而造文也。""为情者要约而写真。"钟嵘《诗品》也说："气之动物，物之感人，故摇荡性情，形诸舞咏……凡斯种种，感荡心灵，非陈诗何以展其义？非长歌何以骋其情？"白居易还进一步指出了诗"情交而感"的特点。从上面的论述中，我们可以看到："缘情"与"言志"是内在相连的。司空图《诗品·疏野》："惟性所宅，真取弗羁，拾物自富，与率为期。"孙联奎《诗品臆说》释"真"："无非率真二字。惟有真情，才有实情，故有真诗。"严羽在《沧浪诗话》里指责宋代诗人"以文为诗，以才学为诗，以议论为诗"，他看到当时诗歌创作背离"真"的倾向，从另一种境界里他要求用"兴趣"来弥补诗的不足。总之，不管从思想内涵，还是从一定的艺术境界上要求诗歌，都离不开"缘情"这个纽带。

"兴象"的提出，是对"兴"的状态的认识深化。"赋比兴"精神与早期实用性的用"诗"精神的联系，可以说明"言志"的存在。而比兴原则与"缘情"的关系，从宋李仲蒙"索物以托情，谓之比。触物以起情，谓之兴。叙事以言情，谓之赋"（见胡寅《斐然集·与李叔易书》所引）的话里可见一斑。我们说"兴象"是对比兴原则的一种认识，主要是从探索诗歌的审美规律的发展过程上立论的。庄子固然极力申扬言与意之间的矛盾，但也提出了调和言与意的方法。著名的"梓庆削木为镶""佝偻承蜩""庖丁解牛"等寓言故事，与诗人所要求的诗境可以触类旁通。刘勰在《文心雕龙·神思》里认识到了"神与物游"的重要。黄侃做了如下解释："此言内心与外境相接也。内心与外境，非能一往相符会，当其窒塞，则耳目之近，神有不周；及其怡怿，则八极之外，理无不浃。然则以心求境，境足以役心；取境赴心，心难于照境。必令心境相得，见相交融，斯则成连所以移情，庖丁所以满志也。"（《文心雕龙札记》）钟嵘进而对"兴"做了这样的解释："文已尽而意有余。"这些都为"兴象"观念的进一步明朗化提供了基础。殷璠《河岳英灵集》评陶翰诗"既多兴象，复备风骨"，王士禛《带经堂诗话》进一步说："盛唐诸家，兴象超诣。"这里所说的"兴象"，即是"神与物游""文已尽而意有余"的客观效果。故而皎然言：兴即取"象下之意"。司空图的"不着一字，尽得风流""味在酸咸之外"，严羽的"兴趣"，王士禛"兴会神到"的"神韵"，以及王国维的"贵有境界"，都表现了"兴象"和"兴在象外"的基本倾向。有论者认为，"兴象"观念的出现，表明了一种新的审美观念的建立，这是很有道理的。但必须说明的是，这种"兴象"的追求，是建立在"言志""缘情"的基础之上的，是"兴"的状态的效果呈现。片面、孤立地强调"兴象"的审美效果，反倒是一种不完整的审美趣味。

总的来说，孔子时代对"兴"的强调，有明显"志"主"情"的倾向。魏晋南北朝时期，"情"从"志"中解脱出来，形成"情""志"并列的观念差异。唐宋以后，则有"情"主"志"的趋势。"言志""缘情""兴象"三种基本认识形态，相互关联，彼此推进，互为前提，相得益彰，是对"兴"的状态的自觉规定，是"兴"的基本美学规范。

"兴"的状态在中国古典诗歌文化中的基本特征：意境

中国古典诗歌文化的基本特征是意境。中国古典诗歌的创作实践展现了心物对应关系的初步融合、情景相融以及不和谐的趋势这样一个发展过程。古典诗歌批评中"言志""缘情""兴象"的认识，体现了对心物关系中审美心理状态的理性要求。"兴"的状态勾连起诗歌创作和诗歌批评两条主脉，而"意境"成为"兴"

的状态的直接产物，彰显了中国古典诗歌文化的基本特征。

"意境"具有繁复而广博的含义。在心物关系的对应过程中，意境是一个有时空和生命的新的天地。不少论者对审美心理状态中"情景""心物"关系做过多层次的探讨。如王夫之说的"妙合无垠""情中景""景中情"（还有"以乐景写哀，以哀景写乐，一倍增其哀乐"的心理联系），王国维的"有我之境"和"无我之境"等。

意境问题是一个复杂的问题。从"兴"的状态的审美发展角度出发，我们来理解"意境"生成的心理基础，这自然需要从儒、道两家两种不同的审美态度上去考察。一般认为，儒家强调的是文艺社会功用的一面，而道家强调的是欣赏趣味包括某些审美规律的一面。但先秦儒家对文艺的功利要求，并没有排除审美的要求。春秋时期用"诗"的实用精神本身就带有强烈的感情活动。"发乎情，止乎礼义"，这是儒家审美观的核心内容。"乐而不淫，哀而不伤""温柔敦厚"等经典论断有道德伦理上的强烈要求，同时也要求有情感的节制和蕴蓄的美学内涵。日本美学家今道友信在《孔子的艺术哲学》中论述过"礼"的意义："……关于礼的概念，孔子是这样规定的：所谓礼，是典礼的精神，是个人或人与人之间的基本的精神状态，不是内在的道德心或外在的形式。"以孔子为代表的儒家文学观，强调了文学与社会现实的联系，体现了对社会现实生活本身的热情和执着。

老庄思想是春秋战国时期的另一思想潮流。庄子固然说："可以言论者，物之粗也；可以意致者，物之精也。言之所不能论，意之所不能察致者，不期精细焉"；"荃者所以在鱼，得鱼而忘荃；蹄者所以在兔，得兔而忘蹄；言者所以在意，得意而忘言"。（《庄子》）但他说的"言不尽意""得意忘言"是有前提条件的。"言"虽然不能"尽意"，但是可以"得意"。庄子叙述的一系列寓言故事，可以看作是他的理论的形象性说明：达到"神"的地步需要有实践的能力。庄子思维观中丰富的直观内省精神，启发了后人。宋罗大经《鹤林玉露》载："李伯时工画马。曹辅为太仆卿，太仆廨舍国马皆在焉，伯时每过之，必终日纵观，至不暇与客语。大概画马者，必先有全马在胸中。若能积精储神，赏其神俊，久久则胸中有全马矣，信意落笔，自然超妙，所谓用意不分乃凝于神者也。"这与"庖丁解牛""佝偻承蜩"等所阐发的道理是异曲同工的。正是在此基础上，才能得到所谓的艺术境界。庄子在理论上也有进一步的说明："孔子愀然曰：'请问何谓真？'客曰：'真者，精诚之至也。不精不诚，不能动人。'故强哭者虽悲不哀；强怒者虽严不威；强亲者虽笑不和。真悲无声而哀，真怒未发而威，真亲未笑而和。真在内者，神动于外，是所以贵真也。……故圣人法天贵真，不拘于俗，愚者反此。"（《庄子》）李泽厚先生说："庄子尽管避弃现世，却并不否定生命，……使他泛神论的哲学思想和对待人生的审美态度充满了感情的光辉。"（《美的历程·儒道互补》）是为的论。儒家讲"反情以和其志，广乐以成其教"的"发乎情，止乎礼义"，庄子的"道"里包含着得意求真的内容。从孔子强调学习"诗"的重要性以及"兴观群怨""乐而不淫，哀而不伤"的社会效用和情感因素，到庄子重视"得意""守真"的态度，道出了同一内容的两个不同层次上的特点，即是使"言志""缘情""兴象"的发展有了一个潜在的但强有力的依据。这两种审美观的融合，经过了两个过渡，一是儒家通过"汉赋"的过渡，一是道家通过"玄言诗"的过渡。这样，儒道两种有联系的审美态度才互相渗透；同时在诗歌的发展进程中，得到了中国诗歌文化的最一般特征：这便是"意境"。因此才有了杨载所说的："诗有内外意，内意欲尽其理，外意欲尽其象，内外意含蓄，方妙。"(《诗法家数》)才有了王夫之所说的："情、景，名为二，而实不离。神于诗者，妙合无垠；巧者则有情中景、景中情。"(《姜斋诗话》)所谓意境，正是这两种审美态度在诗歌中具有民族心理特征的结合，也正是中国传统诗歌文化在心物关系对应中的基本特征。而传统思想的"实用理性"特征，对传统诗歌文化的决定性影响自不待言。

作为诗歌文化的传统心理结构的"兴"的状态，受到了儒道互补（后来还有佛教的影响）形成的传统审美意识的作用。传统思想在封建社会的上升时期，帮助了社会的巩固和发展。唐以前的诗歌创作，虽然不少幽愤之作，但整个基调上仍然有奋发、气派的风貌。封建社会由盛转衰，传统思想日趋没落腐朽，在唐以后的诗歌创作中，落寞哀怨的情调笼罩诗坛。古典诗歌批评中的从"言志"到"缘情"到"兴象"的发展过程，一方面可以说是体现了人类审美意识的进步，但又不能说不是一种日趋明显的被动审美心理的反映。同时，随着社会现实生活的日益丰富和复杂，中国文学重视与现实达到的自然和谐转到重视现实生活本身的深厚内容，即由抒情性文学转为叙事性文学，也是一种必然的趋势。

中国诗歌的发展，必须要赋予新的内容，并取得新的艺术表现上的进步。而作为中国古典诗歌文化的基本精神的"兴"的状态，只有通过反映新的社会意识和社会现实内容，表现人们的精神活动，并具备相应的艺术表现方式，才会有新的继续发展，新的深刻进步。当新的时代来临时，"兴"的精神所蕴蓄、所涵养的中国传统美学风范，必将焕发出新的魅力。

总之，"兴"的美学原则所代表的中国传统诗歌文化的心理结构上的特点，它所体现的心物关系中的"兴"的状态，值得我们今天认识世界、表现生活时深思熟虑。

1982年11月—1983年9月于复旦大学中文系

李师东访谈录

曹斌：今年年初，电视剧《人世间》热播，创造了央视综合频道黄金档近5年电视剧最高收视率，小说原著《人世间》也登上多家图书销售平台的畅销榜。您作为这本书的责任编辑，能给我们剧透一下这部作品的出版过程吗？

李师东：《人世间》的出版过程并不复杂。简单点儿说，是梁晓声信任我们，把这部115万字的作品交到了我手里；我们不负所托，尽心尽力，把这部作品做出了我们想要达到的效果。

至于梁晓声为什么要信任我们，我们又是怎么做的，说来话就长了。

在日常生活中要信任一个人，不是一件轻易的事，要取得一位作家的信任，就更难了，更何况《人世间》是梁晓声60岁以后才开始动笔的。很显然，他很看重这部作品，他肯定要把这部作品交给他认为放心的人。

那个时候，我正在组织"梁晓声知青小说精品系列"水墨插图版八卷本的编辑出版工作。起因就很有意思。有一天，时任经典再造编辑中心主任的万玉云告诉我，外地一家版权代理说手上有梁晓声《雪城》的版权，起印数和版税都不低。我一听就不是那么回事，我说梁晓声是我大师兄，我带你去找他。当时我分管这个部门。一路上我在想，出一本梁晓声过去的小说，意思不大。梁晓声是"知青文学"的代表作家，还不如把他的知青小说做成一个系列。见了面，我就说了来意：为以示与其他版本的区别，准备做成水墨插图版。梁晓声一听就说：好啊！这样就把事情敲定下来了。我把带去的合同递给他，他拿过来就签了字。那是2015年年初。七八月份的时候，梁晓声来过一个电话，问我进展如何。

到了11月19日，万玉云拿着八卷本的水墨插图，去征求梁晓声的意见。临了，梁晓声托万玉云带话："明天上午，让你们李总到我这里来一下。"

我知道他要找我谈什么。第二天上午，我就带着李钊平、万玉云去了梁晓声家。李钊平是我分管的青年工作编辑中心的主任，做过三卷本的梁晓声散文随笔，万玉云正在忙我策划的梁晓声知青小说八卷本，所以我们拿回《人世间》的第一部后，我就叮嘱李钊平复印两份，和我分头去看。

曹斌：梁晓声为什么要找您？

李师东：他当时对着我们三人说过这样一番话："你一直在做出版，还在办《青年文学》，而且从来没有离开过文学。"我起初并没太在意，后来一琢磨，梁晓声要召见我实在有他的考虑。我一直在做出版，30多年了，也一直在办《青年文学》杂志，从来没有离开过文学第一线。

文学现场很重要。梁晓声是上个世纪80年代成名的，那时他也就30岁出头，现在他同龄的文学编辑们早就退休了。他2002年去北京语言大学任教，10余年里，忙的是教学，写的也都是散文随笔，他没有完整的时间也没有精力去写一部大的作品。过了退休年龄，时间和精力都属于自己了，他就开始写《人世间》这部长篇。小说已经写到了一半，他要考虑把这部作品交给一个合适的人。这样的一个人，一定是在做出版的，对文学现状也应该是比较熟悉的，一直在场当然更好。加上同校同系的渊源，我正在忙他的一些书，又在单位管点儿事，所以他确定我来负责他很看重的这部长篇小说，也就顺理成章了。如果在他当时的视线里，有更熟悉文学、更熟悉出版的人，而且也正在任上，他做出其他的选择，也完全有可能。

曹斌：能不能说说你们拿到《人世间》第一部后，您是怎么表态的？

李师东：这很关键。《人世间》开篇是从1972年写起的，第一部的时间线索为60年代后期到70年代末，这一卷写有40多万字。我很快通读完了，当即向梁晓声表达了明确的态度：很有年代感，放心写，而且肯定会越写越出彩。细节问题等初稿完成后再议。

梁晓声后来多次说过，他对第一部的写作是有顾虑的：写到了一个特定的时段，这么写合不合适，别人会怎么看。但他又必须从这个时段写起，因为这个时段正是周氏兄妹走进社会之时。我们最初的肯定，对梁晓声是非常大的鼓励。梁晓声后来也多次说："没想到你们这么肯定。如果要我从80年代写起，那我这部小说就没法写下去了！"《人世间》写了50年的社会变化和百姓生活。60年代中后期，正好是新中国的同龄人走进社会之时。如果不从这个时候写起，周家兄妹们的生活经历和人生轨迹，就没有了前提，小说后面的推进自然也就缺乏了说服力。时间是客观存在的，关键是谁写，写什么，怎么写，写出来效果会如何。很显然，正是周秉义周蓉他们善良正直，有上进心和求知欲，等到社会生活发生改变，他们就都考上了大学，有了与其他人不同的人生。从60年代末写起，人物的命运走向才有了内在的逻辑前提。正是基于这样的判断，所以我才向梁晓声表达了明确的肯定态度。我们在小说主要人物关系和大的情节推动方面，没有做任何的变动。这说明我们和梁晓声的认知是相似的、相同的。根据《人世间》改编的同名电视剧，所以能产生广泛的社会影响，很重要的一点，就是它的年代感、时代感。中国社会是怎么一步步走到今天的，中国百姓都经历了哪些、都做了什么，这样才能让不同社会层面、不同年龄阶段的人们产生共情。至少是让今天的年轻人更直观地了解到了他们的父辈祖辈的艰辛付出和所做出的人生努力。《人世间》所以能从文学的专业阅读走向社会的广泛阅读，它的根本依据，就在这里。

曹斌：拿到《人世间》后，你们是怎么做的？

李师东：我们围绕《人世间》做了不少事。编辑加工阶段，有史实疑点上的考究，有对人物线索的梳理、情节故事的推进，包括对一些提法、说法的拿捏和分寸、尺度的把握，这都要花功夫。书名怎么确定，封面设计上和设计师的磨合，签订出版合同，把《人世间》这部长篇小说定位为"50年中国百姓生活史"，明确"于人间烟火中彰显道义和担当，在悲欢离合中抒写情怀和热望"的宣传导语，撰写《人世间》的第一篇评论《百姓生活的时代书写》为作品定调，制订宣传推广计划，先民间——从普通读者阅读开始，后专业——征得文学方面的反应，再主流——召开大型研讨会……前前后后我们爬坡过坎，活动不断，直到《人世间》荣获"茅盾文学奖"。在这一年多的时间里，我们在打造坚实的文学出版质地的基础上，一直保持着《人世间》的宣传推广力度和社会关注热度，并且是在持续发酵、层层递进。可以说，《人世间》的编辑出版和宣传推广，对我个人来说，也是对我的综合判断能力、编辑经验和多年工作积累的充分调动。

曹斌：《人世间》曾以高票荣获第十届"茅盾文学奖"，被评论界认为是一部厚重温暖的百姓奋斗史和生活史，同时也是一部波澜壮阔的改革开放发展史。作为一部现实主义力作，您觉得这部作品在梁晓声的创作中占据了怎样的位置？在中国当代文学谱系中又有怎样的地位？

李师东：《人世间》在梁晓声的创作中，当然要占有重要的位置。我说过，《人世间》是梁晓声对自己创作思考的一个阶段性总结，是他对自己的生活阅历、人生经验的一次全方位的调动，也是他对自己的文学经验和思想储备的充分展示。

后来我还发现，梁晓声写《人世间》，还有一层很内在的原因，可以说是亲情的触动。《人世间》为什么要选择周秉昆作为主要人物线索，这里面有很深的血缘亲情。以周秉昆为代表的普通百姓，对父母、对家族所做出的长年累月、默默无闻的生活付出，被远离父母家庭的梁晓声所感怀、所念记，这不是他写《今夜有暴风雪》的时候能想到的。那部小说写的是他当兵团知青时的事。写的时候他已大学毕业分配到了北京。人只有到了一定的年龄阶段，才会领悟到，别人对家庭的辛苦是在代自己尽责。

正是像周秉昆、郑娟这样的普通人，支撑了一个家庭和家族的日常运转，构筑起我们现实生活的水层岩，成为我们社会发展进步的重要基础。他们是民间英雄。梁晓声把对普通百姓生命价值的认识提升到了一个新的高度。从周秉昆写起，饱含了梁晓声的亲情和深情，以及对像周秉昆一样的普通者的感念、感激，甚至还有感恩。这是梁晓声的其他作品都不可能替代的。只有到了他这个年龄才会有这样的认知，才能这么由衷。

梁晓声是文坛常青树，他在不同的人生阶段都留下了让人瞩目的文学风景。《人世间》是梁晓声文学和人生的集大成。

至于《人世间》在中国当代谱系中有着怎样的地位，我说了不算。我曾说过,《人世间》是一部留住了时间的作品,它也定然会被时间所留住。毫无疑问,《人世间》是中国当代文学的重要收获,是一部人民史诗般的现实主义巨著:"《人世间》把50年的中国百姓生活直观地展示给今天的读者,让人们认识到中国社会是如何一步一步走到今天的,这样的年代写作,具有教科书般的意义,而且时间越久越能显出它不可替代的价值。"

时间是能说明一切的。这是对《人世间》的最好证明。

曹斌:对于中国当代文学,代际划分已经成为今天文学批评在归纳群体创作时的一个"方法论",而您是以出生年代划分作家群体的首倡者,请问当时您是基于怎样的考虑,提出作家代际划分的?这一划分对于总结中国当代作家的创作,有什么特殊的作用?

李师东:首先,我要说明的是,以出生年代划分作者群体,并不是为了理论学术上的创新,而是基于工作实践和个人观察而提出的一个文学说法。

我们回到当时的文学现场,会很有意思。我1984年大学毕业分配到中国青年出版社的文学编辑室,第二年去了社里的《青年文学》杂志。当时文坛上活跃的是50年代开始成名的作家和"知青作家"。大家习惯性地把王蒙、李国文等称为"50年代的作家",把梁晓声、韩少功等称为"知青作家"。他们是文坛的中坚和实力派。我在和比我年长的作家打交道,很自然地要关心我的同龄人中有谁在冒出来，写得怎么样。那个时候，迟子建、程青、余华、孙惠芬等在文坛上已有动静，喻杉、刘西鸿的作品还获了全国优秀短篇小说奖。我结合自己的观察，到了 1987 年就写了一篇文章《属于自己年纪的文学梦想》，副题是"1960 年代出生作者小说创作作品述评"，开始尝试用出生年代来划分作者群体。生出这样一个想法，并不是要把 50 年代成名的作者、知青出身的作者和 60 年代出生的作者等量齐观。最主要的目的是，希望大家关心更为年轻作者的成长进步。为什么希望大家关心，是我以为这些更为年轻的作者在创作上提供了新鲜的生活内容，有不同于其他年龄作家的鲜活感触。随着"先锋写作"独树一帜，余华、苏童、格非等一批年轻作者在文坛上风生水起，我这才用心掂量"60 后"作家与年长作家到底有什么不同。后来就写了一篇长文《第四茬作家群》，发在广东作协主办的《当代文坛报》1992 年第 1 期上，正式提出用出生年代划分作家群体。

出生年代和作家群体为什么会有必然的联系？我们知道，中国社会发展有其阶段性的特点。这种阶段性，对一代人的整体塑造有着强大的影响力。我曾在《为什么要提出"60 年代出生作家群"》中说过："中国社会发展的阶段性特征，对一代人生活经历、社会阅历的规定和塑造，是以出生年代划分人群这一逻辑得以成立的最坚实的现实基础。……新生的青年群体走上社会舞台时所对应的社会发展节点，铸就了这一代人的基本群体特征。"而中国当代作家的写作，自然跳不出自己的时代特征和社会生活感受，因此形成一定的群体特性，也实属当然。

至于使用代际划分，对总结中国当代作家的创作有什么作用，我想最主要的是凸显了文学创作跟现实、跟社会发展的关系。现实不是固化的，是可以细分的，是有代际的。一代人有一代人面对的不同现实，有不同的人生遭遇和精神处境，有对社会、历史的不同理解。把自己面对的现实看清楚看明白、写深入写到位，完成好各自的文学责任和文化使命，代际划分的作用就会十分明晰，文学发展的脉络就会更加清楚。

曹斌：今天的中国文坛，"60后"作家已然成为创作中坚。他们中的许多人的成长，与1994年《青年文学》推出的"60年代出生作家作品联展"栏目有很大的关系。请您向我们介绍一下当时推出这一栏目的初衷。

李师东：我在1992年正式提出了"60年代出生作家群"的说法。1993年我担任《青年文学》副主编。那个时候，开始搞市场经济，文学渐渐失去"轰动效应"。文学期刊纷纷自立门户，摇旗呐喊。我们也在琢磨用一个说法聚拢自己的作者和读者。《青年文学》的定位是培养青年作者，发表优秀作品。关注更新、更年轻的作者，从来是《青年文学》的职责使命。60年代出生作家正是我们要关注的创作群体。这样一来，我们就商定要办一个跟60年代出生作家有关的栏目。

1994年1月13日，我们在中青社三楼的会议室召开了"60

年代出生作家群"研讨会，请了雷达、陈骏涛老师和李洁非、王必胜、潘凯雄、陈晓明、格非、蒋原伦、李兆忠等评论家和作家，开了一上午的会。大家都觉得话题很新鲜，值得探讨。开这样一个会，实际上是为我们要在《青年文学》上开辟一个有关"60年代出生作家群"的主打栏目做专家咨询。开完会后，我把会议的成果和我个人的考虑，写成了一篇文章《新说法：60年代出生作家群》，发在《中国青年报》上。没想到，《文汇报》《文艺报》《文学报》等很快转载，《人民日报》海外版还做了连续介绍。得到文坛和社会的关注，更加坚定了我们的信心。1994年第3期，我们正式推出了"60年代出生作家作品联展"这一主打栏目。

从这一期开始，一直到1997年第12期，长达4年46期，一共推出了55位"60后"作家的82篇中短篇小说，而且这些作家，不少人还上了当期的封面人物，如余华、苏童、迟子建、格非、徐坤、毕飞宇、邱华栋、范稳、关仁山、朱辉、孙惠芬、麦家等。后来，我应《小说月报》之约，还专门写了一篇介绍这一栏目及其成果的文章。

推出"60年代出生作家作品联展"这一主打栏目，较为全面地展示了60年代出生作家的创作阵容及其最新创作成果，受到了文坛和社会的广泛关注。后来出现"70后"作家、"80后"作家的说法，显然是受到了我们的影响和鼓舞。

曹斌：作为一位资深的文学编辑，您能说说60年代出生的作家对中国当代文学特殊的意义吗？

李师东：每一代人对文学的贡献，都不可或缺，都有特定的价值。从 1992 年正式提出"60 年代出生作家群"到现在，正好 30 年。30 年里，这一茬作家做出了应有的文学贡献，像余华、苏童、迟子建、格非、北村、吕新、韩东、红柯、陈染、孙惠芬、虹影、徐坤、程青、叶弥、潘向黎、海男、柳建伟、刁斗、毕飞宇、麦家、邱华栋、李洱、张者、王跃文、邵丽、林那北、葛水平、尹学芸、许春樵、范稳、艾伟、吴玄、钟求是、东西、凡一平、石舒清、郭文斌、朱辉、王大进、龙仁青、关仁山、胡学文、石钟山、陶纯、曾维浩、李铁、罗伟章等都是很出色的小说家，这个名单可以拉得很长，诗人、散文家、批评家的队伍也非常壮观。可以说，"60 后"作家正在成为中国文坛的中坚力量。

这一茬人的文学努力，同时也是由历史和现实所决定的。他们的经历很独特，经过了中国社会从单一到多元、从封闭到开放、从相对贫穷到全面小康，他们是中国社会发展的见证者、同路人和参与者，他们有条件有能力写出更多更好的属于这一出生年代的无愧于这个时代的作品。这一茬人还有一个不可替代的特点和优势：他们是紧紧跟随着中国社会的改革开放成长起来的。他们走进社会之时，正好遇上改革开放在起步。中国的改革开放史，同时也是 60 年代作家的成长发展史。他们的成长史、心灵史，至今还没有大的作品出现，我觉得这多少是一个缺憾。上个世纪 90 年代初，余华的长篇小说《在细雨中呼喊》和陈染的长篇小说

《私人生活》可谓是"60后"作家早期书写的成长史，但后来这样的作品很少。前两年，钟求是的长篇小说《等待呼吸》有这方面的努力，但这种努力在一个庞大的写作群体中还显得十分弱小。

我还觉得，"60后"的作家要向王蒙、梁晓声等年长作家学习长期保持对社会的关注和在创作上的不懈努力，同时也要向更年轻的作家学习。社会发展日新月异，新知识、新思想、新技术、新媒介不断涌现，既处变不惊，又兼容并蓄，保持不断学习、不断创新的姿态尤其重要。

"60后"作家，应该为中国当代文学做出更大的贡献。这也可以说是一位同龄人的一个祝愿。

曹斌： 在您的编辑视野里，新生代小说代表性的作家有哪些？

李师东： 在我的理解中，中国文坛每每出现新的一茬文学作者，都可以被称为"新生代"。1995年，我为中国华侨出版社主编过一套"新生代小说系列"，收有韩东、徐坤、毕飞宇、邱华栋等人的个人小说集。这里的"新生代"，其实指的就是60年代出生的作家。现在这一茬作者早已不是"新生代"了。现在的新生代应该是"90后""00后"。

"60后"的作家目前的阵容非常壮观，一方面是中国社会的全面发展，为这一茬人展现文学才华提供了广阔的空间；另一方面，我个人还以为，是跟60年代出现的人口生育高峰有关。他们人数众多，我在前面提及过，他们的代表性作品也有很多。

我个人更喜欢余华的作品，喜欢读迟子建的中短篇小说、潘向黎的散文随笔、李敬泽的评论和雷平阳的诗。

曹斌： 从上个世纪 90 年代开始，"底层写作"逐渐成为中国当代文学中的一个现象，请问您是怎样看待这一现象的？

李师东： 2001 年，应解放军文艺出版社之邀，我为他们主编过一个叫《生活秀》的选本。《生活秀》是作家池莉在当时发表的一部很有影响的中篇小说。这个选本选了《生活秀》和严歌苓的《谁家有女初养成》、刘庆邦的《神木》等 7 位作家的 7 个中篇小说。书名沿用"生活秀"，得到了作家池莉的慷慨应允。这本书的封面上有"最新底层生活小说"的标识。我为这本书写了一篇序言《在底层：你我共有的现实人生》（收入本书时，改名为《从生活的内里写起》）。后来一些研究生写毕业论文，爱写"底层写作"这样的课题，也爱引用序中的一段话："作家们不知不觉地把自己逼进一个特定的视角，一个十分生活化的视角：他们在由衷地关心普通人的现实人生，尤其是底层人们的生活境遇。我们看到，作家们的视域正在下沉之中。'底层写作'正在形成一种创作风尚。'从生活的内里写起'，已然成为作家们自觉的创作追求。""底层写作"和我编选的《生活秀》这本书，就这样被关联在了一起。

的确，"底层写作"从上个世纪 90 年代就逐渐成为一个文学现象。90年代初，刘醒龙发表的《威风凛凛》《村支书》《凤凰琴》《分享艰难》《挑担茶叶上北京》写的就是贫困地区人民的生存状态，写的都是普通人的生活。只不过当时没有人用"底层写作"来标识刘醒龙的创作，刘醒龙其实是上个世纪90年代"底层写作"的代表性作家。从文学史的脉络上看，"底层写作"上承"新写实"，在创作姿态上更有人间关怀。后来大家立足于各自的生活经历，关注普通人的生活境况，"从生活的内里写起"，写生活，写境遇，写人心，写人生，更加贴近社会现实，贴近普通人的生活实际。我觉得，"底层写作"一个很突出的贡献就是写出了普通人生活境遇中的现实国情，让我们更关注当下，更关心世道人心。我以为这是现实主义文学在新的社会条件下的重要拓展。新世纪以来，关注生活、关心他者一直是许多作家包括青年作家都正在做的事情。

"底层写作"的提法准不准确，则另当别论。在底层的写作、写底层的文学，就是"底层写作"？这样理解过于狭窄。"底层写作"还应该是相对于"表层写作"而言的。"底层写作"当然包括对底层生活的书写，更重要的是对生活内里的书写，是真正沉浸在生活之中的有血有肉的书写，而不是外表的、皮相的，这更考验作家对生活内里的体验和感知程度，自然也包括作家的生活态度和价值追求。

曹斌：《青年文学》杂志1982年创刊，到今年恰好是40年。

您从复旦大学毕业进入中国青年出版社工作，历任《青年文学》杂志副主编、主编、社长职务，一路参与和见证了《青年文学》的发展。请向我们介绍一下《青年文学》杂志40年来推出了哪些重要的作家作品？

李师东：我在《青年文学》的工作时长，目前是一个记录。1984年7月我从上海复旦大学中文系毕业分配到中国青年出版社从事古典文学编辑工作，那时也就21岁。第二年10月到了《青年文学》。1993年任副主编，1998年任主编，2001年我任出版社副总编辑，兼任《青年文学》主编，2004年邱华栋到任后，我兼任青年文学杂志社社长、总编辑。后来是唐朝晖、张菁接任主编工作。从直接办刊到分管刊物，一直没有和《青年文学》脱离开干系。《青年文学》创刊40年，我直接参与了37年。这么些年，《青年文学》与社会发展同行，与社会变化同步，有辉煌也有困顿。我们坚定地走到了今天。目前的《青年文学》仍旧是一份受人敬重的文学刊物。这一路走过来，很不容易。很多人为这本刊物奉献了青春，付出了心血。王维玲、陈浩增是很光辉的名字，他们是开创者。赵日升、黄宾堂、周晓红、牛志强、马未都、詹少娟（作家斯妤）、李景章、李鸿飞等都在这里挥洒过汗水。这是我到刊物时所认识的，后来来来往往的人就更多了。我们同年分配到中国青年出版社的，先是程丽梅（散文家程鹭眉）直接分到了《青年文学》。第二年耿仁秋（小说家黑孩）和我分别从《青年文摘》和文学编辑室到了《青年文学》。程丽梅是很好的散文家，最近一篇发在《人民文学》上的散文写得非常好。耿仁秋是美女作家的先驱，后来去了日本，最近一段时间在国内发了不少小说。

《青年文学》一创刊，就站在了一个很高的起点上。在创刊号1982年第1期上，头条栏目是报告文学，作者梁衡，现在早已是文章大家。小说头题是天津青年作家航鹰的短篇小说《明姑娘》，这篇小说后来被改编成了同名电影。同年的第5期上发表了铁凝的短篇小说《哦，香雪》，也被改编成了同名电影。第5期的头题是魏继新的中篇小说《燕儿窝之夜》，后来被拍成了同名电视剧。在1982年的全国优秀中篇、短篇小说奖的评选中，这3篇作品均榜上有名。在创刊的一年中，就有3篇作品获全国优秀中短篇小说奖，这足以可见《青年文学》起点之高、实力之强。现在全国统一的部编版高中《语文》上，还收有铁凝的《哦，香雪》。1983年，《青年文学》发表的史铁生的短篇小说《我的遥远的清平湾》，荣获过1983年全国优秀短篇小说奖，现已成为"知青文学"的经典作品。80年代，《青年文学》在历届全国中短篇小说奖的评选中都有作品获奖，这都成了惯例，这足以可见刊物在同行中的代表性。

同时，《青年文学》积极培养、推举青年作家。梁晓声、张炜、苏童、迟子建、王朔等都在《青年文学》上发表过早期的重要作品。陈染的短篇小说处女作《嘿，别那么丧气》就发表在《青年文学》上，由我写的同期"作品小析"，当时我还在文学编辑室。刘震云也是《青年文学》重点关注的作者，他在《青年文学》1988 年第 1 期发表的《新兵连》，是"新写实"代表作之一。

80 年代的《青年文学》充满朝气和活力。活跃在文坛上的青年作家，大多在《青年文学》上发表过重要作品，不少作家从《青年文学》走上文坛。后来人们怀念 80 年代的文学情景，《青年文学》作为青年作家创作的重要平台，也有一份不可忽视的文学功绩。

进入 90 年代，《青年文学》在培养青年作家、推出优秀作品上一如既往，还有不少新的创意。作家登上文学刊物封面，是《青年文学》的一个创举，我们从 1993 年第 1 期开始出现封面人物。第一个封面人物是刘震云，第二个是刘醒龙，第三个是陈源斌，一直做到 1997 年年底。一年后，我们又恢复了封面人物。后来大家聊起来，就会有作家说，他是《青年文学》某某年某某期的封面人物，可见这一创意的影响。从 1994 年第 3 期到 1997 年年底，我们还开办了一个主打栏目"60 年代出生作家作品联展"，真正让"60 后"作家作为一个群体走上了文学的前台。

在培养青年作家方面，我们更是不遗余力。1991 年年初，我们读到了湖北青年作家刘醒龙的中篇小说《威风凛凛》，情节非常扎实，但篇幅近 7 万字，发在月刊上有点儿长。我就专门去了一趟湖北黄冈，和作者面谈修改意见。1991 年第 7 期刊发了这篇作品，1992 年第 1 期发表了作者的中篇小说《村支书》，紧接着在 1992 年第 5 期发表了作者的中篇小说《凤凰琴》。《凤凰琴》的发表和被改编成同名影剧，引发了全社会对民办教师群体的强烈关注，对民办教师的转正工作起到了潜移默化的推动作用。在 10 个月的时间里，连发一位作者的 3 个中篇小说，在同类刊物中是少见的。

《青年文学》推作家和作品，向来有胆有识，不拘一格。《青年文学》作为发表文学作品的原创刊物，没有发表评论文章的专门栏目。但我们读到河南青年评论家何向阳 4.5 万字的长篇评论《12 个：1998 年的孩子》后，深为作者独到的批评视角和出色的细读能力所折服。我们毅然决然全文刊发了这篇文章，并让作者登上了该期的封面人物。一个原创文学刊物，如此重视一篇评论文章，在同类文学刊物中肯定是例外。后来这篇文章荣获了第二届"鲁迅文学奖"全国优秀理论评论奖，这在文学创作刊物中自然也是少有的事情。这是我任上的事，在这件事上我对自己很肯定。

《青年文学》一直保持着高质量的办刊水准。80 年代的全国优秀中短篇小说奖，《青年文学》每届都没有被落下过。进入 90 年代，在首届"鲁迅文学奖"评选中，《青年文学》发表的刘醒龙中篇小说《挑担茶叶上北京》、张建伟报告文学《温故戊戌年》、何建明报告文学《共和国告急》分别荣获优秀中篇小说奖和优秀报告文学奖；在第二届"鲁迅文学奖"评选中，《青年文学》发表的迟子建短篇小说《清水洗尘》、何建明报告文学《落泪是金》、何向阳文学评论《12 个：1998 年的孩子》分别荣获优秀短篇小说奖、优秀报告文学奖和优秀理论评论奖。

进入新世纪，《青年文学》初心不改，在极其困难的情况下，坚守文学阵地，想方设法维护刊物正常运转。在走出低谷后，《青年文学》重塑文学刊物形象，"归来仍是少年"。《青年文学》是国内为数不多的由出版社主办的文学原创刊物，生存压力空前巨大。中青总社一直重视文学原创力的价值和作用，对外把《青年文学》作为中青文学形象的展示窗口，对内把《青年文学》作为文学出版的动力源和发动机，一直支持、鼓励《青年文学》坚持培养青年作家、发表优秀作品的定位，在人力、物力、财力上给予了坚定有力的支持。

党的十八大以来，全国文学刊物的生存发展环境得到根本性改观，《青年文学》焕发出新的勃勃生机。《青年文学》紧扣城镇化的社会结构变化新特点，把"城市书写"与青年人的生存状态作为关注重点，开辟"城市"主打栏目，推出"城市文学排行榜"，举办城市文学论坛，产生广泛影响。《青年文学》继续在推举文学新人上发力，在"灯塔""推荐"等栏目中，由知名作家点评青年作家作品，让青年作家谈自己的写作，很有特点。还时不时有颇具创意的小辑或专辑出现，在跨界合作和全媒体运营方面也有一些可贵的尝试。张菁他们办得很用心、很努力。近年来，《青年文学》发表的陶丽群的中篇小说《白》、哲贵的短篇小说《骄傲的人总是孤独的》、昇愚的短篇小说《春暖花开》、杨方的中篇小说《澳大利亚舅舅》、蔡东的短篇小说《月光下》等，都是可圈可点的好作品。特别要说一下，蔡东的《月光下》新近荣获了

"鲁迅文学奖"优秀短篇小说奖，这对今天的《青年文学》是一个很好的鼓舞和激励。

《青年文学》是中青出版的一条文脉。它源远流长，润物有声。《哦，香雪》《我的遥远的清平湾》《新兵连》《凤凰琴》《清水洗尘》《解密》《人世间》《新中国极简史》等，是这条文脉上结下的果实。把《青年文学》经营好、发挥好，中青文学文化的出版成果会更加丰硕。

曹斌：在您长达近40年的编辑生涯里，推出的哪些作家作品让您印象深刻？

李师东：80年代有一篇作品印象很深。那是1988年年初，副主编黄宾堂去上海出差，我让他顺便找一下李晓。李晓是我们复旦大学中文系77级的学兄，本名李小棠，我们同校同系一年半。当时，李晓的短篇小说刚获了全国优秀短篇小说奖，我写了约稿信，他答应给我们小说。宾堂从上海回来，果然带回来李晓的中篇小说《天桥》。我连忙读了，大为叫好。领导也看了，觉得好是好，但有点儿不像是李晓写的。李晓的获奖小说《继续操练》，写大学中文系的生活，以调侃的口吻，机智风趣、活灵活现地再现大学教师的行为做派，一时让人叹为观止。他接下来写的《关于行规的闲话》和《我们的事业》，也很类似。而《天桥》却完全两样，它以一个普通人的视角回望过去的一段历史，把人生命运写得诚恳、深挚。我极力主张发小说头题。正好这一期由我担任执行编辑，就自告奋勇写了同期评论《向叙述人索取》，细说这篇小说好的理由。编辑部领导们看到年轻编辑工作热情这么高，就很放手。小说发在《青年文学》1988年第9期，第11期的《小说选刊》《新华文摘》就转载了，看来我的执着有了回响。那时候《青年文学》佳作迭出，临到要参评全国优秀中短篇小说奖时，编辑部受篇目所限，报的是柏原的短篇小说《喊会》和另一位作家的一部中篇小说。评委们评奖时，想到了李晓的《天桥》，经联名提议后被纳入评选范围。最后的结果是，《天桥》和《喊会》被评上了。编辑部大家都很高兴，领导见到我笑容满面。我现在想，当时真是年轻啊，敢作敢为，领导也真的是很开明包容。这件事我印象比较深。

到了1991年年初，刘醒龙寄来了中篇小说《威风凛凛》。小说写得非常扎实，情节丰富到有撑破小说纸面的感觉。我向编辑部提议去湖北黄冈，找刘醒龙面谈修改意见。为一篇小说的修改出一趟差，领导们二话没说就同意了。真要感谢领导的信任。小说后来就发在了《青年文学》1991年第7期上。刘醒龙紧接着写了中篇小说《村支书》，我们安排在了1992年第1期。在编发《村支书》的同时，刘醒龙寄来了中篇小说《凤凰琴》，比前两篇又上了一个档次。本来是安排在第3期，4月份我们要庆祝创刊10周年。但考虑到邮局的半年征订，把《凤凰琴》安排在了第5期。我们预感着《凤凰琴》会不同凡响。围绕《凤凰琴》，我们做了不少文章。我们联合《小说月报》和中华文学基金会召开刘醒龙作品研讨会，据说这是90年代初在京召开的第一个作品研讨会，陈荒煤、冯牧、李国文、雷达等前辈出席了会议，对刘醒龙立足社会底层的现实主义写作给予了高度评价。我们协助联系同名电影的改编，还很快出版了刘醒龙小说集《凤凰琴》。要召开《青年文学》创刊10周年庆祝会时，《凤凰琴》尚在编辑加工中，主编陈浩增拍板，外地作家就请刘醒龙一人，并安排他和史铁生、刘震云代表《青年文学》培养的三茬作者做重点发言。可以说，我们把当时能想到、能做到的事都做了。当然我们不可能想到，30年后，《凤凰琴》的篇名会变成地名，湖北有了一个最基层的社区机构"凤凰琴村"，也自然没有想到前些天全国百余位专家学者会云集湖北英山，重温《凤凰琴》。

应该是2001年的夏天，麦家发来邮件，说发表了《陈华南笔记本》后意犹未尽，续写了陈华南少年时期的成长故事，把主人公陈华南改名为容金珍，写成了一部长篇。我打印出来，放下手头的一切工作，边读边做修改标记，到第二天下班时，还有最后20多页没有看完。骑车回家，天色尚早，就在家边上的昆玉河畔停下来，坐在岸边的斜坡上看完小说，天刚好黑下来。我还抑制不住兴奋心情，当即电话麦家，谈读后的感受，认为是当下作家创作中少有的心智写作。过了一段时间，《小说月报》主编马津海在贵州召开文学期刊特约编审会，记得有《当代》的孔令燕、《十月》的顾建平参会，还请了作家徐坤，其他人想不起来了。所以有印象，是我们四人在去镇远的绿皮火车上，打了一路扑克。回到贵阳，我说我要去成都谈稿子，成都离贵阳很近。建平忙问是谁，很疑惑地看着我，当时大家对麦家还不是很熟悉。到了成都，我和麦家谈了意见，作品叙述语调上有些欧化，我做有改动，让他再做些处理。另外，一位天才数学家为国家破译密码，因丢失笔记本而精神失常，这确实体现出生命的脆弱和人生的无常，但国家对他的贡献不会忘记，在701办公楼前面的广场上，应该有一尊容金珍的塑像，体现国家对他的褒扬。而容金珍在这里看人下棋却不知道塑像塑的是自己，更可生出一些人生的悲凉。麦家听从了我的建议：在"我"走向701办公楼时，看到了楼前半个足球场大小的空地上，在"鲜花丛中蹲着一座用石头雕成的塑像"。说了半天，忘记说了，这部作品就是麦家的长篇小说处女作《解密》。

《人世间》是我从事编辑工作中遇到的难度最大、困难最多的一部作品，时间跨度长，涉及面广，人物关系错综复杂，命运走向起伏跌宕，更有分寸和尺度上的把握等等，加上出版时间上的要求，我和李钊平我们两位责任编辑的的确确打了一场硬仗。《人世间》出版后，我们又马不停蹄地开展了座谈、研讨、讲座、线上直播、地面签售等一系列的活动。《人世间》荣获"茅盾文学奖"，印数一下子涨了10多万套。今年春节期间，同名电视剧的热播更是拉动了《人世间》的强劲销售。仅从电视剧开播到现在，我们就发行了40多万套。《人世间》的整个销售，图书码洋超过了1.5亿元，创造了近些年原创文学作品的销售奇迹。中国青年出版总社以"三红一创"立社，我们通过《人世间》续写了中青出版的文学辉煌，这也是我的编辑生涯中一件很欣慰的事情。

曹斌：您长期从事编辑出版工作，怎么看待文学编辑尤其是文学期刊编辑这一职业？

李师东：办文学刊物，确实锻炼人。初当编辑，要从外稿看起。我到《青年文学》后，先后看过中南、华东、东北、西北的自然来稿。有时候从早到晚，埋头看了一天的稿件，没有一篇中意的，到下班时就会很沮丧，觉得这一天白过了似的，看到稿件中有那么一星半点的可取之处，都觉得特别珍惜。而一旦看到一篇喜出望外的作品，就会像自己中了奖一样。吕新、石钟山的作品就是从外稿中发现的。办文学刊物，特别能训练人的眼光和意志。看一篇小说的时候，顺着作者的笔触，他用心处，你会意；他笔力不逮时，你在心里打问号；他出其不意时，你的心到了嗓子眼儿。等到你看到真有那么一篇作品无一处有多余，能丝丝入扣，又让你豁然开朗时，那一定会眼前一亮，就像是等到了一位久别重逢的友人。这个时候，你一定会倾心投入，要让更多的人知道有这样一篇作品的存在，一定要做到水落石出。一个人的眼光和耐心就是在这样一个漫长的沙里淘金中练就的。

那时候，没有电脑靠手写，看作者随稿附带的信，就可掂量出作者的深浅，字是潦草还是工整，行文水平如何，他自己是怎么看待自己作品的，都可以从信中窥见作品之一斑。作品开头更重要。一个人要写一篇东西，一定是有想法和冲动的，一开篇话都不通，或者都没把写作思路调理好、掌控好，接下来的写作就可想而知。所以有的作品一看开头顺不顺，就可意料出作品的成色品相。这是真心话，其实就是眼光和见识。

我曾经说过，编图书是谈恋爱，编刊物是过日子。过日子最能磨炼人的意志。人有欣喜之时，也有困顿之日。有曲折起伏，有顺和不顺。自然还有大势的因素。人不顺的时候，多储备些资源；人顺利的时候，多做点儿事情。最重要的还是要有初衷。有初衷在，就会有担当，有坚忍。一个好的编辑，要能爱才，会识货，善成事，要有过硬的意志品质。

发现才华、成就才华，是文学编辑的职责要求，也是编辑工作的价值所在。我认为，对社会行善，为文化积德，这是文学编辑工作的无用之大用。

曹斌：在近40年的职业生涯中，您和不少作家打过交道，有什么难忘的事或人与我们分享？

李师东：平时不想，你一提我得想想。人一辈子，谁都有难忘的人和事。

我最怀念的是我单身汉的时候。那时候真年轻啊！到了周末骑着个车往西走，就进了空军大院，到作家乔良家去蹭饭。那时他刚调到空政创作室，还住在筒子楼。乔良健谈，饭菜又好，谈得又是那么舒心。批评家陈晋在明光村分了一套二楼朝西的新房，厅不大，书房很大。我们一群人隔三岔五就跑过去。嫂子特别贤达，把一堆排腔骨剁好了、煮熟了，分几盘端上来，几只小碗盛着自制的地道麻辣调料。大家在一起高谈阔论，以为在吃大户。我当时住在正义路的团中央集体宿舍，是原来的办公楼。楼顶很高，还有地板，一个屋子住三个人。大家共用一个做饭的房间，进门两排煤气灶，十多个灶位。一到做饭时，那才叫"云蒸霞蔚"。这里自然也成了朋友们的聚会场所。有一个周末，我通知了在西郊的一位评论家朋友来聚。朋友先步行，后坐车，再换车，又步行，方才赶到。时过下午2点，人已散尽，就见一屋子杯盘狼藉，主人斜倚床栏，呼呼正睡。朋友叫骂一声，悻然离去。第二天电话里我才知道昨天还有这么一档事。

我还记得80年代的某一天，迟子建来到中青社，我和同事程丽梅陪她上我们单位的五楼楼顶，看北京城的胡同光景。迟子建取笑我"零""宁"不分，后来还在文章里很友好地调侃过。也应该是1987年左右，我回湖北老家探亲，要路过武汉。文友们相聚，我说我想找池莉约稿。池莉刚发表《烦恼人生》。其间一位朋友自告奋勇说："我去过她家，一会儿我带你去。"朋友就带着我在武汉武昌的水果湖周边转圈。那时候可没有手机。我回到单位，给未能谋面的池莉写了一封信，痛说寻而不遇的情形。池莉满怀同情地打趣到："说不定，我正在阳台上笑看你们。"后来每次到武汉，总是住在武汉文联旁边军转办的一个酒店，总要见着池莉、一光和醒龙。有一次路过武汉，没有停留。在北去的列车上，我给池莉打电话，池莉说："这么急？缺你地球就不转了？"我脱口说道："不缺，说不定还转得快一点儿。"池莉立马接道："不对！不快也不慢。"两人在电话里哈哈大笑。

是的，不快也不慢。

1997年的五一假期，我去四川旅游。晚饭过后闲来无事，信手翻开通讯本，看在成都有没有要打个招呼的作者，明天一早就要去青城山了。这纯粹是职业带来的毛病。翻到了一个名字：阿洉。阿洉读军艺时在《青年文学》发过短篇小说，但毕业后就没了消息。记得当时他在武警四川水电支队。记有手机号，没想到一打就通了。第二天出门前，阿洉来了。几年不见，自然都很开心。我说毕业后就没见他写小说了。阿洉说转业了，转到了成都电视剧制作中心，状态不好，写不出东西。我说："你在我们《青年文学》前些年发的短篇小说多好啊！你好好写，写好了，我安排上封面人物。"几个月后，阿洉果然寄来了一部中篇小说，小说是《陈华南笔记本》。写得真好，没有人这么写过。我就立马做头题小说刊发了，还安排上了该期的封面人物。阿洉对自己的署名来来回回没想好，其中有一次取名叫"麦加"。我说不妥，会产生歧义。后来改成了"麦家"。现在大家都知道了作家麦家。

2008年，我请假陪刚刚高考完的儿子出门。和许春樵说了，春樵说："你们来吧，我陪你们转转。"临出站时，发现嫂子也在。嫂子说："你们一路聊天会友，得有一个开车的人。"后来我们就坐着嫂子开的车去了池州、屯溪好几个地方。一路上都是嫂子在照应。黄山归来不看山，说得确实有道理。

1999年，甘肃平凉的诗人杨维周邀请《青年文学》编辑部去平凉参加文学活动。我们在西安下了车。《美文》杂志副主编陈长吟一早赶过来，请我们吃羊肉泡馍。随后我们驱车向平凉进发。得有近10个小时的车程，我就问要经过哪些地方。听说要经过宝鸡，就"像一道闪电"，我立马想到了红柯。红柯在宝鸡理工学院任教。电话打过去，是红柯夫人接的，说上午他有课，手机放在家里。我告知，我们路过宝鸡郊县，中午稍作停留，然后西行。过了12点，红柯来电话，说刚下课回到家。我说我们只是路过，打个招呼，后会有期。10多分钟后，红柯又来电话：坐上了出租，有半个来小时就可赶到凤翔县委招待所。等红柯到时，我们已饭毕，大家都没有离席。红柯说："你知道我不会喝酒。"没等我劝阻，他就端起一杯酒一饮而尽，红扑扑的脸上更加生动。他匆匆吃了几口菜，就送我们出门。门前是一条宽敞的公路，风卷着尘土一阵阵扬过来，宛如杨柳枝在拂动。我们一行人勾肩搭背往前走，迎着风尘，兴高采烈，满是欣喜。他乡遇故人，今朝见远友，这应该是历史上曾经无数次出现过的一幕。一定有人拍下了照片。很多年过去了，这样的一个场景，仍历历在目。

刊载于《中国作家》2022年第8期"名编访谈"栏目

（曹斌:《中国作家》"名编访谈"栏目主持人）